智利地震

Das Erdbeben in Chili

克莱斯特小说全集

[德] 海因里希·冯·克莱斯特 ◎ 著
袁志英 ◎ 译

华东师范大学出版社
·上海·

图书在版编目(CIP)数据

智利地震:克莱斯特小说全集/(德)海因里希·冯·克莱斯特著;袁志英译. —上海:华东师范大学出版社,2022
ISBN 978-7-5760-2398-5

Ⅰ.①智… Ⅱ.①海…②袁… Ⅲ.①短篇小说-小说集-德国-近代 Ⅳ.①I516.44

中国版本图书馆 CIP 数据核字(2022)第 020915 号

智利地震:克莱斯特小说全集

著　　者　[德]海因里希·冯·克莱斯特
译　　者　袁志英
责任编辑　陈　斌
责任校对　王　彤　时东明
装帧设计　卢晓红

出版发行　华东师范大学出版社
社　　址　上海市中山北路3663号　邮编 200062
网　　址　www.ecnupress.com.cn
电　　话　021-60821666　行政传真 021-62572105
客服电话　021-62865537　门市(邮购)电话 021-62869887
地　　址　上海市中山北路3663号华东师范大学校内先锋路口
网　　店　http://hdsdcbs.tmall.com

印 刷 者　上海颛辉印刷厂有限公司
开　　本　889毫米×1194毫米　1/32
印　　张　8.875
字　　数　195千字
版　　次　2022年11月第1版
印　　次　2023年1月第2次
书　　号　ISBN 978-7-5760-2398-5
定　　价　58.00元

出 版 人　王　焰

(如发现本版图书有印订质量问题,请寄回本社客服中心调换或电话021-62865537联系)

海因里希·冯·克莱斯特(Heinrich von Kleist, 1777—1811)

目 录

译本序   1

米歇尔·科尔哈斯   1
O侯爵夫人   91
智利地震   131
圣多明各的婚约   151
洛迦诺的女丐   189
养子   195
决斗   213
圣凯茜丽或音乐的魔力   247

译后记   263

译本序

德语作家中很少有人生前像克莱斯特那样，怀着一颗焦躁的心栖栖惶惶，马不停蹄，行进在寻找真理、寻找归宿的道路上，最后竟然饮弹以终；很少有人像他那样在短短的十年间写出足以警示世人、传诸后世的八个剧本、八篇小说、为数众多的轶事和美学理论著作；也很少有人像他那样在世时受到百般误解，死后一百多年才重被发现，声誉日隆，可在第三帝国时代又被"加冕"为"民族社会主义的经典作家"。时至今日，对其定位还是分歧严重：浪漫派作家乎？现实主义作家乎？还是超现实主义作家？各个说法都有一定道理，但有人将其定位于具有现代性的经典作家似乎有更多的道理。

海因里希·冯·克莱斯特（Heinrich von Kleist，1777—1811）出生于奥德河畔的法兰克福，来自古老的波莫尔的贵族之家，先人是斯拉夫人，到他这一代，其家族出了十六位将军，两名陆军元帅，可说是为数不多的普鲁士军人世家之一。这个家族还出现了两名不无名声的文人。他的父亲约阿希姆·弗里德利希·冯·克莱斯特曾就读于奥德河畔的法兰克福大学，二十二岁时中断学业，加入了普鲁士军队，是七年战争（1756—1763）自始至终的参加者，1788年去世时军衔为少校。父亲有过两次婚姻，海因里希是第二次婚姻的孩子，母亲出身下劳齐茨的贵族家庭。

年轻的神学家克里斯蒂安·恩斯特·马尔蒂尼是克莱斯特的第一任家庭教师，他认定学生是个"才华横溢、朝气蓬勃的少年，遇事容易激动"。十一岁时父亲病故，克莱斯特便来到柏林，接受胡格诺式，亦即新教的教育，住在萨摩尔·卡特尔牧师家中。卡特尔是法国移民，喜爱文学，在自己创作的同时还把拉丁文和法文的文学作品译成德文，后来他又为报纸撰写剧评，如此环境的熏陶对克莱斯特最终走向文学创作的道路不无影响。

1792年，克莱斯特尚未年满十五岁，便秉承家族传统从军，进入精锐部队波茨坦近卫军团。次年母亲去世，他请假回到奥德河畔法兰克福家乡参加葬礼，稍事停留，便前往其部队的新驻地美因河畔的法兰克福。此时普奥联军武装干涉革命的法兰西，战阵中的克莱斯特所显示出的是对和平的向往，在给其同父异母姐姐乌尔利克的信中写道："但愿上苍降下和平，我们现在进行无耻的杀戮，让时间以人性关怀的行动加以弥补吧！"1795年随着《巴塞尔和约》的签订，他的近卫军团也回防至波茨坦。

作为未来的军官，克莱斯特整日勤务兵相随，戎装笔挺，满口法语，繁文缛节多不胜数；他对这种刻板的生活厌烦透了，决心摆脱它。他曾向他的启蒙老师马尔蒂尼披露心迹："军人生活不适合我的气质""军官是训练师，士兵是奴隶"，他觉得整个军团活脱脱一座"暴政的大型纪念碑""军官的责任无法和人的责任统一起来"。1799年他终于获准离开军营，一身轻松自不消说。然而普鲁士国王腓特烈·威廉三世对其贵族臣下退出军队一直耿耿于怀，无法宽容。1800年秋，克莱斯特在波茨坦与威廉三世不期而遇，后者所表现出来的傲慢冷酷使得前者得出这样的结论："他不需要我，我更不需要他；对我来说找到另外一个国王并非难事；对他来说找到另外的臣仆也是轻而易举。"此后连续五年，无论是在其私人通信中还是在公文书写中，克莱斯特都不使用其贵族头衔，表现出他对普鲁士王朝的决绝态度。

摆脱了军旅的羁绊，克莱斯特自以为能够大展人生的宏图了。他一心一意所追求的乃是真理，是自我实现，是精神家园。1799年他在奥德河畔的法兰克福大学注册，学习法律，兼听自然科学的课程，要使其"所有的精神力量得到尽善尽美的培养"。此时的他，父母双亡，由姨妈照顾他的生活。与其为邻的是哈尔特曼·冯·岑格将军一家。将军的大女儿威廉米娜感情细腻，深得克莱斯特的欢心，两人订了婚。不过他很快便在内心不安的鼓动下和一个名为路特维希·冯·布洛克斯的朋友一起前往维尔茨堡，此行从1800年8月到同年10月，为期两个月。克莱斯特曾多次神秘地暗示此次的旅行，但都没有确切的说明。也就是在这个时候他开始研究康德哲学，甚至在旅途中要姐姐把康德的书寄来。

维尔茨堡之行前他就打算建立家庭，找个稳定的职业。10月底他来到柏林，在普鲁士税务工商部得到一份差事。可他对普鲁士官僚机构的官僚作风实在无法适应："对付这样的差事我太笨，我厌恶这份使我通向幸福的差事。"一年后他放弃了公职，要前往法国，在那里教授德语，完善他的法语，向法国人介绍德国最新哲学，也就是他那时热情投入的康德哲学。

康德哲学的伟大之处就在于把人置于研究的中心，试图解析人所特有的认知、行动和判断的三大能力，并探索了在实现人的真、善、美三大目标中人的主观能动作用和局限性。这实际上既关系到人的本性，也关系到人和周遭世界的关系；既关系到"人类头顶上运转的星球"，也关系到"人的内心世界"。康德在"纯粹理性批判"中提出"物自体"在时空之外，是不可知的，作为先验存在的理性没有认识作用，只起调节作用。这对克莱斯特有很大的影响，很多时候他便"感性"、"直觉"挂帅，试图以此来消除假象所造成的混乱，并得出结论"世上无法得到真实"，这使他甚至达到"怀疑一切"的地步，这也是他的所谓"康德危机"。为克服"康德危机"，他于1801年4月开始了巴黎之行，陪他上路的是他酷爱旅行的姐姐乌尔里克，后者女扮男装，以防不测。

此行第一站是德累斯顿。克莱斯特在参观艺术藏品时表现出极高的鉴赏力，他在拉斐尔那幅圣母像前驻足凝视，长达几个小时。本来他钟情于科学，而今萌动着向艺术的转向。1801年7月，他们到达巴黎，此前他还受到卢梭的影响，认为社会人是恶的，自然人是善的，赞扬文明前的社会。下车伊始，他便学着卢梭的口吻说巴黎是恶的。他在巴黎来鸿中详尽而富有戏剧性地描述了巴黎的社会生活，从某种意义上来说亦可看成他文学创作的发端。在他给未婚妻威廉米娜的信中表达了他要响应卢梭"回归自然"的号召，隐居山野，老婆孩子一起务农的愿景。姐姐反对这样的规划。11月底，他们离开巴黎，来到美因河畔的法兰克福，姐弟二人在此分手，克莱斯特前往瑞士的巴塞尔和伯尔尼。

在伯尔尼他曾造访一个名叫朝克的年轻朋友,朝克家门上有这样一首小诗引起他的注意,也深深感动了他:"我来,不知来自何地/我在这里,不知我为何人/我去,不知往何处去/可我还是这么快乐,这令我讶异。"克莱斯特觉得这是他当时心情的写照。

1802年4月初,他来到瑞士图纳尔湖的德洛西岛,开始创作他的第一部戏剧《施洛芬斯坦一家》。千呼万唤,威廉米娜就是不来小岛与他团聚,这位将军的千金无意于"山野农妇"的生活。5月20日,克莱斯特写信,与她解除了婚约。随后克莱斯特来到柏林,潜心钻研康德哲学。1803年初,他来到魏玛,在曾以德国第一部教育小说《阿迦通的故事》而闻名的维兰德(1733—1813)家里勾留数个星期,后者盛赞他撰写有关诺曼人《罗伯特·吉斯卡特》悲剧的计划,说是"埃斯库罗斯、索福克勒斯和莎士比亚加在一起所创作的悲剧才能顶得上这部悲剧",并认定他是一个"杰出的天才"。然而令人遗憾的是,克莱斯特并没有完成这部剧作,所留下的仅是五百诗行的残篇。克莱斯特对维兰德视之若父,不过很快便从他家落荒而逃。原来维兰德十四岁的女儿露易丝爱上了"神奇的克莱斯特",若干年后,露易丝坦承她那时经历了"初恋的痛苦"。

1803年,克莱斯特在莱比锡短暂停留,其作品也开始在瑞士出版;7月至10月,他和朋友菲尔一起旅行,一路游览了伯尔尼、米兰、日内瓦,最后二进巴黎。他从巴黎来到法国北海岸的滨海布洛涅,试图从这里和法国拿破仑军队一起登陆英伦,可他并没有如愿。普鲁士的特使敦促克莱斯特回国,1804年初,他来到美因茨,身心俱疲的他经过五个月的疗养得到恢复。此后几年的生活人们不甚了了，所知道的是，他曾反复出现于巴黎，还曾在科布伦茨做过木匠活儿，赚取生计。这期间他还在写作，戏剧也曾上演。

1807年初，他从柯尼希堡来到柏林，不料被法国人当作间谍逮捕，遭送至法国，关进拘留所，但享有一定自由，得以继续创作，7月被释放。他在德累斯顿生活了两年，但和朋友开家书店的计划没有实现，这时他决心做一名自由作家。1808年1月，他和友人亚当·米勒创办艺术杂志《菲布斯》，他的剧本《彭忒西利亚》若干章节和小说《O侯爵夫人》都是在这个杂志上发表的，可保守的读者反感这两部作品，一年后杂志停刊。他曾想接近以歌德为首的魏玛圈子，然而他的喜剧名作《破瓮记》由歌德导演在魏玛上演，遭到失败，由此他对魏玛也敬而远之。

1808年底，剧本《赫尔曼战役》完成，他似乎为那些准备举行反拿破仑起义的爱国者所接纳。1809年，他在波希米亚、奥地利和奥德河畔的法兰克福几个地方周游，曾计划创办具有反拿破仑倾向的杂志《日耳曼尼亚》，但没被批准。1810年起在柏林生活，主办《柏林晚报》，抨击普鲁士当局的颟顸无能，宣扬反拿破仑起义的爱国思想，该报是当今《德国日报》的先驱。

克莱斯特生活无着，堂姐玛丽·冯·克莱斯特虽然从普鲁士王后那里为他争得一份年金，但为数太少；姐姐们将他看成是无用之人；而立之年仍是孑然一身，个人生活失败；国难当头，看不到任何希望；作品未受重视，剧本很少有演出机会；一直追寻真理真相，到头来茫茫不见。正如斯特凡·茨威格说的，克莱斯特处处无家，四海为家；穷其一生都在追逐，都在逃遁，气喘吁吁，心力交瘁，痛苦万状，最终走向了深渊。1811年11月21日，他将手稿和信件付之一炬；理好发，将费用付给理发师，把备好的礼物送给房东，也算清了丧葬费用。一切都打理停当，他和患有不治之症的亨利爱特·福格尔一起来到郊区的万湖，举枪自杀。生前连连遭遇失败，自杀却是顺利成功。

歌德和席勒所代表的德国古典文学追求的是"高贵的单纯，静穆的伟大"（温克尔曼语），歌德甚至将这一对古希腊艺术的论断扩大为对古希腊人和社会的指称，也就是说，不仅是古希腊艺术应该成为现代的典范，而且古希腊人和社会的关系也应成为现代的榜样。那就是自然与人为，存在与应该，感性与理性的和谐统一。但这种和谐统一在现代社会和现代人身上已经消失殆尽。而海因里希·克莱斯特正是和谐统一丧失殆尽的现代人。

特别是进入18世纪以后，第一生产力科学技术突飞猛进，法国大革命后，平等、博爱、自由的理念日益深入人心。人的主体性和自主性成了中心，神对人的神圣性逐日消减，压制个人利益的说教渐渐为个性的张扬所取代。山雨欲来，危机感加重。艺术上的完整统一与工稳和谐渐次让位于大开大合，短暂，过渡，偶然，矛盾，分裂和断简残篇。

克莱斯特短暂的一生在茫茫急急中度过，像是没有安顿的时刻。他的内心充满矛盾和分裂，一如他作品中的人物。他退出军界，与家族传统决裂；进一步又退出公职，都因他无拘无束的个性而无法容忍程式化的生活。在他那里，主体与客体，主观与客观出现了巨大的裂痕，导致作家心灵的破碎。与歌德相比，歌德出身市民，可他"完整统一"，稳步向前，后来甚至官至宰辅，被封为贵族，他可说是一个"富贵忙人"；克莱斯特，出身贵族，所追寻的是另外一种生活，最后穷困潦倒。现代人并不是那么容易做的，尤其在社会转型初期。德国古典文学也写危机，像歌德的《威廉·麦斯特》中的麦斯特就曾遭遇重重危机，然而危机仅是"成长的烦恼"，是暂时的，是会克服的；而在克莱斯特那里，危机是固有的，持久的，常常是以绝望、幻灭、发疯乃至毁灭来探底。歌德笔下的"维特"也是具有一定现代色彩的人物，然而歌德笔下绝不会出现O侯爵夫人，她不婚而孕，却要登出寻找其子的父亲的广告，其主体性和自主性可谓登峰造极。德国著名的日耳曼学者、作家、克莱斯特研究专家库尔特·豪豪夫（Curt Hohoff）认定克莱斯特是德国"第一批现代作家之一"，尽管他也受到浪漫派的影响，有着现实主义的成分。德国著名的文论家汉斯·迈耶尔也将克莱斯特的作品纳入现代派文学之中，说他的作品早在霍夫曼·斯塔尔、普鲁斯特或马克斯·弗里施之前就表现出现代的特征。法兰克福学派批判理论影响的扩大，也使得德国文学批评界从实质上关注克莱斯特的现代性问题。20世纪80年代，不少学者试图从历史哲学、认知理论、心理分析、女权主义、诗学角度来分析克莱斯特的作品。

纳粹善于寻找依托、根据和支撑，尼采的"超人说"和"权力意志"曾为其歪曲与利用。有的论者，比如克劳斯·曼（托马斯·曼之子）曾指出，尼采如有在天之灵，他会提出抗议的。因为尼采主张欧洲文化的源头在古希腊，在地中海；而纳粹却认定在北欧，竭力推崇北欧的神话和传说。在基本点上，纳粹和尼采存在着根本的分歧。在第三帝国时期，克莱斯特也没有逃脱被歪曲利用的厄运。他的三个剧本《罗伯特·吉斯卡特·诺曼公爵》《洪堡亲王》和《赫尔曼战役》，被认定是"德意志本质的完善的表达"，特别是《赫尔曼战役》，国防军人手一册，以鼓舞士气。无论怎样歪曲，无论怎样吹捧，都无改他是具有前瞻性的伟大戏剧家和伟大小说家的本色。

《米歇尔·科尔哈斯》是中篇小说中的杰作，讲一个马贩子为官府所逼，啸聚山林，劫富济贫，声势愈来愈盛，官军奈何他不得，他在马丁·路德的调停下接受了招安，最后被判死刑，类似中国的《水浒传》。《O侯爵夫人》沿用了西方文学中这样一个母题：在睡梦中抑或在昏厥中怀孕。O侯爵夫人本是一位贤妻良母，丈夫死后矢志守节，乐天知命，以琴棋书画自娱，不料战争给她带来极为奇特的命运：不知而孕，得不到父兄的原谅，被逐出家门。然而她有着清醒的自我意识，强烈的独立精神，坚信自己是清白无辜的，面对社会的非难，她满怀骄傲地走向独立生活的道路，以登广告的形式公开寻找即将出生的孩子的父亲，用这样奇特的方式向社会提出挑战，充分表现了她独立的人格和高度的尊严，可说是妇女解放的先声。《智利地震》讲一对门户不当对的青年男女的爱情故事。男女主人公躲过了天崩地陷的自然灾难，却惨死于受神父教唆的暴民的乱棍之下。"神性"战胜人性，人祸猛于天灾，在这里表现出对教会的否定。《圣多明各的婚约》写出黑人反抗殖民统治的史实，也在一定程度上冲破种族藩篱，歌颂了不同种族之间的爱情，但总使人有种这样的印象：他站在"善良正直"的白人贵族的立场，没有完全脱离种族偏见。当然对生于二百年前的克莱斯特也不可有过多的苛求。《决斗》是根据中世纪编年史中所记载的一个传说写就的，这是一个兄弟相残的故事，最终体现了善良战胜残暴，正义战胜邪恶的主题，情节离奇，很有可读性。《圣凯茜丽或音乐的魔力》是受到德国诗人马提亚斯·克劳迪乌斯（1740—1815）所讲述的四个疯兄弟的故事的启发写成的，其中对音乐的感受描摹得极为出色。克莱斯特极富音乐天赋，当年驻扎在波茨坦时，他曾跑出军营，和朋友一起组成乐队，他吹黑管，沿街放歌，却也能够糊口。篇幅较短的《养子》和《洛迦诺的女丐》也都是有趣的故事，内容就不在这里一一赘述了。

克莱斯特的小说故事性强，善于设置一个又一个悬念，情节发展极其自然，既出意料之外，又在情理之中，波澜起伏，引人入胜，不看个究竟便不忍释卷，这和其他多有哲学思辨的德国小说大异其趣。

译者

米歇尔·科尔哈斯

16世纪中期，哈韦尔河岸出了一个名叫米歇尔·科尔哈斯的骡马贩子。他父亲是一个乡下的教书先生，在当时是一个急公好义而又令人闻风丧胆的人物。这条好汉在三十岁以前可算是一个模范公民。他在一个至今以他名字命名的村庄拥有一份田产，由于经营得法而衣食丰足。他怀着对上帝的敬畏之情教育妻子为他生下的子女，培养他们勤俭持家，忠厚待人。因为他乐善好施，仗义执言，乡亲邻里没有一个不喜爱他。一句话，要是他能明哲保身，那他定会得到天地的护佑。可是，到头来他的侠义情肠却使他变成了杀人越货的强盗。

有一次他贩一群马到国外去，这群马牙口尚嫩，一匹匹膘肥体壮，毛色光鲜。他盘算着怎样使用出手后得到的赚头——部分用来赚取新的利润（会当家的都是如此），另一部分用来享受一番；这样想着想着，便不知不觉地来到了易北河岸，在萨克森一座壮观的骑士城堡前碰上了拦路的木栅。往常他走这条道从来没碰到过这种玩艺儿。这时大雨倾盆，他一面将马群拢住，一面高声呼喊栅夫，要他打开栅门。栅夫却沉着脸，往窗外张望。"这是怎么回事？"当栅夫过了好大一会儿从房中走出来时，科尔哈斯问道。"这是国君，"栅夫一面回答，一面开栅，

"给容克①温策尔·冯·特龙卡的恩典。""原来如此,"科尔哈斯说,"这位容克叫温策尔?"他向那座府第端详着,府第的雉堞发出耀眼的光辉,周围是一片田野。"那位年迈的老爷过世了吗?""他中风死了。"栅夫回答,同时将栅木往上推去。"真可惜!"科尔哈斯说,"他是一个德高望重的长者,喜爱结交,你要做买卖,他总是尽其所能助你一臂之力;他还出资让人修了一条石堤,我的一匹母马还在村口的石堤上摔断过一条腿呢。好,咱们就不说闲话了,我要出多少买路钱?"他一面问,一面在迎风飘舞的大氅下面吃力地掏出栅夫所讨的银币。"好了,别啰嗦了,老头儿。"科尔哈斯又说道,因为这时栅夫不停地催促道:"快点!快点!"并且咒骂着该死的天气,"要是这根木头待在树林里,那对我对您都要好些。"科尔哈斯把钱交给了栅夫,就要扬鞭上路,可是他刚刚来到栅木下面,就从后面的城楼里传出一个新的声音:"站住,马贩子!"科尔哈斯看到堡长把一扇窗子砰的一声关上,从城楼急急地向他赶来。"呃,又有什么事了?"他自言自语道,并把马群拢住。堡长将马甲的扣子扣紧他那肥大的身躯,来到科尔哈斯面前,斜着身子,迎风站着,向科尔哈斯要护照看。科尔哈斯问:"护照?"他向前迈了一步说,就他所知,他没有这个东西;不过要是有人愿意对他说明一下,这是老爷兴下的什么玩艺儿,他兴许凑巧搞上一个。这位城堡的堡长乜斜着眼睛打量了一下科尔哈斯回答道:"没有国君的特许证,任何人不得带着马匹越过边境。"马贩子声言,在他一生之中已有十七次出入边

---

① 容克是普鲁士的贵族地主。

境，从没带过这种劳什子证明，他熟悉国君有关他这个行业的一切法规。这多半是误会。他不希望添这样的麻烦；他白天赶了这么远的路，所以敬请堡长不要再为难他。堡长却回答说，那第十八次就过不去了，这是一个新的规定：马贩子要么就地办理护照，要么就从哪里来回到哪里去。科尔哈斯对这种非法的勒索火了起来，不假思索地下了马，把马交给马夫说，他要亲自跟容克冯·特龙卡交涉。于是他向城堡走去，堡长跟随在后，一路上科尔哈斯对那些贪得无厌、聚敛钱财的家伙喃喃地骂个不休，心想给这些人放放血倒也不坏。两人相互打量了一下便走进了大厅。容克今天正好在和几个兴致勃勃的朋友开怀畅饮。科尔哈斯走近容克，要向他诉诉自己的怨气，这时有谁说了句笑话，引得大家哄堂大笑，笑声久久不息。容克问他有什么事，满座的骑士看到这个不速之客，便都安静下来。科尔哈斯刚一谈到他的有关马匹的请求，那一帮人便大声嚷嚷起来："马匹，马在哪儿？"并忙不迭地走到窗口看马。大家看见那光华四射的马群，于是在容克的提议下，一窝蜂似的向院子奔去。这时雨停了。堡长、管家和仆役们前呼后拥，大家都来仔细端详这些牲口。这个对白斑赤兔赞不绝口，那个喜爱栗色骏马，第三个抚摸着黑黄相间的马爱不释手。大家都说，这些马真像鹿一样俊美，在周围可算是首屈一指了。科尔哈斯喜笑颜开地答道，骏马得有壮士来骑，他敬请诸位赏光买马。容克喜爱那匹雄壮的赤色公马，问他要价多少。管家则竭力劝他把那两匹黑马买下来，庄园里马匹不够用，他相信这两匹马是派得上用场的。马贩子讲出价钱之后，骑士们却又觉得要价太高了。容克发话道，要是把马价标得这样高，他就骑马去圆桌骑士团把亚瑟王①找来,让他评评。科尔哈斯看到堡长和管家交头接耳,并会意地将眼光投向黑马,感到苗头不对,看来非得把马出让给他们不可,于是他对容克说:"老爷,这两匹黑马是我半年以前花二十五枚金币买下来的,现在您给我三十枚,黑马就归您。"两位站在旁边的骑士直截了当地说,价钱不算贵。可容克表示,他宁可花钱买一匹赤兔,而不愿买两匹黑马,并做出要走的样子。于是科尔哈斯说道,等到下次贩马过境,再和他成交也好。他向容克告别,便执缰上马。正在这时,堡长从人群中走了出来,他要科尔哈斯听仔细,没有护照不得上路。科尔哈斯转向容克,问他这样做是否妥当,这会毁了他的全部买卖。容克有点尴尬,边走边说:"科尔哈斯,你一定要办个护照,你跟堡长办好交涉再走。"科尔哈斯向他保证说,他无意违背有关运马过境的法令,他答应路过德累斯顿时就到秘书厅弄张证明来;他请求这次放他走,因为他事先对这个规定一无所知。"那好吧!"容克说,这时起风了,吹得他的四肢瑟瑟发抖,"打发这个小子上路,来吧!"他又招呼骑士们,转身就要进堡,这时堡长又来献计道,至少要留个抵押品,作为他办理护照的担保。容克在大门口又停下了脚步。科尔哈斯问,为黑马一事他到底要留下多少钱或多少价值的东西来作抵押呢?管家胡子一翘一翘地说,那就把黑马留下来吧。"好的,"堡长说,"这个办法再好不过了。护照办好,你随时都可以领回。"这个无耻的要求使得科尔哈斯目瞪口呆。他对容克说,黑马是要出售的。容克觉得浑身发冷,

---

① 传说中的英国古代人物。圆桌骑士团由其手下的十二名武士组成。

双手拉紧衣襟抱着肚子。这时正好一阵狂风夹着雨雹向城堡的大门袭来,为了了结这件事,他大叫道:"他要是不把马留下,那就让他滚回木栅那边去!"说完就走了。马贩子看出,对于这种蛮横的行径他不得不让步,于是决定满足他们的要求,因为别无他法。他把两匹黑马解下来,把它们牵到堡长指定的马厩里。他让一个马夫留下来,给他一些钱,关照他好好看管这两匹黑马,等他回来再一道赶着马群去莱比锡参加集市。他对运马过境的规定将信将疑,养马业正在发展之际,难道在萨克森境内会颁布这样一条法令?

在德累斯顿郊区某地,科尔哈斯有一所宅院,里面有厩房数处,他一向都是从这里到当地那些不大的集市上去做买卖的。一到德累斯顿,他便马不停蹄地来到秘书厅。从几位他熟识的办事人员口中得知,所谓护照一事纯属子虚乌有,正如他当初预料的那样。在科尔哈斯的恳请之下,他们才颇为勉强地给他开具了一张书面证明,证明护照一事的荒唐。他想到那干瘪的容克老爷面对这张证明不知如何是好的窘态,便不禁好笑起来。他想到将手中的马群卖出满意的价钱,除了人世间普遍性的困苦之外,心中再没有其他的不平而回到特龙肯堡,他不禁笑逐颜开了。科尔哈斯把证明向堡长出示,后者一声不响;问他能否现在就领回他的马,堡长回道,他到后面牵回就是。科尔哈斯走过院子时听说了一件不快之事:他的马夫留在特龙肯堡没几天,便因行为不端而被打得遍体鳞伤,并被赶了出去。他问那向他讲述此事的少年,马夫到底干了什么?这期间由谁来照料马匹?少年回答说他对此一无所知,接着便为他打开了马厩。这时他心中已充满了种种预感。在他面前已不是那两匹毛色光鲜、膘肥体壮的黑马，而是两匹骨瘦如柴、气息奄奄的驽马了，这使他无比吃惊。马的骨头像是横木杆，简直可以挂起东西；马鬃和鬃毛也无人侍弄梳理，因而黏结在一起，真是一幅悲惨景象！它们向科尔哈斯有气无力地嘶鸣了一声，这更使他肝胆欲裂。于是他问，他的马怎么会弄成这般模样？站在旁边的少年回答说，它们并没有遇到什么特别的灾祸，也能吃上应得的草料；只不过正赶上收获的季节，缺少拉车的牲口，便在田里用了几次。科尔哈斯将这种卑劣而有预谋的暴行痛骂了一番，可是又无可奈何，只得强忍着愤怒，准备牵着马离开这个贼窟。这时堡长却不期而至，他听到说话的声音，便问发生了什么事。"什么事？"科尔哈斯回答说，"特龙卡容克老爷和他的家人使用我留在这儿的牲口，究竟得到了谁的允许？"他又补上一句，"这还有没有人性？"说着便用柳条抽打了一下精疲力竭的马，好使它们动弹一下。他指给堡长看，马竟然一动不动。堡长愤愤地看了他一会儿，然后说道："你真是个无赖！这两匹驽马还活着，你还不该谢谢上帝？"他问，马夫既然跑掉了，那该谁来照料这畜生？马在田里干些活计，以便抵偿它们所得到的草料，这还不是够便宜的事？最后他说，他不愿在这里多费口舌；若有人还要吵闹，他就会把狗唤来，它们会使院子里安静下来的。

马贩子的心扑通扑通直跳，恨不得将这脑满肠肥的小人扔进粪池中去，踢他那紫铜色的面孔。然而他的正义感如同天平一般，还在摆来摆去，面对自己心头的法庭，他还不敢断定，他的对手是否真的负有罪责。他将堡长的恶言恶语吞进肚里，来到马跟前，为它们梳理鬃毛，并暗自思忖这整个事态。他压着心头的怒火低声问，他的马夫被赶出城堡，究竟犯了什么过失？堡长答道："那家伙在城堡内为所欲为！他不肯调换厩房，而厩房却非调不可。难道要那两位来城堡的年轻老爷的马为了这两匹劣马的缘故在大街上过夜？"要是那马夫能来到跟前，和这个肥头大耳的堡长对质，科尔哈斯宁愿出这两匹马的价钱。他呆呆地站在那里，心里想，他现在这个处境该如何办。这时情况突然有变，容克温策尔猎兔归来了，在骑士、仆役和猎犬的簇拥下飞马来到城堡的广场上。他问发生了什么事，堡长便颠倒黑白地说开了，说马贩子无法无天，简直要造反，只因为使用了一下他的马。堡长竭尽嘲笑挖苦之能事，说马贩子只为这么一点点小事就拒不承认那两匹马是他的马了。这时候狗见到生人狂吠不止，骑士则在一旁制止狗叫。科尔哈斯喊道："这不是我的马，这不是我那值三十个金币的马！我要的是我那膘肥体壮的好马！"容克面色煞白，翻身下马说道："要是这无赖不愿认领他的马匹，那就请便吧。巩特，来呀！"他叫了一声，"汉斯，你们来！"一面用手将裤子上的尘土拍掉，"拿酒来！"他又喊起来，这时他和骑士们已来到门口，接着便走进房内。科尔哈斯说，他宁可叫屠夫来，把这两匹马弄到屠宰场去，也不愿将这样的马牵回科尔哈斯桥镇的厩房中去。他不再去管广场上的马匹，纵身跨上他的栗色马，一边声言他知道如何为自己伸张正义，一边策马而去。

科尔哈斯快马加鞭，急驰在通往德累斯顿的大道上。他想起那马夫，想起人们在城堡里对他的责难，不由放慢了速度。大约跑了千步之遥便拨转马头，他折回科尔哈斯桥镇，觉得先去听听马夫的申诉，才是聪明而又得当之举。科尔哈斯虽然受了侮辱，但那种熟知世道不平的颇有分寸的感情却使他倾向于忍受失马的痛苦，如果事情果真如堡长所说，马夫对此负有罪责，那失马乃是一种报应。他越是往前走，所到之处就越是听到人们议论特龙肯堡对行人的种种不义之事。一种高尚的感情油然而生，并且愈益强烈；这种感情告诉他，如果事态确如种种迹象所表明的那样，真的是预先策划好的，那他就会全力以赴地承当起打抱不平之责任，为自己所受的欺侮进行报复，为同胞免遭污辱而斗争。

一回到科尔哈斯桥镇，他先拥抱了忠实的妻子丽丝白，亲吻了雀跃绕膝的孩子，随后立即问起马夫总管赫尔塞的情况：他有无什么消息？丽丝白说："亲爱的米歇尔，别提他了，这个赫尔塞！大约两个星期前，这个不幸的人被打得皮开肉绽回到家，被打得差一点断气。我们把他弄到床上，他便大口吐起血来。我们再三追问，他才讲起事情的原委，可是没有人能听出个所以然。他说你怎样把他和不准过境的马留在了特龙肯堡，说他如何受尽折磨而被迫离开了城堡，说他无法牵回那两匹马。""有这等事？"科尔哈斯一边问一边脱下大衣。"他是否已经康复？""除了咯血之外，别的都算好了。"妻子回答说，"我本打算派人立即起程去特龙肯堡，去照料那牲口，直到你回来。不过你知道，赫尔塞一贯忠实可靠，无人可以和他相比；再者他说的话都有根有据，使人无法怀疑。若说失马的经过会有别的花头，这是人们万难相信的。他指天誓日地哀求我，千万不要再勉强派什么人去那贼窟，若是我不想牺牲人的性命，那就不要那两匹马也罢。""他还卧病在床？"科尔哈斯问，一面将领带解下来。"这几天，"她回答说，

"他又在院子里走动了。"她继续说,"总之,你会知道,他所说的一切都一点儿不假;他所遭遇的事,只不过是特龙肯堡作恶多端中的一桩罢了。""这件事我还要查清楚。"科尔哈斯答道,"要是他能起身,丽丝白,请你喊他到这里来!"说着他便坐在靠椅上,妻子见科尔哈斯这样冷静从容,很高兴,于是就去请马夫。

"你在特龙肯堡干了些什么?"科尔哈斯见丽丝白和赫尔塞走进屋,便问道,"我生你的气来着。"马夫一听此话,他那苍白的脸上便泛起了一阵红晕,半响说不出话来。后来他答道:"东家,您说得不错。神差鬼使,我身边带了根硫磺引线,本想用它把那贼窟一把火烧掉,我就是被人从那贼窟中赶出来的!正在这时我听到里边有个孩子在哭,于是便将引线扔进了易北河。让天火来烧掉它吧,我不能干这种事,这是我当时的想法。"科尔哈斯听了后很受震动:"那你到底是怎么被人赶出特龙肯堡的?"赫尔塞回答说:"是他们设下毒计把我赶跑的,我的老爷。"他擦干额头上的汗水,"事情弄到这般田地,已经无法挽回了。我不愿让我们的马在田里干活累死,它们牙口尚嫩,而且没有拉过车子。"科尔哈斯一面试图掩盖他的迷惑不解,一面指出马夫所讲的话并非全是真话,因为去年初春那两匹黑马就拉过一段时间车子。"你既然客居城堡,"他继续说道,"人家正处于秋收大忙季节,你帮一两次忙也是应该的。""我不是没帮忙,东家,"赫尔塞说,"他们向我摆出愁眉苦脸的样子,我心想,算了,用用马也没什么。第三天上午我便把那两匹黑马套上车,帮助拉回了三车粮食。"科尔哈斯的心怦怦地跳,他眼望着地面说道:"这事可没人向我提起过,赫尔塞!"赫尔塞向他担保,事情确是这样。"我没好气,"他说,"是因为马儿一直干到中午几乎没吃什么草料,因而我不愿再役使它们。堡长和管家给我出主意说,用马可以免费供应草料,而您留给我买草料的钱可以装进我自己的腰包。可我回答他们,请免开尊口,然后便转过身,离他们而去。""也不至于为这点事就把你赶出特龙肯堡呀!"科尔哈斯说。"上帝保佑,"马夫叫道,"那是一桩无法无天的暴行!傍晚,有两位骑士来到城堡,他们的马被牵进马厩,而我们的马却被拴在厩房门口。这一切都是堡长亲自安排。我从他手中牵过黑马,问他我们的马究竟在哪里过夜。他指了指那个用木条木板胡乱靠墙搭起来的猪圈。""你的意思是说,"科尔哈斯打断了马夫的话头,"那还是马厩,不过很差劲,与其说像马厩,还不如说是像猪圈。""那就是猪圈,老爷,那是不折不扣的猪圈!"赫尔塞回答,"猪猡在里面跑来跑去,而我却直不起腰来。""是不是找不到安置黑马的地方呢?"科尔哈斯插话说,"在某种情况下骑士的坐骑是理应优先的。""那个地方,"马夫压低声音说,"太窄小了。那时城堡里总共住有七位骑士,要是您,您会让马匹稍微挤一挤的。我要到村里租用一间马房;可堡长却说,他一定得让马待在他的眼皮底下,不许我将马从院子里牵走。""嗯!"科尔哈斯说,"那你是怎样回答的呢?""管家说,两位客人只在这里过一夜,明天便要上路。这样我便把马牵进了猪圈。然而第二天过去了,客人并没有离开;第三天到了,有人却说,这些老爷要在那里住几个礼拜。""可是说到底,赫尔塞,"科尔哈斯说,"猪圈并不像你开始感觉的那样糟吧?""这倒是真的,"后者答道,"我在那里打扫了一番,也就差强人意了。我给了女仆一枚小钱,让她把猪赶到别的地方去。第二天，我又忙活了一天，为的是能让马站起来；天一亮，我便将横木上的木板拿下来，晚上又装上去。马匹就像鹅一样，从猪圈顶上探出头来，向科尔哈斯桥或者随便什么地方张望。""既然如此，"科尔哈斯问，"那到底是为什么事把你从城堡里赶了出来呢？""东家，那你就听我向你细细道来吧，"马夫答道，"他们想方设法要我离开。因为有我在，他们就无法将马折磨死。不管是在院子里还是在下房里，他们处处和我过不去。可我心想，随你们吹胡子瞪眼吧，这些都不在话下。于是他们便找个由头发难，将我赶出了城堡。""那么是什么由头呢？"科尔哈斯高声喊道，"他们总得有某种理由吧！""噢，这个自然，"赫尔塞回答说，"而且理由冠冕堂皇。第二天一天我都是在猪圈里度过的，到了傍晚，我把在圈里待了一天弄得浑身污臭的马匹牵出来，想让它们去洗个澡。我走到大门口，正要拐弯，只看到堡长和管家带着仆役、猎犬和棍棒从下房向我扑来，一面大喊：'抓住这个恶棍！抓住这个该死的家伙！'真像发疯一般。门卫挡住我的去路，我问他和那些发疯一般向我扑来的人：'到底出了什么事？''出了什么事？'堡长将马的缰绳拉过去，一把揪住我的胸襟问，'你要把马带到哪里去？'我说：'到哪里去？真是岂有此理！我要骑马洗澡去。您以为我……''去洗澡？'堡长大叫，'我今天就要在去科尔哈斯桥的大马路上教教你，教你这个流氓如何洗澡！'管家抓住我的腿，他们拼命将我从马上拉下来，我直挺挺地摔在泥地上。'救命呀！不得了啦！'我大声喊叫，'辔头和毯子，还有一包衣服都在厩房里呢！'这当儿管家将马牵走，堡长和仆役用脚踢我，用鞭子抽我，用棍棒打我，我被打得半死,最后倒在城堡的大门后面。这时我大骂他们这些狗强盗:'你们到底把我的马弄到了什么地方?'我站起身来。'给我滚出城堡!'堡长声嘶力竭地大叫。这时又响起了这样的声音:'恺撒,给我上!猎人,给我上!尖嘴,给我上!'这时便有十二条狗向我扑来。我从木栅上顺手抓住大约是横木的棒头,三条恶狗死在了我的脚下。我也皮开肉绽,痛入骨髓,眼前这是非之地不可久留,只得快逃。这时,'吱溜'一声哨子响,恶狗全都进了院子,两扇大门'哐啷'一声关上了,还上了门闩,而我则倒在马路上,失去了知觉。"

科尔哈斯面色苍白,但故作轻松地问道:"难道你的出逃并非本愿?"赫尔塞满脸通红,低头不语。"老实对我讲,"科尔哈斯接着说,"你不喜欢待在猪圈里;你想,待在科尔哈斯桥的马厩里要惬意得多。""真是天地良心!"赫尔塞叫道,"辔头和毯子,还有一包衣服,我不是说全都丢在猪圈里了吗?还有那裹在红绸围巾里藏在马槽后面的三枚金币,我要是带在身边岂不更好?要是有那种想法,真该天打五雷轰!您既然这么说,我不如再点燃我那根扔掉的引线!""好了,好了!"马贩子说道,"方才我讲的话并无恶意。你看,你说的话我句句都信。说起这事,我愿为你在神的面前发誓作证。你为我效劳却被弄成这般模样,我为此感到难过。赫尔塞,回房间去吧,拿瓶酒去,聊以自慰吧。你尽管放心,我会为你伸张正义的!"说罢他便站起身来,将马夫遗落在猪圈里的东西写了一份清单,并一一注明它们的价值,然后和赫尔塞握手道别。

然后,科尔哈斯便将这件事的前因后果从头到尾告诉了妻子丽丝白，并告诉她，他决计诉诸公堂。令他高兴的是，他妻子全心全意地支持和鼓励他这一想法。她还说，有的行人或许不会像他那样有耐心，他们兴许也会路过城堡；上帝应立即制止对这些行人的胡作非为；至于打官司所需的费用，她说她会筹措的。科尔哈斯对妻子的干练称赞不止。当天和第二天，他都是在妻儿身边度过的，感到很愉快。一俟他的事务容他分身，他便起身到德累斯顿，向法院起诉。

在德累斯顿，他靠一个熟识的法学家帮助拟好了状子，历述了容克温策尔对他和他的马夫所犯下的种种罪行；要求对他依法惩办，并要求养肥他的黑马，赔偿他本人及马夫的损失。这个案子实际上一清二楚：扣留马匹完全是违法的，这是问题的症结所在。即便说马匹偶染疾病以至于此，那么马贩子要求将马匹养好也合情合理。科尔哈斯在首府四下活动，他也不乏热心助他的朋友。贩运骡马是一桩大买卖，因而他交友颇广；他买进卖出都诚实可靠，因而博得了那些大人物的好感。有几次他在他的律师家里就餐，气氛很融洽，他的律师也享有很高的声望。科尔哈斯在他那里留了一笔钱，以应诉讼之需；律师让他对这场官司的结果尽管放心。几个礼拜之后，他又回到了家乡科尔哈斯桥，回到妻子儿女身边。

然而几个月过去了，差不多一年过去了，科尔哈斯竟没有收到来自萨克森的任何消息，更不用说有关这次诉讼的结果了。他又多次向法院提出申请，但都归徒劳，于是他给律师写了封密函，询问他这桩案子为何拖得这样久。律师回信说，由于上峰的授意，他的起诉被德累斯顿法院撤销了。马贩子对此惊诧不已，便回信追问撤诉的原因。律师回答说，容克温策尔·冯·特龙卡和两位青年才子昆茨与亨茨是亲戚，他们一个是国君身边的司酒，一个是侍从。律师劝他，不要再上告，还是想办法弄回留在特龙肯堡的马匹为好。他还告诉科尔哈斯，目前正在首府的容克似乎已指示他的手下将马匹还给他。最后律师恳求不要再委托他办理此事，假如科尔哈斯仍不肯善罢甘休的话。

科尔哈斯当时正在勃兰登堡。该城的城防司令官是亨利希·冯·格伊绍，科尔哈斯桥镇属于他的辖区。司令官正忙于动用拨归该城的一笔基金为贫病居民办些慈善事业。他特别想利用从附近村庄奔涌而出的矿泉建立一个疗养地，以造福于病弱之人。当时人们对矿泉都寄予很大期望，后来却表明并没有那么大的疗效。科尔哈斯曾去过军营大院，和格伊绍打过交道，因此和他相识。马夫赫尔塞自那次遭难以后留下一个病根，呼吸时总感到胸部疼痛，于是便让他去试试覆以顶篷、围以栅栏的小温泉的效果。事有凑巧，当科尔哈斯将赫尔塞抱进浴缸时，正好司令官也在那里处理一些杂务；也正在此时，科尔哈斯收到了一封律师从德累斯顿寄来的信，信是他妻子派信使从家里转来的。司令官在和医生谈话的时候，发觉科尔哈斯的泪水滴在打开的信纸上，于是便向他走过来，和蔼又恳切地问他是否遭到了不幸。马贩子一言不发，把信件递给他看；他从信中得知，特龙肯堡的人犯下了令人发指的罪恶，致使赫尔塞卧病不起，或许永远也无法康复了。可敬的司令官拍拍科尔哈斯的肩头，要他振作精神，表示他会帮他报仇雪恨。

科尔哈斯按照司令官的吩咐，晚间到军营找他，司令官对他说，最好能写一份申诉书，将事情的经过简略言明，并附上律师的那封信，呈递勃兰登堡选帝侯，就在萨克森境内被欺侮一事吁请这位国君的保护。他答应科尔哈斯将申诉书放入一个业已准备好的包裹中，呈送到选帝侯手中。只要情况允许，后者就会转致萨克森选帝侯。不管容克及其党徒耍弄什么花招，仅此一举就足以为科尔哈斯伸张正义了。马贩子听到这里不禁心花怒放，对城防司令官的好意表示感谢。他说，使他懊悔不已的是，他不该在德累斯顿耽搁，应当立即来柏林办理。在法院的事务所里，他完全按照要求将状子拟好，然后交给了城防司令官。他对案子的结局比任何时候都感到放心，于是便回到了科尔哈斯桥。

可是几个礼拜之后，他从一个为处理城防司令的事务而去波茨坦的法官那里听说，选帝侯将他的申诉书交给了首相卡尔海姆伯爵，而后者并没有直接责令德累斯顿法院去调查处理这一暴行，却要容克特龙卡呈报这一事件的详情。听到这一情况，科尔哈斯极为沮丧。法官在他门前停车，似乎是受人之托来说明情况的。马贩子深感震惊地问道："他们为何如此办理？"法官对此无法做出满意的回答，只是补充说，城防司令要他忍辱负重，以待来日。法官行色匆匆，忙着赶路；在这番简短的谈话行将结束之际，科尔哈斯才从他的话中悟出，卡尔海姆伯爵和特龙卡有姻亲关系。

科尔哈斯从此便失去了快乐，不再有兴致养马，不再关心家计，甚至对妻儿也失去了兴趣，怀着对未来的不祥预感过了一个月的光景。这时，如他所料，赫尔塞从勃兰登堡归来，温泉浴使他的病情减轻了不少。他带来了城防司令说明情况的长信：他很抱歉，对于科尔哈斯的事他无能为力；并将首相办公厅呈交他本人的处理决定转致科尔哈斯，劝他去特龙肯堡将马匹领回，不要再计较了。处理决定是这样写的："据德累斯顿法院呈报，该人乃一游手好闲之恶棍，将马匹自行留在容克大人处，后者绝无扣留不还之意。科尔哈斯可差人前去将马领回，抑或知照容克，将马匹送往何处。今后不得再以此等琐细之纠纷搅扰首相办公厅。"

科尔哈斯并非为了几匹马而痛心疾首，即便事关几条狗他也同样会感到伤心难过，这封信使他悲愤不已。院子里一有什么动静，他便怀着矛盾的心情紧张地向门口望去，看是否有容克家的人出现在他面前，将那饿得皮包骨头的马送还给他，并表示歉意。然而，饱经世故的他这次却料定不会出现那么顺心的事。没过多久，他便从一个过路的熟人那里听到，他留在特龙肯堡的马仍然和容克的马一起在田里耕作。目睹世道的不平，他感到痛苦，而自己一身正气，这又使他产生一种内心的自我满足，他将一位镇长，同时也是他的邻居请到家中，后者早已在实施他那购买附近地产以扩大自己田产的计划。镇长坐定后，科尔哈斯便问：对于他在勃兰登堡和萨克森的产业，动产和不动产全部加在一起，这位高邻愿出多少价钱？他的妻子丽丝白一听这话，面色变得煞白，转过身去将最小的孩子抱起来，那孩子正在她身后玩耍。她以死人般的目光向玩弄着她的项链的孩子的红润面颊望去，向正在将手中的纸头抛来掷去的马贩子望去。镇长惊疑地问，他怎么会突然有如此奇怪的念头。科尔哈斯尽量做出兴高采烈的样子答道：出让他在哈韦尔河岸田产的想法由来已久，他俩不是时常谈论这个问题吗？至于他在德累斯顿市郊的房产，比起这里的只是一个零头，无需多加盘算。一句话，若镇长愿意接受这两份产业，他将和他签订合同。科尔哈斯强自打趣地说，科尔哈斯桥天地还不够广阔，他另有所图。做一个好家长，主持家政，与他的远大抱负相比实在是等而下之，微不足道。总之，他不得不告诉镇长，他志向高远，对此，镇长很快就会知道的。

听到这番表白，镇长放心了，于是对此刻正不停地亲吻孩子的科尔哈斯夫人说，大概不至于要求他立即付款吧，语调里充满了轻松愉快。他把膝间的帽子和手杖放到桌子上，从马贩子手中把那张纸拿来仔细看了一遍。科尔哈斯这时靠近他，向他说明，这是一张由他草拟的契约，可在四个礼拜之后生效。他指给他看，除了立约双方的签名和售价与罚金的数目外，一切业已完备。他本人若在四周之内废约，他甘愿受罚。科尔哈斯再三敦促镇长出个价，并向他担保，他为人一向公平而又爽快。

科尔哈斯夫人在房间里踱来踱去，胸部一起一伏，被孩子拉来扯去的围巾眼看就要从肩上落下。镇长说，在德累斯顿的产业无从估价。科尔哈斯便将当初为购进这份产业时的来往信函推到他面前。他估计这份产业约值一百个金币，虽说从信函中可以看出，当时他曾多花了一半的钱。这位高邻又将契约仔细看了一遍，发现他这一方也有废约的自由，感到甚是奇怪；这时他已下了一半的决心，于是说明：对于厩房中的马匹他可派不上什么用场。科尔哈斯说，他绝对无意出售马匹，兵器房中的一些兵器他也要留着自用。镇长犹豫来犹豫去，最后才报了个价，接着又反复报了几次。先前他和科尔哈斯漫步时已经半真半假地道出了这个数目，数目之小和产业的真正价值比起来简直是微乎其微。科尔哈斯二话没说,便将墨水和笔推过去,让他签字。镇长不敢相信自己的感官,于是又问科尔哈斯这是否当真。后者有些生气地答道,难道他以为这是在和他开玩笑?镇长这才拿起笔来,满脸疑虑地签了字,不过他却将卖主悔约务必赔偿的条款抹掉了。他保证拿出一百个金币来,只要马贩子拿出德累斯顿的地产来作抵押,后者他是不想购进的;并给科尔哈斯两个月的废约自由权。

马贩子为他的举措所感动,与他热情握手。在他们将主要条款,即售价的四分之一以现金立即交付,余额在三个月之内由德累斯顿银行支付的条件谈妥之后,主人便唤仆人拿酒来,以庆贺这项交易圆满成功。他吩咐拿酒进来的女仆,去关照马夫施特恩巴尔德备好赤兔马,他要去首府办事。他声称,待他回来之后才能将眼下尚须保密的事公之于众。他一面斟酒,一面向镇长询问波兰和土耳其之间的战事。他这一问,便引得镇长说出了许多有关政治方面的猜测。他们再次为他们的交易成功而干杯,如此这般之后,科尔哈斯才放高邻离去。

那镇长一离开房间,丽丝白便双膝跪倒在丈夫面前。"你心里要是还有我,还有我为你养育的儿女,"丽丝白声泪俱下,"你要是不想把我们丢下不管,那你怎么能干出这样骇人听闻的事!"科尔哈斯说:"我最亲爱的妻,就目前而论,并没有任何使你不安的事。处理决定已经下来了,说我对容克温策尔·冯·特龙卡的控告是小题大做。这其中必有误会,我决计亲自到国君本人那里上告。""那你为什么非得将房产卖掉不可?"她一面喊叫,一面恼怒地站起身来。科尔哈斯温存地拥抱她并答道:"我不愿久留在一个无人愿意保护我的权利的国家里,亲爱的丽丝白,为人与其受人践踏,宁愿为狗!我深信你也和我有同样的想法。""你怎么知道,"她怒冲冲地质问道,"人家不会保护你的权利?你要是谦恭有礼,一如往昔,将你的申诉书呈递到国君面前,你怎么知道它会被搁置一边,会对你的申诉不予理会呢?""道理是这么说,"科尔哈斯答道,"如果我的担心表明是多余的,那我的房产并没有卖出。国君本人,我知道是公正的;只要我能过他周围臣仆的关,向他面陈此事,那我毫不怀疑正义会得以伸张。若能如此,我会高高兴兴地回到你的身边,回来干我的老行当,那只要一个礼拜的时间就够了。这样,"他一面说一面亲吻着她,"我会和你白头偕老!可是为了妥善起见,"科尔哈斯继续说道,"我要早作打算,以防万一。你最好带着儿女离开这里一段时间,到施威林你姑母那里住些日子,你不是早就想去探望她吗?""你说什么?"主妇叫了起来,"你要我携儿带女,越过边境到施威林去,到施威林姑妈家里去?"她惊诧不已,以至说不下去。"你说对了,"科尔哈斯回答说,"而且越快越好,免得我为办事而采取步骤时有后顾之忧。""噢,我明白你的意思了,你眼下除了武器和马匹,什么也不要了。其他一切,谁要谁就来拿!"丽丝白转过身去,一屁股坐在靠椅上大放悲声。科尔哈斯不由得惊慌起来:"亲爱的丽丝白,你这是何苦呢?上帝将妻子儿女和财产恩赐给我,又把这一切都弄得沸反盈天,这难道是我的本愿?"科尔哈斯亲切地坐在她的身旁,丽丝白一闻此言,便面有愧色抱住他的脖子。"你说,"科尔哈斯理了理她额头上的鬈发,"我该怎么办?难道要我半途而废?难道要我跑到特龙肯堡,哀求那位骑士将马匹还给我,然后飞身上马,骑回来给你看?"丽丝白没有胆量说

"是的！是的！是的！"，于是便摇了摇头，紧紧地抱着他，热吻他的胸膛。"就是嘛！"科尔哈斯叫道，"要想继续做我的买卖，就一定得伸张正义，你要是也这样认为的话，那你就要给我自由，让我争回自己的权利！"

科尔哈斯说完便站起身来，这时马夫进来报告赤兔马业已备好；他又吩咐马夫，明天套上黄骠马送女主人到施威林去。丽丝白说，她想出了一个主意！她揩干眼中的泪水，问坐在写字台边的科尔哈斯，他能否将申诉书交给她，由她代替他赶到柏林，将申诉书呈到国君之前。马贩子一闻此言，百感交集，将妻子拉到自己怀里说道："我最亲爱的妻，这恐怕不行！国君常被一群小人包围着，面见国君会受诸多磨难。"丽丝白回答说："面见国君纵有千难万险，可一个妇道人家总要比一个男人来得容易。请把申诉书交给我吧。"她再三重复道，"只要是一门心思将它转呈至国君之手，那我担保，咱们会办到的！"科尔哈斯曾多次考验过妻子的智勇，便问她有何妙计进入深宫。丽丝白羞答答地低下头来说，选帝侯宫内的管家在施威林当差时曾向她求过婚，他虽已成家并有了儿女，但未必会把她完全忘掉。总之，这件事交给她办，她会见机行事，利用各种关系，而这些关系说来也话长。科尔哈斯高兴地亲吻她，对她的建议欣然同意，并要她设法在管家太太那里弄一个住处，以便能亲自朝见选帝侯，当面将申诉书呈交给他，这样她便算大功告成。他说完便将申诉书交给妻子。科尔哈斯接着便吩咐马夫套上黄骠马，打点好行装，送妻子和他忠实的马夫施特恩巴尔德上路。

不料，这次出行是他所采取的徒劳无功的步骤中最最倒霉的一次。没过几天，施特恩巴尔德便打道回府，他一步步牵着马走，车子里躺着那妇人，她的胸部伤得很厉害。科尔哈斯面色如土地来到车前，对这次不幸的前因后果听不出个所以然来。马夫说，管家不在家，他们便不得不在王宫附近的一家小客店里住下来；第二天丽丝白离开了客店，吩咐马夫照管马匹；晚上她便弄成这副样子回来了。似乎是她大着胆子挤到国君面前，这不能怪国君，是警卫怒不可遏，用长枪给了她一下，正刺中胸部。丽丝白失去了知觉，人们把她送回了客店，情况就是他们说的。她口中涌满鲜血，不能多说话。申诉书也被一个骑士拿走了。施特恩巴尔德说，他本想立即骑马赶回向主人报告这一消息，可女主人坚持不要先通知，要求把她运回科尔哈斯桥镇丈夫这里来，请来的伤科医生怎样劝阻也无济于事。

科尔哈斯把因这次差旅而垮了的妻子抱到床上。她呼吸维艰，只活了几天就咽气了。他千方百计让她恢复知觉，然而都徒劳无功，她再也无法讲出这次祸事的情由。她躺在那里，一双眼睛黯然无光，有叫无应。临死前她还醒来过一次。当时一位路德派的牧师（她仿效丈夫的榜样，改宗了当时正在兴起的这一教派）正以特别庄严的声调大声诵读《圣经》中的一章。她突然面色惨淡地望着他，从他手中将《圣经》夺过来，好像她根本没有听到有人在向她朗读一样。她翻来翻去，似乎在里面寻找什么。她用食指指着书中的一处给坐在旁边的科尔哈斯看："宽恕你的敌人，对于仇恨你的人也要宽恕。"她热切地望着他，握着他的手，就这样与世长辞了。

科尔哈斯想："上帝从没有像我宽恕容克那样来宽恕我！"他

泪如泉涌，一面吻她，一面让她的眼睛闭拢起来。然后他离开房间，拿出镇长为德累斯顿厩房付给他的一百个金币，给妻子料理了后事，葬礼隆重得就像是为一位公爵夫人办的一样。棺材是橡木做的，还嵌以金属，里面的枕头是丝绸的，还饰有金银线的穗子，墓穴有八尺深，石头、石灰铺垫墓底。他怀抱幼子，在墓穴旁亲自监工。

送葬那天，白如雪的尸体被抬到用黑布遮掩起来的大厅里。牧师刚在墓前做完动人的演说，这时选帝侯对死者所呈申诉书的批件也恰好送来了。批件内容如下：速到特龙肯堡将马匹领回，不得上诉，否则便予以监禁，以示儆戒。科尔哈斯把信函放好，吩咐将棺木抬到车上。坟茔堆好了，十字架竖立其上，送葬的客人也一一散去，这时他重又扑向那空空的尸床，发誓要为妻子报仇。

科尔哈斯草拟了一份判决书，凭借天赋之权历数容克温策尔·冯·特龙卡的罪状，限他在三天之内把扣留并折磨得死去活来的黑马送回科尔哈斯桥，并令容克亲自喂养，以使其膘肥体壮。他派一名信使把判决书给容克送去，要他送达后立即返回。

三天过去了，无人将马匹送回，于是科尔哈斯把赫尔塞叫来，告诉他已对容克提出将马养肥的要求，并问他能否办到两件事：一是愿不愿意和他一起到特龙肯堡把那个容克抓来；二是愿不愿意用鞭子抽打容克，假如那家伙在履行判决时耍滑偷懒的话？赫尔塞一听这话，便兴高采烈地叫起来："东家，咱们今天就动手！"他说着便将帽子抛向空中，并保证让人为他编一条结实的皮鞭，好来教训那家伙如何刷马！科尔哈斯把房产卖掉，用车把孩子送往境外；夜幕降临之际他把其余的仆役叫来，一共是七个人，他们对他忠心耿耿，都是烈火见真金的好汉。他们用武器和马匹装备起来，一齐向特龙肯堡进发。

这一小队人马在第三天夜里便赶到了特龙肯堡。他们横冲直撞，将正在门口说话的栅夫和门卫踩倒在地，一溜烟地冲进城堡。他们把城堡内所有的房舍都点燃了，刹那间大火便熊熊燃烧起来。赫尔塞爬上旋梯，进入塔楼，堡长和管家正赤着上身在赌博，赫尔塞突然出现，对他们又砍又戳。这时科尔哈斯也已穿堂入室，直奔容克温策尔，有如判决的天使自天而降。容克正向他的年轻朋友朗读马贩子给他下达的判决书，人们发出阵阵哄笑，没有听到马贩子来到院里的声音。容克一见科尔哈斯，便面如死灰地大叫起来："弟兄们，逃命吧！"说完便倏地不见了。科尔哈斯进入大厅，撞到一个名叫汉斯·冯·特龙肯的容克，便一把抓住他的前胸，将他向角落里摔去，结果撞在了石头上，立刻脑浆迸溅。马贩子的家丁也把那些手持武器的骑士打得七零八落、四散逃窜。科尔哈斯向那些晕头转向的汉子盘问容克温策尔·冯·特龙肯的下落，但无人知晓，于是他用脚踢开通向城堡侧翼的两扇门，在里面搜索了一番，仍不见特龙肯的踪影。他一面咒骂，一面回到下面的庭院中，吩咐手下人将所有的出口把守好。这时，吞没了木板房的大火也蔓延到殿堂和所有的厢房，只见浓烟滚滚，直冲云霄。施特恩巴尔德带着三名家丁把所有能搬动的东西集拢到一起，作为战利品胡乱地堆放于马匹之间；这时在赫尔塞的欢呼声中，从塔楼敞开的窗子中飞出了堡长、管家及其妻儿的尸体。科尔哈斯从殿堂楼梯下来时，那个中过风的年迈的管家婆扑通一声跪倒在他的面前。科尔哈斯在楼梯上停下脚步问道："容克温策尔·冯·特龙肯在哪里？"后者以微弱颤抖的声音答道，她猜他逃进了教堂。没有钥匙，他吩咐两名家丁，手持火把，用铁锹和斧头把教堂门打开，将祭坛和长凳翻个底朝天，结果仍然不见容克的踪影，这使他感到十分焦急。科尔哈斯从教堂出来时，和特龙肯堡的一个青年马夫碰个正着，那马夫将容克的战马从一栋行将着火的宽敞厩房里牵了出来。科尔哈斯正好在一个茅草盖顶的低矮木棚里看见了自己那两匹黑马，于是便问那马夫为何不去救出黑马。马夫将钥匙插到厩房的门上，一面回答说，那木棚已经着火了。科尔哈斯将钥匙拔出门孔，将它抛过墙头；然后用刀面雨点般地拍打着马夫，将他赶进木棚，逼着他去救出黑马，这使得周围的人哄笑起来。那马夫直吓得面色如土，当他将黑马从木棚中牵出来时，木棚轰然一声在他背后倒塌了。这时他却发现科尔哈斯不见了，于是便向聚拢在城堡广场上的仆役走去。马贩子背过脸去，瞧也不瞧他一眼。如此几次三番之后，马夫便请示科尔哈斯，该如何处置这些马。马贩子陡然现出可怕的脸色，飞起一脚——如果向他踢去，定会叫他送命——翻身上马，一言不发地来到城堡大门前。在城堡的大门下，他默默地等到天明，而他的家丁则继续在城堡内闹腾。

到了早晨，整个城堡烧到墙根，已完全毁于大火。除了科尔哈斯和他的七名家丁，城堡内已空无一人。在明亮的阳光下，他又搜寻了各个角落均已照到阳光的场地，这时不管心中有多么难过，他也不得不承认，这次突袭城堡的行动是失败的。科尔哈斯怀着沉痛悲苦的心情吩咐赫尔塞，带着其他几名家丁打听容克逃走的方向。最使他放心不下的是那座坐落在姆尔德河岸的艾尔拉布隆修道院。该院的女院长名叫安东妮亚·冯·特龙卡，她是一个虔诚、善良而圣洁的妇人，在这一带很有名气。不幸的科尔哈斯总觉得仅以身免的容克逃到了那里，这位女院长还是他的亲姑妈和启蒙老师呢。他在了解了一些情况后，便登上塔楼，里面尚有一个房间可以居住。他在那里撰写了所谓的"科尔哈斯通告"，通告要求每一个居民都不得为虎作伥，他对容克温策尔·冯·特龙卡的斗争乃是一种义战；如若有谁，容克的亲友亦不例外，对容克援之以手，其身家性命就会难保，其财产也会化为灰烬。每个人都有义务将容克押送给他。科尔哈斯让过往行人和外乡人在这个地区传播这一通告，并将誊写的一份交给仆人瓦尔德曼，委托他前往艾尔拉布隆，把这份通告送交安东妮亚女士。随后他便和几个特龙肯堡的仆役交谈起来。这几个人平素都对容克不满，对战利品也有觊觎之心，很想投到他的麾下效命。科尔哈斯按照步兵的要求将他们武装起来：每人一张弩弓，一把短刀，并教他们上马，骑坐在他的仆役身后。马贩子将所有的战利品换成了金钱，然后发放给大家。在此之后，他才在城堡门下消停了几个时辰，以消除这场令人痛心的功业所带来的疲劳。

近午时分，赫尔塞回来了，证实了他心中早已预感到的不祥之事：容克果然藏身于艾尔拉布隆修道院，在他年迈的姑妈安东妮亚·冯·特龙卡那里。看来他是从城堡后墙的一个通往外界的门洞钻出去，再爬过一个石头台阶逃走的，石阶上有顶盖，直通易北河，河上有小船。容克在半夜坐上一条无舵无桨的划子，来到易北河岸边的一个村庄。村人因为见特龙肯堡起了大火，便聚集起来,看到容克来了,大家都很惊愕。容克马不停蹄,乘着一辆小车向艾尔拉布隆修道院驶去。以上这些情况,至少赫尔塞是这样说的。

科尔哈斯听到这个消息,不禁深深叹了口气,他问马匹是否吃过了草料,回答是"已经喂饱喝足了"。他立即吩咐全体人员上马,三个小时之后他们便来到了艾尔拉布隆。这时从远方天际传来了隐隐的雷声。科尔哈斯手持点燃的火把,带着他的人马闯入修道院的院落。迎面走来的瓦尔德曼向他报告,"通告"业已准确无误地送达。马贩子看到女院长和管家慌乱地谈着话,正向修道院的门口走来。修道院的管家是个矮小的、须发皆白的老头儿,他向科尔哈斯射来凶狠的目光,令人给他披挂铠甲,并旁若无人地命令前呼后拥的仆役拉响警铃。这时女院长手持耶稣受难的银十字架,正从石台上走下来。她和跟随她的所有修女一齐跪倒在科尔哈斯的马前。这时赫尔塞和施特恩巴尔德已制服手中无剑的管家,并把他作为俘虏拉进了马队;科尔哈斯问那院长道:"容克温策尔·冯·特龙卡现在何处?"女院长从腰间解下一串钥匙,答道:"在符腾堡,尊贵的科尔哈斯!"继而又颤声补充道,"望您敬畏上帝,不要行不义之事!"科尔哈斯一腔无名的复仇怒火在胸中升腾,调转马头,正要下令"放火!"时,大雨从天上倾盆而下。科尔哈斯又回过头来问女院长,是否收到了他的通告。那院长以微弱难辨的声音回答说,刚刚收到。"什么时候?""我那侄儿走后两个小时,这真是上帝有眼!"瓦尔德曼转过身来,面对满面怒容的科尔哈斯吞吞吐吐地证实了这一情况。他说大雨使得姆尔德河水泛滥,使得他不能早来此地。一阵突如其来的可怕的大雨拍打着场地的石板，浇灭了科尔哈斯手中的火把，也熄灭了他胸中的痛苦。他对女院长移了一下帽子表示致意，便拨转马头，紧踢马刺，大声喊道："弟兄们，跟我来，容克在符腾堡！"说完便离开了修道院。

夜幕降临之际，他们住进了一家旅店，人困马乏，他们不得不休整一天。他很清楚，一支十人的队伍（他现在只有这么多人）是无法拿下像符腾堡这样的地方的，于是他便草拟了一道通令：首先简述了他的遭遇，继而便要求"每一个善良的基督徒，为他提供粮秣军需，以支持他抗击容克这个基督教徒的公敌"。接着他又颁布了另外一个通告，在通告中称自己是"只服从于上帝的帝国及其边界的自由民"。病态和变态的狂热，还有那金钱的铿锵声以及对战利品的觊觎，使他在由于与波兰议和而无所事事的人当中募得了不少人马。当他回到易北河岸去攻打符腾堡时，他手下已有了三十余人。他带领人马开进一片黑魆魆的林子里，住在一个破败的砖瓦仓库内，派施特恩巴尔德化装进城散发通告，后者很快便回来报告说，通告已传遍了全城。这时正是圣灵降临节的前夕，于是他便带领人马开拨了。当市民正在酣睡之际，他们在四面八方同时放起火来。他的兵丁在城郊劫掠时，他在教堂门口贴了一张文告，上书："我，科尔哈斯，放火焚城；如不将容克交出，将玉石俱焚，使城池化为一片废墟，使我无需隔墙便能将容克擒拿归案。"

居民对这种胆大妄为的行径极为恐惧；幸而那是一个没有起风的夏夜，连同教堂共有十九座房舍被焚，天亮时火势才渐渐平息下来。这时老总督奥托·冯·戈尔嘉斯派出五十人的部队前来荡平这伙可怕的暴徒。然而那位名叫格尔斯滕贝尔格的指挥官却瞎指挥，非但没有克敌制胜，反而使科尔哈斯博得了所向披靡、英勇善战的美名。这位指挥官将队伍分成八个分队去包围科尔哈斯，然后向他进逼，然而却被科尔哈斯带着队伍各个击破，以致在第二天傍晚时，这支人们寄予希望的部队已全部被歼灭。这场战斗使科尔哈斯损失了几个人。在第三天早上，他重又放起火来。他们烧杀掳掠，众多的房舍、城郊所有的仓库，都化成了一片灰烬。同时他又将众所周知的通告张贴出来，连市政厅的各个角落都贴满了，还补上了总督指派的格尔斯滕贝尔格率领的部队已遭全歼的消息。

总督对这种嚣张的气焰极为震怒，带着几个骑士，亲率一支一百五十人的队伍出征。应容克温策尔·冯·特龙卡的书面请求，总督为他派了一个保镖，以免那些发誓要将他赶出城去的群众对他行凶。总督还在这一带的所有村庄都派了岗哨，在环城的城墙上也有人站岗，以防偷袭。随后他便在圣徒格尔瓦修斯的纪念日亲率大军进剿，决心将这条骚扰地方的恶龙捉拿归案。马贩子足智多谋，巧妙地避开了这队人马。他巧布疑阵，将总督诱出城外五里远，使后者误以为他在优势兵力面前已溃逃至勃兰登堡。然而在第三天夜幕降临之际，他又突然调转马头，快马加鞭，向符腾堡扑来，并且第三次将该城置于大火之中。这次是赫尔塞化装潜入城内完成火攻的。强劲的北风助着火势，大火凶猛，吞噬着一切；不到三个小时，便有四十二幢房屋、两座教堂、多处学校、修道院以及总督府化成了废墟和灰烬。总督还以为他的对手在拂晓时分会遁入勃兰登堡，听到城中情形，便又急匆匆地赶了回来，发现城内一片骚动。数以千计的民众聚集在容克设着障碍的房舍前，发疯般地叫喊，要将容克解出城外。两位市长，一个叫延克斯，另一个叫奥托，身着礼服，带领全体市府人员向大家说明，容克本人想去德累斯顿，已派出紧急信使前往该市，请求国务总监允准他入境，而今要等信使回来。然而这些说明都无济于事；那些手持长枪和棍棒、任气使性的群众对市长的话睬也不睬；几位参议主张严办这些桀骜不驯的人，然而他们却遭到了侮辱；人们正要动手捣毁容克的房舍，总督奥托·冯·戈尔嘉斯率领马队开进城来了。这位威严的大人平时在民众中一露面，人们便会肃然起敬，俯首帖耳。这次出征虽说失败而归，但作为弥补，他在城墙边抓住了三个纵火的暴徒。这三条汉子被捆绑着拉到民众面前；总督凭着他的三寸不烂之舌向市府官员保证，他不久就能将科尔哈斯本人缉拿归案，他要对他穷追不舍。靠着这些聊以自慰的力量，他驱散了聚集在一起的民众的恐惧心理，使人们对容克暂留此地以待信使的做法也有些放心了。总督飞身下马，下令将障碍撤去，在几个骑士的陪同下，他来到了容克的房舍。容克已经昏过去几次，身边的两个医生用药物和兴奋剂使他恢复了知觉。奥托·冯·戈尔嘉斯认为，此刻不是谈他对此次事件应负责任的时候，于是便轻蔑地看了他一眼，吩咐他穿好衣服，为他自身的安全考虑，跟他到骑士的监狱去。容克让人给他穿上了短衫，戴上了头盔，由于呼吸困难只好半敞着怀。当他在总督及其内弟的扶持下出现在大街上时，对他的恶毒而又可怕的诅咒之声响彻云霄。兵丁们用了很大的力气才算将民众拦住。人们骂他是吸血鬼，是害群之马，是符腾堡的奇耻大辱，是萨克森的祸水。在途中，容克有几次头盔失落了也毫无觉察，还是一位骑士将头盔捡起从后面给他戴上。在这种悲惨的景况下，他们走过了满目废墟的城池，最后来到了那所监狱。容克于是消失在监狱的塔楼上，这里有重兵把守。这期间信使回来了，携带着选帝侯的决定，使城市重又陷入了惊恐之中。原来德累斯顿的市民为使城池免遭烧杀之灾，向市政府呈递了一份请愿书，因而政府拒绝容克前去避难，但要求总督悉心保护容克，不惜动用他所拥有的武力，也不管容克行至何处。为了安慰符腾堡的善良的市民，政府声称已派出一支五十人的军队，由弗里德利希·冯·麦森亲王亲自率领，正向符腾堡开来，它将保护该市免遭匪徒进一步的骚扰。总督心中很明白，这样的决定是无法安定人心的，这是因为马贩子在城外不少地方都打了小胜仗。关于他的实力流传着许多令人不安的谣言，说他在黑夜让士兵化装，手持沥青、干草和硫磺去打仗，这可是无与伦比、闻所未闻的。即使一支比麦森亲王率领的部队更强大的守军也不是科尔哈斯的对手。总督经过如此这般的考虑之后便决计将这一决定压下来，不予公布。他只是将有关麦森亲王前来进剿的信函张贴于该城的四面八方。天蒙蒙亮时，在四名全副武装的骑兵的护送下，一辆遮盖严密的车子从监狱中驶出，向莱比锡的方向进发。从骑兵那些含糊其辞的话语中可以听出，车辆将驶往普莱森堡。由于民众对那害群之马的容克——这次的烧杀掳掠都是他引起的——态度已经有所缓解，所以总督才得以亲率三百人的大军与弗里德利希·麦森亲王的队伍会师。在这期间科尔哈斯已是赫赫有名，他的势力迅速增长，实际上他手下已有一百零九条好汉；另外他在雅森那个地方发现了大量的武器储备，于是便将他的队伍完全装备了起来。他闻知两股官军欲夹击他，当即决定以迅雷不及掩耳之势先发制人，使其不能会师。之后他便在弥尔贝尔格对麦森亲王发动夜袭。在这场战斗中令他特别痛心的是他失去了赫尔塞，后者一接火便被击中，倒在他的身旁。科尔哈斯对这一损失痛不欲生，然而在三个小时的战斗中却把亲王打得溃不成军。天近拂晓时，亲王本人身负几处重伤，他的队伍也七零八落，于是便向德累斯顿的方向急急退去。

这次得手使科尔哈斯更加大胆神勇。在总督尚未得到亲王溃败的消息之时，他又调转头来，直扑总督的军队。中午时分，两军在达莫洛夫村的旷野里遭遇。在这场战斗中，科尔哈斯损失惨重，然而也取得了很大的胜利，直至日落西山，战斗方才慢慢平息下来。总督退守达莫洛夫教堂，并且得到了亲王在弥尔贝尔格吃败仗的消息，于是便寻找机会向符腾堡撤退。不然，科尔哈斯会在第二天早晨率领余下的部队再向总督发动进攻。在把这两支部队杀败之后，科尔哈斯在莱比锡城下待了五天之久，从三个方向放火烧城。他利用这个机会散发通告，在通告中他自称是"大天使米歇尔的地方执行官，来此地是为了严惩所有在此次冲突中偏袒容克的人，要用火与剑铲除人世间的邪恶"。科尔哈斯袭占了吕茨恩堡，并驻扎在城内。他向人民发出号召，为建立更好的秩序而站到他这一边来。通告的落款很是狂妄："于世界临时政府所在地吕茨恩堡颁布"。

莱比锡的居民很幸运，由于天降大雨，加之消防人员动作敏捷，火势未能蔓延，只是烧毁了普莱森堡附近的几家杂货店。尽管如此，城市居民还是处于一夕数惊的境地，以为杀人放火的匪徒就要来了。科尔哈斯误以为容克就躲在城内，这使得市民简直手足无措。于是该城派出一支一百八十人的骑兵部队抵挡科尔哈斯，但却被杀得落花流水，大败而归。市府不愿让城市的财富毁于一旦，只得紧闭城门，命令市民武装日夜警戒。市民在附近的大小村落张贴告示，保证容克不在普莱森堡，可这样做到头来还是无济于事；因为马贩子也发布了相应的通告，坚持说容克就在城堡中。通告还解释说，即使容克不在城堡内，科尔哈斯也要采取行动，直至人们向他披露容克的藏身之地。

选帝侯从驿使那里得知，莱比锡城告急；于是便宣布调集一支两千人的大军，由他本人率领前往擒拿科尔哈斯。选帝侯对奥托·冯·戈尔嘉斯严加申斥，说他不该玩弄莫名其妙、极为轻率的计谋，将杀人放火的匪徒诱出符腾堡地区。有人说，在莱比锡城附近的大小村落贴满了致科尔哈斯的无头告示，说"容克温策尔现正在德累斯顿其堂兄弟亨茨和昆茨的家中"。这一消息使得萨克森全境，特别是其首府，陷入无可名状的惊慌之中。

在这种情形下，马丁·路德博士出面了。马丁·路德仰仗自己的生花妙笔给人带来的宽慰性力量，仰仗社会地位赋予他的威望，试图将科尔哈斯拉回人间秩序的正道。他坚信，在这位杀人放火者的心胸里有着杰出的素质，于是便发表了一纸文告，张贴于全国各地的城乡，其内容如下：

> 科尔哈斯，你自称负有执掌正义之剑的使命，可是你这个狂妄之徒沉迷于狂热之中，全身上下充满着不义。想想

看，你到底干了些什么样的勾当！只因你的国君回绝了你因为一些微不足道的财产而提出的申诉，你这个卑劣之徒便铤而走险，用剑与火烧杀掳掠，像野狼一样闯进那君主护卫的安宁之邦。你信口雌黄，诡计多端，诱人误入歧途；你是个有罪之人，有朝一日在上帝面前，他的光辉照亮人心深处，你难道能够问心无愧吗？你曾几次三番为自己伸张正义，都因思虑不周而招致失败，于是你便痛心疾首，放弃重建自己权益的努力，而汲汲于褊狭的复仇。难道你能说你的权利完全遭到了拒绝？一伙法院的差役将一封信函扣压下来，抑或知情不报，难道你隶属于他们这一伙人？你这个眼中没有上帝的人，要我给你说些什么？你的上峰对你的事一无所知，你所反抗的国君甚至不知道你的名字。如果将来有那么一天，你来到上帝的宝座前控告君王，那他会满面笑容地说道，主啊，我对此人没有什么不义之事，因为我根本就不知晓，这个汉子究竟是何人。须知，你所挥舞的剑乃是劫掠杀人之剑，你是一个造反者，并非正义之神的武士，你最终逃脱不掉车磔与绞索，即使在地狱的彼岸，你的累累罪恶和蔑视上帝的行径也会受到惩罚。

马丁·路德×年×月于符腾堡

此时科尔哈斯正在吕茨恩堡中策划一个焚毁莱比锡的新方案，不过他的心情颇为矛盾。他对于大小村落张贴的告示说容克温策尔正在德累斯顿的消息毫不在意，因为该告示无人署名，更不是由他所要求的市府署名的。施特恩巴尔德和瓦尔德曼看到这张夜间张贴于城堡门洞的告示后大为骇异。他们无意专门为此事去见科尔哈斯，而寄希望于他本人看到。可是几天过去了，他们的希望并没有实现。有一天傍晚他出来了，脸色阴沉，若有所思，不过他只是发布了几道简短的命令，没有看见那文告。一天早晨，他决定将几个违背他的意志在当地进行抢劫的兵丁吊死；趁此机会，两人决计使文告引起他的注意。科尔哈斯从刑场回来，围观的民众惶遽地向两边闪开。在科尔哈斯身后是游行的队列，自他上次发布了通告之后，民众已对这种游行的阵容习以为常：一把天使剑置于红垫子上，垫子缀满了金线织成的穗子，有人端着走在他前面，十二个人手持熊熊燃烧的火把跟随其后。这时施特恩巴尔德和瓦尔德曼挎着宝剑绕过那个贴有文告的柱子转出来，心想这一定会引起科尔哈斯的注意。科尔哈斯反背着双手，陷入深沉的思考之中，走到城门口抬起头来，不禁一惊。兵丁们见他到来，便肃静地向两旁闪开，他心不在焉地看了他们一眼，便大步流星地向柱子走来。他看到那告示指责他多行不义，并且署名者是他最尊敬的人，是他所熟知的马丁·路德，这时他心中的感慨真是难以形容！他的脸上泛起一阵深红，他把头盔拿下，从头到尾又读了两遍，然后转过身来，犹豫不决地望着兵丁，似乎想要说些什么，可到头来什么也没有说。他将文告从柱子上揭了下来，又读了一遍，便喊道："瓦尔德曼！快让人给我备马！快，施特恩巴尔德！跟我到城堡里来！"说完他便立即进入城堡。马丁·路德这短短的一席话把他极为糟糕的处境暴露了出来。他化装成一个图林根的佃户，对施特恩巴尔德说，他有重要事务到符腾堡去一趟，当着几个最能干的兵丁的面委托施特恩巴尔德率领这支驻扎于吕茨恩堡的部队，他保证在三天之内回来，这三天中无须担心有人会进攻他们，说完便向符腾堡出发了。

他改名换姓，住进一家客店，天一黑便穿上一件大氅，身带几支在特龙肯堡缴获的手枪，走进路德的房间。路德正坐在书桌前，埋首于文稿和书籍之中，忽见一个陌生人，一个奇怪的汉子打开房门，并随手将门闩上，便问来者何人，所为何事？那汉子恭敬地将帽子拿在手中，没有立即说出名字，因为他料定那会引起惊骇。过了一会儿他才说，来人是米歇尔·科尔哈斯，马贩子。这时路德大叫道："你给我离远一点！"接着便站起身来，要拉响警铃，还补加了一句，"你的呼吸传出来的是瘟疫，你在我跟前就是灾祸！"科尔哈斯抽出手枪，站在那里动也不动，说道："尊贵的先生，您一拉响警铃，我便会用这支枪自杀在您的脚前！请您坐下，听我慢慢地道来。您在天使中间也不见得比在我面前更安全。"路德坐了下来："你意欲如何？"科尔哈斯回答说："您说我是不义之人，对此我要加以反驳！您在文告中说我的上峰不了解我的事的原委，那好，就请您保证我的安全，我去德累斯顿，将我的冤案呈报当局。""无可救药而又可怕的汉子啊！"路德叫道，他听了科尔哈斯这番话既有些困惑又略感放心，"你对容克特龙卡动用暴力，一意孤行，这是谁给你的权利？你在城堡里没能抓住他，难道你就应该以烧杀对付掩护他的社会吗？"科尔哈斯回答说："尊贵的先生，没有任何人赋予我这样的权利，是我从德累斯顿得到的消息使我迷惑，是它使我误入歧途！我对人类社会所进行的战争自然是犯罪行为，假如真的像您所担保的那样，我尚未被斥逐于这个社会之外的话！""斥逐？"路德高声问道，眼睛看着科尔哈斯，"你怎么会有这样的怪念头，是谁把你从你所生活的国家集体中斥逐了？只要国家存在，难道会有谁从国家中被除名？""我说的斥逐，"科尔哈斯说着便握起拳头，"是指一个得不到法律保护的人！这种保护是我太太平平地做生意，并使生意兴旺发达所不可缺少的。正是为了这种保护，我才广为结交，我才处于我们这个共同体中。谁要是拒绝给我这种保护，那便是将我流放于荒漠之地，也就是将大棒交到我的手中，让我用以保护自己，这难道您能否认吗？""谁拒绝给你法律保护？"路德叫起来，"我在文告中不是写道，国君对你呈交的申诉书一无所知吗？如果他的官吏擅自将状子扣压下来，或者在他毫不知情的情况下损害了他的威名，那么除了上帝之外还有谁有资格因为他用人不当而大兴问罪之师呢？而你这个无法无天、令人望而生畏的人难道有权裁判他吗？""好的，就算是这样吧。"科尔哈斯回答说，"如果国君不将我斥逐出去，那我就回到他所护卫的社会中去。我再说一遍，请您保证我自由前往德累斯顿，我要到那里去；我会将我集结在吕茨恩堡的部队解散，并将我那遭到拒绝的状子重新呈递到国家法院。"

路德面露不快之色，将散放于书桌上的文稿理了理，一言不发。这位怪人所持的冥顽不灵的态度令他难以忍受。他琢磨着科尔哈斯在科尔哈斯桥镇公布的对容克的裁决，于是问道："你对德累斯顿法院有什么要求？"科尔哈斯回答说："依法惩办容克；使我的马匹得以复原；赔偿损失，既要赔偿我的，也要赔偿在弥尔贝尔格阵亡的赫尔塞的损失，他们使用暴力使我们遭到了巨大损失。""赔偿损失！你进行肆无忌惮的复仇活动，已经从犹太人和基督徒那里用罚款和兑换的办法弄到了成千上万，要说赔偿，这些价值你算不算进账里呢？""上帝保佑，这怎么可以呢？"科尔哈斯回答说，"房舍田地以及我所拥有的财产，我一概不要求归还，我妻子的丧葬费也算了；赫尔塞的老母会将他的医药费以及他在特龙肯堡所丢物品的价值一一开列出来；我那黑马由于没有卖出而遭到的损失，政府可让内行的人来估估价。"路德说："你这人莫非是疯了不成？真令人莫名其妙，你这可怕的人哟！"路德目不转睛地望着科尔哈斯，"你手执宝剑，对容克已进行了最为可怕的报复，为何还坚持对他进行判决呢？即使判决最后真的下来了，那也不会对他有特别大的损害！"科尔哈斯的眼泪滚下了面颊，回答道："尊贵的先生，我的妻子为此丧了命。我科尔哈斯要向世人表明，她是含冤死于非命的。在这件事上愿您顺从我的意志，让法院作出判决。其他的争端，我听从您的安排。"路德说："你听我说，如果事情果真不像传闻的那样，你的要求是合理的；可是，假如你在自作主张地进行复仇之前将争端呈请国君裁处，我毫不怀疑你所有的要求都会得到满足。你如果三思而后行，看在救世主的面上饶了容克，将枯瘦的黑马领回，在科尔哈斯桥镇的马厩里把马养壮，这样做岂不更好？"科尔哈斯说："有可能这样！"他走近窗前，"可能是这样，但也未必是这样！如果我不知道使黑马复原的代价是我那爱妻的鲜血，也许我会按照您说的办，可敬的先生，我是不在乎那几斗燕麦的！既然我为这两匹马付出这么高昂的代价，那也只能这样干下去了。那就让判决来说话吧，我听从公正的裁决，要让容克将马养肥。"

路德思绪纷乱，重又抓起他那些文稿："我愿为你所托之事面奏选帝侯。"他要科尔哈斯在觐见期间不要轻举妄动，在吕茨恩堡静候佳音。如果选帝侯恩准他有自由通行权，那会有文告告诉他的。"可是，"他接着说，这时科尔哈斯正弯下腰来要吻他的手，"国君能否开恩，我还不得而知；据闻他已征调一支大军，要将你歼灭于吕茨恩堡；如若真的到了那种地步，像我说过的那样，我也是爱莫能助了。"说完他便站起身来，准备打发科尔哈斯离开。科尔哈斯说，有路德说情，他感到很大的安慰。路德向他伸出手来，可后者突然向他单膝跪下，说他还有一桩心事：圣灵降临节他总是参加圣餐典礼，这次由于打仗而没能进教堂，他问路德愿不愿意举行另外的仪式而接受他的忏悔，对他施圣典的恩惠，以代替圣餐礼呢？路德略加思索，神情严峻地望着他说道："可以，科尔哈斯，我愿为之！可是你渴望接受其圣体的上帝，曾宽恕了他的仇人——而你是否愿意，"他继续说，这时科尔哈斯惊疑地望着他，"同样宽恕那个曾经欺侮过你的容克，前往特龙肯堡，骑上你的黑马，回到科尔哈斯桥镇，把它们养肥呢？""尊贵的先生。"科尔哈斯面红耳赤地说，一面抓住路德的手。"你要说什么？""上帝并没有宽恕他所有的敌人。我可以宽恕选帝侯，可以宽恕堡长和管家，宽恕亨茨和昆茨老爷，宽恕所有那些在这件事上跟我过不去的人，可是对于容克，只要有可能，我一定要迫使他把我的黑马养肥。"

听了这话，路德颇感不快，掉转身去，拉响了铃铛，一个书童手持蜡烛从外厅应声而来。科尔哈斯惊愕地站起身来，揩干眼泪；因为门已闩紧，书童推不开门，而路德却又坐下来审阅他的文稿，最后还是科尔哈斯将门打开了。路德向客人瞥了一眼，便对书童说："引客人出去!"那书童看见陌生客人不禁有些惊疑，从墙上取下大门的钥匙，退至半开的门口，等候客人告别。科尔哈斯两手摆弄着帽子，说道："尊贵的先生，如此说来，我向您恳请的和解之举，是无法实现的啰?"路德回答得很干脆："救世主那里是不会答应的；国君那里，像我对你所允诺的那样，不妨一试!"说罢便向书童示意，要后者立即执行他的吩咐。科尔哈斯现出痛苦的脸色，将双手置于胸前，跟着书童走下楼，并且立即消失于黑夜之中。

第二天，路德便向萨克森的选帝侯发出一封信，信中先将围绕于选帝侯左右的侍从和司酒亨茨与昆茨痛责了一顿，众所周知，是他们压下了科尔哈斯的申诉书。路德在信中还直言不讳地向国君陈言：形势非常之糟，除了接受马贩子的建议外别无其他选择，应对他的行为实行大赦，并对他的案子进行复审；公众舆论都站在马贩子一边，这里包藏着祸心，即使被他焚掠三次的符腾堡也袒护他；如果他的恳请遭到拒绝，他定会信口雌黄地公之于众，民众就会受其蛊惑，国家政权也会对他无能为力。他最后写道，鉴于此种情势，必须消除与拿起武器犯上作乱的公民进行谈判的顾虑；而此公民由于那种与国君作对的做法实际上已和国家恩断义绝。简而言之，为摆脱这一困境，不得不将其视为一种入侵本土的外来势力，因他本是异邦之人，他也有几分这样的资格，而不应将他看作是犯上作乱的造反者。

领兵大元帅克里斯蒂恩·冯·麦森亲王乃是在弥尔贝尔格战败的、目前正卧床养伤的弗里德利希·冯·麦森亲王的伯父，当国君收到路德的信函之际,他和司法总监弗里德伯爵、国务办公厅总监卡尔海姆伯爵,还有侍从和司酒亨茨和昆茨,都在宫中,他们全是选帝侯青年时代的朋友和亲信。侍从亨茨是枢密顾问一类的人物,有权处理国君的密件,并有权以国君的名义签名画押。他首先说话了,将事情的原委讲述了一遍,然后说,他之所以将马贩子控告他堂兄的状子压下来没有上报,是因为他误听了不实之词,以为那是无事生非,小题大作;继而他便话锋一转,谈到目前的境况。他说,无论是依照神的法律还是人的法律,马贩子都无权因这一失误而肆无忌惮地进行复仇活动。如若和此人谈判,把他当作合法的交战的一方,那就会使这个无法无天的家伙荣光无比,就会给选帝侯圣洁的人格带来奇耻大辱,这是他无论如何都无法忍受的;他鼓起如簧之舌,说他宁愿经历最不幸之事:满足疯狂的造反者的要求,将他堂兄解往科尔哈斯桥,去养肥那两匹黑马,也不愿接受路德博士的建议。司法总监弗里德伯爵向亨茨半转过身来,说出了他的遗憾:在解决这一颇为棘手之事时他对国君的威望表示了体贴入微的关切,可惜事发之时他没能这样做。他恳请选帝侯考虑,使用国家暴力来贯彻一项显然非法的措施是否得当;他特别指出,马贩子在国内仍有很大的市场,如不及时采取措施,其祸患尚有继续蔓延乃至无穷之势;他解释说,当今之计是采取坦诚的公正做法,即直接地、一往无前地纠正造成严重后果的过失,彻底清除祸根,方能使政府有望从这件丑事中摆脱出来。选帝侯征询克里斯蒂恩·冯·麦森亲王对司法总监所持见解的看法,后者回答说,他对总监的远见卓识极为钦佩;不过他认为总监在为科尔哈斯伸张正义的同时,却没有考虑到他损害了符腾堡、莱比锡以及整个遭其蹂躏的国家的权利,要求赔偿或者至少要求惩办祸首的权利。国家的秩序因为此人而陷于混乱,很难从法学上的原则加以整饬。因此,他赞同侍从的意见:为应付这种情况而派遣一支大军,前去消灭和荡平驻扎于吕茨恩堡的马贩子。侍从殷勤有礼地将亲王和国君的椅子从靠墙的地方移至中间,一面说,令他高兴的是,亲王公正无私,远见卓识,在论及这一进退两难之事时和他不谋而合。亲王手扶座椅,没有坐下,望着侍从说,请他不要高兴得太早,随之而来的举措必然是下一道对他的逮捕令,追究他滥用国君名义之罪,对他加以审判。由于形势所迫,在正义的法庭面前将揭发一系列猖獗蔓延的罪恶,加以审判,使其找不到藏身之地,对首先将其暴露于光天化日之下的司法却不可大兴问罪之师;他认为马贩子的控告关系到国家的生死存亡,此控告赋予了国家荡平科尔哈斯的权利;然而大家都心中有数,马贩子的事业是正义的,他所挥舞的宝剑,是有人亲自交到他手中的。那侍从听到这话不禁吃了一惊,他眼睁睁地望着选帝侯;选帝侯面红耳赤地转过身子,走近窗前。全场一片静默,这时卡尔海姆伯爵说道,如若这样舌战下去,大家全都陷入怪圈之中,是无法脱身的;基于同样的权利,人们也可以控告亲王的侄子——弗里德利希亲王;他对科尔哈斯所进行的讨伐令人摸不着头脑,对选帝侯的指令也多有违犯,若要追究使大家陷入目前窘境的责任,那弗里德利希亲王也难辞其咎;弥尔贝尔格战役之败,国君是要加以追究的。司酒昆茨·冯·特龙卡在选帝侯茫然无主地踱到他的桌旁时发言道,他真弄不明白,这么多的睿智之人聚集一堂,竟然拿不出一个办法来。据他所知，马贩子只要取得自由通行权到德累斯顿来复审他的案子，便答应将入侵国内的队伍解散。但不能由此得出这样的结论：由于他那充满罪恶的报仇行为而对他实行大赦。这是两个不同的法律概念，路德和国务院都似乎将它们混淆在一起了。"如果，"他继续说，一面将手指置于鼻尖，"德累斯顿法院对黑马事件进行判决，不管结果如何，这并不妨碍对科尔哈斯加以指控，指控其烧杀掳掠。我这是将两位政治家观点中的益处加以综合，这是一种明智的政治举措，将得到社会以及后世的赞许。"

亲王和总监听了司酒昆茨这一番话，只是向他看了看，没说什么，似乎会议到此结束了。这时选帝侯却说："在此次会议上大家各抒己见，我将加以考虑并在下一次国务会议上继续研讨。"亲王提出的临时媾和建议似乎打消了派遣大军进剿科尔哈斯的念头，虽说讨伐业已准备停当，在他内心深处还是颇重仁义的。总监弗里德伯爵的见解在国君看来最为得当，不管怎么说，散会时选帝侯将他留了下来。伯爵拿出信来给他看，从信函中可以看出，马贩子已拥有四百之众；由于侍从的擅作主张，国内笼罩着一种普遍不满的情绪，用不了多久，科尔哈斯的势力会两倍、三倍地增加。于是选帝侯不再犹豫不决，接受了路德博士提出的忠告。鉴于此，他委托弗里德伯爵全权处理有关科尔哈斯的事宜。不久便有文告发布了，其主要内容如下：

鉴于马丁·路德博士的说项，萨克森选帝侯对勃兰登堡的马贩子米歇尔·科尔哈斯予以特别的眷顾，为复审其案子，准其自由前往德累斯顿，条件为：三日内解散其所拥有之武装。如若德累斯顿法庭对其有关黑马之申诉不像所预料的那样予以拒绝,则对其为伸张一己之权利的专横之举加以追究,并绳之以严峻的国法,在此情况下,将对彼及其同伙在萨克森境内所犯之罪行予以大赦。

这一文告张贴于全国各地,科尔哈斯从路德博士那儿收到了一份,虽则其中的措辞讲明了条件,他还是立即将其全部队伍解散了,部属临行前他都赠以礼品,表示感激,并加以适当的劝告。他将所有缴获之物,无论是金钱、武器还是器具,全都当作选帝侯的财产移交给了吕茨恩堡地方法院。他打发瓦尔德曼回科尔哈斯桥,带信给那镇长:如有可能,他想买回自己的田庄。他又派遣施特恩巴尔德到施威林去把孩子接回,他很想和儿女们团聚。然后他离开吕茨恩堡,将不多的余款和文件携带在身,悄悄地向德累斯顿进发。

天刚亮,整座城池还在睡梦之中,科尔哈斯便敲响了皮尔奈市郊的一座小小宅院的大门;多亏那镇长急公好义,这份产业才给他保留了下来。老管家托马斯打开院门一看是他,不禁惊异不止,不知所措。科尔哈斯吩咐老管家通知省府的麦森亲王,说马贩子科尔哈斯已到达此地。麦森亲王得知这一消息,认为立刻亲自去察看一下人们如何对待这条汉子的情况很有必要。当他在马队和步兵的前呼后拥下来到大街上时,只见通往科尔哈斯宅院的大街小巷上已经是人头攒动,拥挤着数不清的人。人们一听说用火与剑对付压迫人民的蟊贼的杀手天使来到,便从整个德累斯顿,从城里城外蜂拥而至。为了阻止好奇的人群冲进来,不得不急忙将院落的大门关上。男孩子们爬近窗户，要亲眼看看这位正用早餐的杀人放火的强盗。卫队在前开路，亲王好不容易才挤进了院子。他一走进房间便问那位赤膊坐在桌前的人，是不是马贩子科尔哈斯？科尔哈斯回答说是，一面将装有证明其身份文件的袋子从腰间取下，恭恭敬敬地呈递给亲王。科尔哈斯接着说，他将队伍解散之后，凭借国君所赋予的自由权前来德累斯顿，他要为黑马之事控诉容克温策尔·冯·特龙卡。亲王把他从头到脚打量了一番，然后翻阅了一下信袋里的文件。他在信袋里看到一份收归国库而由吕茨恩法院代为保管的物品清单，于是便询问个中情况。他还问了其他一些问题，问他的子女，他的财产，他将来如何生活；待盘问清楚觉得放心之后，便将信袋还给他，并说没有人会妨碍他打官司，他可直接向司法总监弗里德伯爵提出申诉，以便开庭审理。亲王走近窗前睁大眼睛望着院子前面聚集的人群，停顿了一会儿接着说："头几天你一定要有一个护卫，居家或外出，均由他来保护！"听到此话，科尔哈斯不禁感到愕然，低头无语。亲王又说："不管你同意与否，就这样定下来了！"他离开窗前，"会发生什么样的事，你自己会估计到的。"说完他转身向门口打算离去，这时科尔哈斯对亲王的决定已考虑好了，于是说道："尊贵的亲王殿下，我悉听尊便！不过请您答应我，我一旦要求将卫兵撤走，那就请您将卫兵撤走；在此条件下我不反对这一措施！"亲王回说，这自不待言。为防不测，亲王为他拨了三名士兵，并告诉士兵们，他们所警卫的这家的主人，行动是自由的；他要是出门，他们跟随护卫就是了。说完亲王便向马贩子挥手告别，样子极为亲切。

近午时分，科尔哈斯在三名卫兵的陪同下去见司法总监弗里德伯爵，身后跟着数不清的人。不过，他们绝不会难为他，因为警察业已警告在先。司法大臣和颜悦色地接待了他，和他交谈了整整两个钟头。他先让科尔哈斯将事情的原委讲了一遍，然后令他去找一位由法院聘定的著名律师，由他将诉状直接呈递上来。马贩子立即赶到律师家里，诉状完全根据以前的底稿拟就：要求对容克依法加以惩处，要他将马匹恢复原来的样子，并且要他赔偿科尔哈斯本人以及在弥尔贝尔格阵亡的马夫赫尔塞的损失，抚恤赫尔塞的老母。然后他便回到家中，后面依然跟着人群，他们对他的好奇心有增无减。他决计不再出家门，除非有什么要事一定要他出来。

这期间容克已从符腾堡的拘留所中放了出来。等他脚面肿胀的危险的丹毒症治好之后，地方法院便立即要他去德累斯顿，以便在公堂上和马贩子科尔哈斯对簿，后者控告他非法扣留马匹并将其糟蹋得面目全非。

容克住进他的堂弟侍从和司酒家中，起初他俩对他十分恼恨，很轻蔑，说他是个可怜虫，是个一钱不值的人，说他为整个家族带来了奇耻大辱；说他的官司输定了，要他立即将黑马找回来，把黑马养肥，这在日后会为世人留下笑柄。容克用那微弱而颤抖的声音说，他在世上是最最可怜的人，他赌咒发誓说，他对这一使他跌入不幸深渊的事件知之甚少，全怪堡长和管家，在他毫不知情、根本没有征得他同意的情况下将马拉去收割。他们拼命役使它们，有时还拉到自家的田里去，致使它们累垮了。容克一边诉说，一边坐下来，求他们不要老是怪罪他、辱骂他，任意将他重新推进他刚刚脱离的苦海。亨茨和昆茨先生在被烧掉的特龙肯堡附近有田产，第二天便写信给在那里的管事和佃户，询问在出事那天失踪并从此再无下落的黑马的消息；他们是在容克一再请求下，才不得已写了这封信。然而那个地方已烧掠一空，居民差不多都被斩尽杀绝了，他们知道的仅仅是：一个家奴在杀人放火的强盗用刀威逼之下，将黑马从熊熊燃烧的棚厩中救了出来；那家奴问，该将这马匹牵往何处，如何处置它们，那强盗踢了家奴一脚，却没有回答。容克那年老而风湿缠身的女管家已经逃到了麦森，她对容克的询问答复说，在那个可怕的夜晚之后第二天，那家奴便带着马匹去了勃兰登堡。然而在勃兰登堡无论怎样探询，都问不出一个所以然来，看来去勃兰登堡云云纯系误传，因为容克没有哪个家奴住在勃兰登堡，或是住在去勃兰登堡的方向。几个家住德累斯顿的人说，在特龙肯堡大火后的几天，他们曾在威尔斯鲁夫看见一个马夫牵着两匹戴着笼头的马，两匹马形销骨立，再也走不动了，于是马夫便将它们弄到一个牧羊人的棚圈里，看来牧羊人倒想将它们养好。有种种理由可以认为，那两匹马就是要寻找的黑马；可是那里的人说，威尔斯鲁夫的牧羊人早就将马匹转卖给他人了，但不知道是卖给谁。还有第三种传说，也不知是谁传出来的，说是马早已死掉，并且被埋在威尔斯鲁夫的枯尸坑中。这样一种结局正中亨茨和昆茨两位先生的下怀，这倒很容易理解：他们的堂兄弟已没有厩房，势必要借用他们的马厩来喂养黑马，如果黑马业已死掉，就没有这种必要了。为了绝对可靠起见，他们当然还是希望确证这种情况。于是，温策尔·冯·特龙卡先生以世袭贵族、领主和有审判权的领主身份，给威尔斯鲁夫地方法院当局修书一封，把黑马的状貌详述了一番，只说它们是受人之托保管于舍下，由于变故两马逸失，敬请法院费心帮助查找黑马的下落；不论现今马主人是谁，都要将马送到德累斯顿，交至侍从亨茨先生的厩房，并许以重金补偿。几天过后，果然来了一个人，威尔斯鲁夫的牧羊人就是将马卖给了他。他牵着马匹，它们瘦骨嶙峋，摇摇晃晃，被系在车子的栅柱上，来到了市场上；此人是丢包尔恩地方的剥皮匠。这是温策尔先生的不幸，更是诚实的科尔哈斯的大不幸。

温策尔先生在他的堂弟昆茨那里，一听说有人将在特龙肯堡大火中逃逸的马匹带到了城里，便和昆茨在几个家奴的陪同下，马上来到了王宫前面的广场，那人就守候在广场上。如若这两匹马果真是科尔哈斯的，他们便准备付出代价，买回家中。两位骑士看到广场上人群蜂拥而至，越聚越多，都围着那辆拴着两匹黑马的双轮货车看热闹，他们感到惊诧。人们没完没了地嘲笑打趣，大声喊叫，说什么就是为了这样两匹马，江山几乎不保，没料想它们竟落在剥皮匠的手中！容克围着双轮货车转了一圈，仔细察看了那两匹随时都可能倒地而死的可怜巴巴的牲口，然后不无狼狈地说，它们不是他从科尔哈斯手里要过来的马匹。昆茨先生闷声不响，恨恨地看了他一眼，如果目光是由钢铁铸成的，那一定会将他射穿。昆茨将大氅翻开，露出勋章和项链，走到剥皮匠面前问道："这是不是威尔斯鲁夫的牧羊人留养的黑马，也就是容克温策尔·冯·特龙卡呈请当地法院调查的黑马？"剥皮匠正提着一桶水喂饮那膘肥体壮的拉车的马。"您说的是黑马吗？"他将水桶放下，取出马口中的衔枚，抚摸着马匹说，"那两匹拴在栅柱上的黑马是海尼施一个放猪人卖给我的，至于他是从哪里弄到手的，是不是那牧羊人转让给他的，我就不得而知了。"他一面说，一面把水桶提起，用膝头顶紧辕木说："威尔斯鲁夫法庭的一个差役要我把黑马送到德累斯顿的特龙卡的家中，交给一个名叫昆茨的容克。"说完他便掉转身子，把桶中剩余的水倒在马路的石板上。

被嘲笑的目光所包围的昆茨，无法使这位忙上忙下而又麻木不仁的汉子掉转身来看他一眼，于是便说明，他本人就是昆茨·冯·特龙卡；而黑马，他所要收留的黑马，是属于他的堂兄容克温策尔的；有个马夫带着它们逃出了特龙肯堡的大火，后来卖给了威尔斯鲁夫的牧羊人；这两匹黑马最早的主人是马贩子科尔哈斯！那汉子将裤管卷得高高的，双腿叉开站在那里。昆茨问他，他对此是否一无所知？海尼施的放猪人是不是从威尔斯鲁夫牧羊人那里买到的？或者是从第三者手里得到的，而第三者却是得自于牧羊人呢？无论如何，海尼施的放猪人关系重大。剥皮匠站在车旁，解过了小便，说道：是人家让他带着黑马来德累斯顿的，从特龙卡家领钱就是。刚才昆茨先生所说的那番话，他一句也没听明白。在海尼施的放猪人之前，黑马究竟是归彼得还是归保罗所有，或是归威尔斯鲁夫的牧羊人所有，这个他管不着，反正黑马不是偷来的。他说完便将马鞭横插在宽阔的后背上，向广场上的一家小酒店走去；他已饥肠辘辘，要去饱餐一顿。面对海尼施放猪人卖给丢包尔恩剥皮匠的两匹马，昆茨简直一筹莫展，假如这两匹马不是那魔鬼骑着大闹萨克森的两匹马呢？于是他要容克表示意见。后者张开那苍白而抖动的嘴唇说，当今之计，最好还是将它们买下来，不管它们是不是科尔哈斯的。昆茨大声骂娘，一面将大氅掩起，他真不知道如何是好，便从人群中抽身出来。这时一个熟人从广场骑马而过，他喊住了这位熟识的温克男爵，请温克先生到司法总监弗里德家中去一下，由后者知会科尔哈斯前来认马，而他本人则留在广场。众人嘲弄地望着他，都用手绢掩着口，好像单等他离开此地，便会哄然大笑一样。

事有凑巧，科尔哈斯正在司法总监家中，他是为吕茨恩堡法院保管物品之事由司法总监传唤来的。看见男爵到来，司法总监从安乐椅中站起身来，满脸不悦之色。他让马贩子手拿文件站在一旁，而男爵并不认识马贩子。温克先生便将特龙卡兄弟所处的困境一一告诉司法总监。他说，丢包尔恩的剥皮匠根据威尔斯鲁夫地方法院的不甚确切的通知，带着马匹前来此地；马匹业已面目全非，它们是否就是科尔哈斯的马，容克温策尔亦无法确定。即便要从剥皮匠手中将马买下来，在骑士的马厩里将其养壮，那事先也要科尔哈斯验证一下，以消除人们对此事的疑团，这显然是不无必要的。"那就请您多多关照了，"男爵最后说，"请您派上一名卫兵，把马贩子从家里接来，再把他带到马匹所在的市场上。"司法总监把眼镜从鼻子上拿下来，说温克男爵犯了两个错误：第一，他认为这事只有经过科尔哈斯的检验才能确认；第二，他以为司法总监有权派一名卫兵把科尔哈斯带到容克指定的地方去。说过之后，他便将站在背后的马贩子介绍给他。他一面介绍，一面坐下来，重又戴上眼镜，并请男爵直接和马贩子本人商量。

科尔哈斯若有所思，但不露声色，他表示，他愿意跟他到市场去查看那剥皮匠带到城里的黑马。男爵有点吃惊地转过身来望着他，而他则走到司法总监的书桌旁，回答了有关吕茨恩堡法院保管物品的问题，在回答这些问题时，他援引了信袋中的一些文件。然后他便告辞了；温克男爵满面羞愧地走近窗子，也向司法总监告别。麦森亲王派了三名士兵护送他们，后面跟着大群的人，浩浩荡荡地走向市场。司酒昆茨先生不听身边几个友人的劝告，仍旧混在人群中间，保持着他的位置。在他的对面是剥皮匠，剥皮匠一见男爵带着马贩子来到广场，便走到马贩子跟前。他身带宝剑，神气骄矜而又威严："车后的马是不是你的？"科尔哈斯向这位素昧平生的提问者谦恭地欠了欠身子，没有作答，在骑士的簇拥下走向剥皮匠的车子。那两匹马站立不稳，低垂着头，也不吃剥皮匠放在它们面前的干草。大约离马匹十二步远的光景，马贩子停下来不走了，他朝马匹匆匆望了一眼。"大人！"他转过身来对昆茨说，"剥皮匠所言不假，拴在他车上的黑马正是我的马！"说着他环顾四周，看了看周围的人，向他们脱帽致意，然后在卫兵的护送下离开了广场。听了这话，昆茨快步向前，头盔上的翎毛晃动着，他朝剥皮匠扔出一袋钱。剥皮匠提着钱口袋，一边用梳子将额头上的头发往后梳理，一边望着钱。昆茨吩咐仆人将马匹解下车来，牵回家去。那仆人听到主人呼唤，立即从人群中走出来，一步跨过脚下的粪尿，来到马跟前。他握着马勒，正想把马解开，他的堂兄希姆堡尔德师傅却一把抓住他的胳膊，对他说道："你千万不要去碰这两匹快死的驽马！"说着把他从车旁推开。昆茨看到这种情景，站在那里没说什么；希姆堡尔德师傅小心翼翼地跨过粪尿，来到昆茨面前："去雇个剥皮匠来吧，这不是仆役能干的事！"听了此话，昆茨气坏了，恶狠狠地望了他一眼，便转过身去，仰起脸来，从周围骑士的头顶上看去，呼叫卫兵。一名军官听到传唤，便带着几名选帝侯的卫兵从王宫里走来。昆茨简短地对他们说明，希姆堡尔德简直是无法无天，竟敢煽动城里的平民犯上作乱，要求将希姆堡尔德逮捕法办。昆茨一把抓住希姆堡尔德的胸口，说他将奉命解开黑马的仆人从车旁推开，并对该仆役施暴。希姆堡尔德巧妙地一转身，便挣脱了昆茨："尊贵的老爷！我是在指点一个二十岁的青年，要他明白什么该做，什么不该做，这怎么能说是煽动！现在就请您问问他，他是否愿意不管来历、不顾体面地和拴在车上的马匹打交道？如果他情愿如此，那我这话就算是白说，那就请他和马匹打交道就是了！他眼下就可以去割马肉，剥马皮，和我有何相干！"昆茨听完这话便转身问那仆人，是否愿意执行他的命令：将科尔哈斯的马匹解下来，牵回家去？仆人掉头挤进人群之中，胆怯地回答说，要他做这件事，先得把马匹的来历弄清楚。昆茨紧随其后，把那仆人头上有着特龙卡家族徽记的帽子扯下来，用双脚践踏，继而又拔出剑来，向他恶狠狠地刺去，不一会儿，便将他赶出了广场，并宣布将他辞退。希姆堡尔德师傅叫道："快把这个坏蛋打翻在地！"众人目睹了这一暴行后一个个怒不可遏，他们聚拢在一起挡着卫兵，希姆堡尔德从背后把昆茨撂倒，扒下他的大衣，扯下他的领子和头盔，夺下他手里的剑，并狠命地将剑扔出广场之外。容克温策尔在这场骚乱中一面奔逃，一面喊骑士去救他堂弟的性命，然而骑士自顾不暇，在他们还没有来得及动手之前就被人群挤得七零八落。昆茨摔倒在地，跌伤了头部，遭到愤怒的人群践踏。这时正巧有一队骑兵路经广场，选帝侯卫队的军官向他们求援，搭救昆茨。军官先将民众驱散，便去逮捕那怒火中烧的师傅；师傅被骑士押送牢房，这时两位朋友也将满身血污的昆茨扶了起来，并送他回家。人们本想为马贩子伸张正义，但没想到善良而公正的意图会有这样一个无法收拾的结局。丢包尔恩的剥皮匠完成了他的交易，等人群散去，便将两匹黑马拴在灯柱上。他不愿久留，匆匆上路离去。两匹马被拴在那里，无人照料，成了野孩子、闲汉嘲弄的对象；警察不得不来过问此事，他们在夜幕降临之际喊来了一名德累斯顿城的剥皮匠，让他把马牵到城外的剥皮场加以照看，听候进一步处理。

马贩子对这一事件本无丝毫责任，然而它却在国内，哪怕是在稳健而公正的人士中间，引起了一种对这场官司的结局极为不利的情绪。人们觉得此人和国家的关系实在令人难以忍受；无论是在私人家中，还是在公共场合，大家都表示这样一种看法：宁可让他受点委屈，将此案重新撤销，也不可斤斤计较些许小事而为他伸张什么正义，以强力为他申冤，满足他那无法自制、冥顽不灵的报仇心理。司法总监正义感特别强，特别痛恨特龙卡家族，这反而使上述论调得逞，并迅速传播开来；这样一来，便促使可怜的科尔哈斯彻底完蛋。

德累斯顿的剥皮匠现在照料着马，看样子很难恢复到它们早先离开科尔哈斯桥时的状况；即便通过人工喂养和长时间的精心照管达到了这一步，鉴于目前之事给容克家族所带来的奇耻大辱，这一家族在国家的公民中乃是最高贵的家族，还不如用现款来赔偿马匹的损失更为体面和切当。几天之后，国务总监卡尔海姆伯爵以卧病中的昆茨的名义给司法总监修书一封，提出了上述建议。司法总监一方面写信忠告科尔哈斯，要是有人提出这个建议，他切不可一下子拒绝；另一方面他在给国务总监的复信中又不客气地劝他不要干预此事，免得增添麻烦。他要求昆茨本人和马贩子面谈，并将后者说成一个公正而又谦逊的人。经过广场事变，马贩子的意志受到挫折；他遵照司法总监的劝告，只待容克或其亲族方面先有所表示，他便准备全盘接受他们的建议，并完全原谅过去所发生的事。可是枉驾屈尊对于傲慢的骑士来说是难乎其难的；他们对于司法总监的复信感到愤懑。翌日清早，选帝侯亲自探视养伤的昆茨，趁此机会，他们将复信呈递给国君，由于伤势严重，昆茨的声音微弱而又动人；他说他谨奉选帝侯的愿望，竭尽全力斡旋此事；然而他是否应该置社会舆论对其名誉的诋毁而不顾，向一个使他本人及家族蒙受奇耻大辱的人请求和解和让步呢？选帝侯看过信，有些为难地问卡尔海姆伯爵，法院是否有权在不和科尔哈斯协商的情况下，依据马匹再也无法复原的状况，权当它们死去而宣布以现款赔偿损失？伯爵回答说："陛下，马匹是死的，按照法律的意义是死的，因为它们已不具备任何价值；在人们将其从剥皮场取出送往骑士的厩房之前，它们的肉体也将会死去。"选帝侯将信放好说，他将和司法总监本人谈谈这桩案子，并对昆茨慰勉有加，昆茨半支起身子，满怀感激地紧握着他的手。选帝侯在向昆茨道别并叮嘱他注意康复之后，便和颜悦色地从安乐椅中站起身来，离去了。

德累斯顿的情况就是如此。同时，吕茨恩堡方面也围绕可怜的科尔哈斯酝酿着一场更大的风暴，是那伙诡计多端的骑士将闪电引到了不幸的科尔哈斯头上。约翰·纳格尔施密特本是马贩子招募的一个士兵，在选帝侯大赦令公布后被遣散；然而在遣散后的几个星期，他又将性喜打家劫舍的贫汉召集起来，想步科尔哈斯的后尘，去独自干那杀人越货的勾当。这个无赖为了吓退追捕的官兵，同时也为了诱使乡民参加他的打劫行当，便自称是科尔哈斯委派的地方官。他从科尔哈斯那里学到了小聪明，灵机一动散布谣言说，当局对几位老老实实回乡的兵丁并没遵守大赦的诺言，甚至对科尔哈斯本人也食言而肥；说科尔哈斯一到德累斯顿便被扣押，交由卫兵看管。他手下那群杀人放火的乌合之众在一份模仿科尔哈斯的告示中宣称，他们是一支敬畏上帝的队伍，这支队伍之所以建立，乃是为了监督执行国君所颁布的大赦令。然而他们的所作所为，如上所说，绝对不是为了尊奉上帝，也不是为了拥戴科尔哈斯，他们对他的命运如何其实并不关心；他们打起这样的幌子，是为了更加肆无忌惮、更加为所欲为地烧杀掳掠。最初的消息一传到德累斯顿，那班骑士便抑制不住心头的喜悦。他们认为，这件事可使全部事态改观。他们旁敲侧击，现出不乐意的脸色，为的是暗示人们所犯的错误，怪大家不该对他们三番五次的忠告置若罔闻，坚持对科尔哈斯等人实行大赦；他们说照此办理，无异于对形形色色的罪犯发出信号，叫他们以科尔哈斯为榜样。他们不相信，纳格尔施密特之所以拿起武器确如他自己所说，是为了维护其身陷罗网的主人的安全；他们甚至断定，纳格尔施密特的全部行动完全受科尔哈斯主使，借以向政府施加压力，以便促使案子的审理按照他的狂妄的一己之见进行。亨茨先生说得更加神乎其神。一次，在选帝侯的前厅里举行的宴会结束以后，他甚至对围着他的猎友和宫中侍臣说，吕茨恩堡的那伙强盗业已解散云云，纯属欺人之谈；他对司法总监的正义感大加嘲笑，并以几种巧妙地编织在一起的情况证明，那伙人仍隐蔽于国内的森林之中，只待马贩子一声召唤，他们便会重又从树林里冲杀出来，干那火与剑的营生。

克里斯蒂恩·冯·麦森亲王看到事态发生如此转变，心里很着急；这样下去，势必会影响国君的声名，于是立即进宫谒见国君。他看穿了骑士们的图谋：若有可能，根据所谓新的罪行而将科尔哈斯一举扳倒；所以他请求选帝侯立即传讯马贩子。马贩子完全没料到差役会将他押往官厅，他手里正抱着他的两个小男孩亨利希和利奥波德，他的家丁施特恩巴尔德日前已将他的五个孩子从梅克伦堡领回来了。两个小儿子见他要被带走而大放悲声，科尔哈斯思绪翻滚（这里说来话长），便忍不住将他们又抱起来，带往受审的地点。

亲王对坐在科尔哈斯身边的两个孩子满怀怜爱之情地观察了一番，极为亲切地问他们叫什么名字，几岁了。接着，他告诉科尔哈斯，他以前的部属纳格尔施密特在铁岭谷如何滥用自由的名义而大肆掳掠烧杀；他还把那人的所谓告示给马贩子看，并要求后者回答，关于此事要不要为自己辩护。科尔哈斯看了这些无耻之尤的叛逆性文件不由得大吃一惊，然而面对亲王这样的正直之士，他并未多费口舌就把事情的原委讲得一清二楚，令人满意地证明了他当今所受的攻讦完全没有根据。他认为，按照目前的情形，为了了结正在顺利进行的官司，他无需第三者相助，从他携带的信袋里的文件来看，纳格尔施密特并不想为他帮忙，他将这些文件也呈递给麦森亲王。文件透露，在队伍解散之前，科尔哈斯曾要将这个家伙处以绞刑，因为他在四处犯了强奸罪，还干了许多其他坏事，只是选帝侯下达的大赦令才使事态改变，挽救了他的性命。待到第二天散伙时，科尔哈斯和他成了不共戴天的仇敌。马贩子坐下来，接受了亲王所提的建议，草拟一项致纳格尔施密特的声明，声明说，纳格尔施密特胡说对他本人及其部下下达的大赦令业已遭到破坏，为维护大赦令，他才有此举措，这完全是卑鄙无耻的捏造；科尔哈斯声明，他在德累斯顿并未被扣，也未被卫兵看管，相反，他的官司正如他本人希望的那样进行着；他警告纳格尔施密特及其同伙，大赦令颁布后在铁岭谷所犯的杀人放火罪是要受到法律制裁的。声明还附录了一些有关刑事审讯的残缺不全的文件，这些都是马贩子在吕茨恩堡根据歹徒的罪行草拟的。这会使民众明了，这个歹徒早在那时就已被判死刑，只是选帝侯的大赦令才救了他的性命。亲王对科尔哈斯慰勉有加，要他对这次官司中由于这件事而引起的疑团不必介意。亲王还向他保证，他在德累斯顿一天，对他公布的大赦令就会维持一天；他将桌上的水果分赠给两个孩子，然后与科尔哈斯握手道别。司法总监也看出科尔哈斯所处的险象环生的境况，想尽一切努力，尽早了结这场官司，以免节外生枝。然而节外生枝正是那些翻手为云、覆手为雨的骑士的愿望和目标。他们一反常态，不再默认过失，强忍不满，以求得到从轻发落；而是信口雌黄，百般狡辩，矢口否认他们有什么过失。他们一会儿说科尔哈斯的黑马之所以被扣留于特龙肯堡，完全是堡长和管家自作主张，容克对此毫无所知或者知之不详；一会儿又说那两匹黑马一开始便有危险的症状，猛咳不止，他们甚至找了人作证。这种论据在经过详细的调查和探究之后不攻自破；于是他们又找出选帝侯的一条法令来，该法令颁布于十二年前兽疫肆虐之际，法令确实禁止将马匹从勃兰登堡运往萨克森。他们以此作为明确无误的论据，证明容克不仅有权，而且有义务扣留科尔哈斯所运的马匹。

在此期间，科尔哈斯从科尔哈斯桥镇的那位正直的镇长手中重又买回了他的田产，为此他付了些微的赔偿费。为了完成这宗交易的法律手续，他想离开德累斯顿几天，回乡一趟。他的回乡决定，并非只是为了上述买卖，这点是不言自明的；冬耕虽已迫在眉睫，但他另有用心，想借此检验一下他那奇异而又令人忧虑的处境；也许还有别的原因，那就让那些了解他心事的人去猜测一番罢。他将派给他的卫兵留下，便去见司法总监，将镇长的信呈递给他："若法院目前不急需他，他想离开德累斯顿八至十天，去勃兰登堡走一趟，十天之内准回来。"司法总监显出不悦之色，低头沉吟道，此时他在场比任何时候都更为必要，因为对方阴险狡诈，竭尽歪曲狡辩之能事；事出意外，千头万绪，非得要他本人解释和澄清不可。可科尔哈斯还是坚持他的请求，态度谦逊而又迫切，说是有事可找熟悉此案的律师。他答应八天之内返回。司法总监沉思了一阵，便打发他走："我希望你到克里斯蒂恩·冯·麦森亲王那里领取护照。"

科尔哈斯对司法总监那不悦的脸色很理解，不过这更坚定了他去乡下的决心。于是他坐下来写了一份申请，请求警察总监麦森亲王发给他去科尔哈斯桥往返八天的护照，也没写明理由。他很快便收到了宫廷卫队长西格弗里德·冯·温克男爵签署的批示:"关于申请去科尔哈斯桥护照一事,业已转呈选帝侯陛下,一俟恩准便将护照送达。"科尔哈斯向他的律师询问,官方批示怎么会由西格弗里德·冯·温克男爵签字,而不是由他所呈请的克里斯蒂恩·冯·麦森亲王签署。律师回答说,亲王于三天前去其田庄小住,警署事务在其离职期间由宫廷卫队长西格弗里德·冯·温克男爵代行,这位男爵便是上文提及的同姓男爵的堂兄弟。

科尔哈斯静候国君本人的批准,呈文历经曲折转呈于国君,可是等了很多天,一个星期过去了,又过了几天,呈文还是不见批复。在此情况下他不禁焦躁不安;而法院也没有宣布判决,尽管有人明白无误地告诉他,法院就要宣判。到了第十二天,他又写了一份申请,坚决要求当局表明立场,迫切呈请警署下达他所要求的护照。一天过去了,他还是没有接到他所期望的答复。晚上他忧心忡忡,考虑他的处境,特别考虑了在路德博士发挥影响的情况下取得的大赦令。想着想着,他不知不觉来到后房的窗前,发现麦森亲王派给他的卫兵已不在指定的厢房里,他对此很是骇异。他将老管家托马斯叫来,问他这是怎么回事。托马斯叹了口气说道:"东家,并非所有的事都按着规矩办。今天的卫兵比往常多了,天黑时整所宅子里都布满了卫兵;有两个手持盾牌和标枪站在临街的前门,两个在花园的后门,还有两个躺在前厅的一捆干草上,据说卫兵全都在那里过夜。"科尔哈斯大惊失色,但他转过身去说道:"只要他们待在那里,那也没有什么关系。"他还请托马斯去过道时带盏灯给他们,好让他们看得见。他借口倒净一件餐具而将前面的百叶窗打开,想弄清楚老托马斯所言是否属实。这时卫兵正好在闷声不响地换班,这样的做法可真是出人意料;马贩子躺在床上,可一点儿睡意也没有,他为明天该如何举措忽生一计。这个与他打交道的政府一面伪装主持正义,一面却又对应允的大赦加以破坏,这使他非常不安。无可怀疑,他已经是一名俘虏;如果他理当是一名俘虏,那他也要政府发表一个确切无疑、直截了当的声明。第二天一早他便要他的家丁施特恩巴尔德备好车子,说是要到罗克维茨城的县知事那里做客,后者是他的一个老朋友,几天前在德累斯顿他们曾见过面,县知事请他带着孩子到家里玩玩。兵丁们一直窥伺着里面的动静,见到车子便交头接耳,并暗中派一个人进城。几分钟后便有一名军官带着几个差役来到了这所宅院。科尔哈斯正忙着给他的孩子穿衣服,觉察到他们这些动作,故意让车子在门口较平常停留了更长的时间。他见警署人员整装待发,便带着孩子走出门来,对他们未加理会;他对站在门口的一队兵丁说,他们没有必要对他紧跟不舍。他把男孩子抱进车内,亲吻并抚慰哭叫着的小女孩,她们按照他的安排要留在老管家托马斯的女儿那里。他刚一上车,警署军官便带着差役从宅院对面走上前来,问他要去哪里?科尔哈斯回答说:"我要到我的朋友罗克维茨县知事的家里去,前几天他请我和我的两个孩子到他家做客。"军官说,在这种情况下他要稍等片刻,麦森亲王有令,要派几名骑兵护送。科尔哈斯在车中笑着问,长官是否认为,在一个要热情款待他一天的朋友家中,他的人身安全将难以保障呢?军官开朗而又和气地说,这当然没有多大的危险;他又补加了一句,兵丁不会给他带来麻烦。科尔哈斯神态庄重地说,在他来到德累斯顿时,麦森亲王曾对他说过，他是否要卫兵加以保护，全由他自己决定。那军官听到有这种事很惊异，便小心地说，当亲王身在城内时才能援引这一规定。于是马贩子便向军官讲述了在他家派驻卫兵的始末，军官解释说，宫廷卫队长西格弗里德·冯·温克男爵是现任警署的长官，卫队长曾责令他对科尔哈斯的安全负全责。如果他不愿接受保护，那就请他亲自往警署走一趟，以消除发生的误解。科尔哈斯向军官射去一种表示不屈从或决裂的坚定目光："我愿前往警署。"他忐忑不安地下了车子，让管家将孩子背进过道，自己跟随那军官和卫兵往警署去了，那家丁守着车子在门前等候。事有凑巧，宫廷卫队长温克男爵正在查看日前在莱比锡战役中俘虏的匪徒，他们是纳格尔施密特的部下。男爵手下的骑士们正对那帮家伙讯问，希望问出他们感兴趣的东西。这时马贩子等人走进来，来到男爵的身边。男爵一见马贩子进来，便连忙问他有何贵干。这时骑士们也安静下来，停止了讯问。马贩子十分谦恭地讲明了他的来意，说是罗克维茨县知事午间宴请，他不想带着卫兵前往，但愿他们能留在家中。男爵一听此话，立即板起面孔，似乎将什么东西吞进肚中一样地说道："您还是安安静静地待在家中吧，暂时不去赴宴为好。"说着他忽然转过身去，中断了刚才的话头而对那个军官说："有关此人的命令不可更改，他若离城一定要有六名骑兵陪同。"

科尔哈斯问，难道他是个阶下囚，难道他应当认为，那昭示于天下的大赦令业已无效了？男爵突然掉转身来，满面通红地走近他，盯着他的眼睛回答说："是的！是的！是的！"说完他又转过身去，不再理会科尔哈斯，重又朝纳格尔施密特的匪徒走去。

科尔哈斯离开那里，他已看出，由于这一步骤，他唯一的逃生之计万难成功，可他还是对自己这个办法暗自得意，因为他觉得自己再也没有遵从大赦条款的义务了。他回到家里，吩咐将马匹卸下来，然后在警署军官的陪同下悲哀而又震惊地回到了自己的房间，那军官以一种令他深恶痛绝的腔调向他担保，一切都出于误会，误会很快便会冰释。那些卫兵在军官的示意下，将通往院子的所有门户全都关闭；军官又对他说，前面的正门是敞开的，可以自由出入。

再说纳格尔施密特在铁岭谷深山老林中，受到来自四面八方的官兵的进逼，已经山穷水尽，再也无力担任他所扮演的角色。他眉头一皱，计上心来，决定把科尔哈斯也拖下水。他从一个到过德累斯顿城的行人那里了解到官司进展的详情，于是他相信，不管他们之间的冤仇有多深，他能说动马贩子与他重新联合起来。于是他便派了一名兵丁，携带一封几乎无法辨认的德文信件去找科尔哈斯，信中写道："您若愿意前来阿尔滕堡，重新统领这支由散兵游勇集结起来的队伍，我将欣然带领人马前来德累斯顿劫狱。我还向您保证，今后对您更加忠顺，更守规矩，痛改前非。为表达我的忠顺之心，我将亲来德累斯顿，设法将您营救出狱。"

很不幸，那位带信人在离德累斯顿不远的村庄里生病了，他从青年时代起便得了羊角风，而今昏倒在地。很多人前来搭救他，结果他藏在胸前的信件被人发现了，待他醒来，便被扣押了。一个卫兵将他押往警署，后面还跟着不少民众。宫廷卫队长一见这封信，便立即觐见选帝侯，当时业已康复的亨茨和昆茨先生，以及国务总监卡尔海姆恰好都在座。大家一致主张立即将科尔哈斯拘留，理由是他与纳格尔施密特暗中勾结；他们还论证说，如果马贩子先前没写过信，如果他们之间没有一种罪恶的联系，如果他们没有共同策划新的阴谋，这样一封信是决不会写出来的。选帝侯却执意不肯仅仅以此信为由，便不履行对科尔哈斯所允诺的安全保障；他甚至认为，从纳格尔施密特的信中能隐约看出，他们事先并没有达成默契。国务总监建议让纳格尔施密特派来的兵丁装出从未被扣留过的样子把信送往科尔哈斯处，看他是否答复；选帝侯为弄个水落石出，犹豫再三方才接受这一建议。第二天，那位在押的兵丁便被解往警署，宫廷卫队长将信件还给他，并向他许下诺言：只要他装作什么事情也没有发生的样子，将信件送给马贩子，他就会重获自由，国君就会宽恕他所犯下的罪行。这个恶棍毫不踌躇地依计而行，他装作螃蟹贩子（螃蟹由警署军官采购），故意装出鬼鬼祟祟的样子，潜入了科尔哈斯的房间。孩子们逗弄着螃蟹，科尔哈斯阅读那信件，若在平日，他定会一把抓住这个无赖的衣领，把他交给守在门口的卫兵；可是处在目前的心绪下，他觉得一切的一切都变得无所谓了。他坚信世上只有这条路能把他从那盘根错节的官司中搭救出来。他望着这位他熟识的汉子，满眼悲戚的目光，问他现住何处，并要他几个小时之后再来，届时他会答复他的主人。这时仆人施特恩巴尔德不期而至，科尔哈斯让他买下一些螃蟹，然后两人便装出素不相识的样子分手了。马贩子坐下来，对纳格尔施密特复信如下："对阁下提出要鄙人统帅阿尔滕堡部队的建议，本人首先表示接受。此外，请您派一辆双驾马车来德累斯顿之新城,以便将我的五个子女从临时拘留所中救出。为使我本人能尽快逃出罗网,请阁下再派一辆双驾马车在去符腾堡的路上守候。我之所以绕道前去与您会合,这是事出有因,在此我无意扯得太远。对于监视我的卫兵我自信可以买通,但是为防万一,还请您派几名勇敢机智、全副武装的兵丁隐身于德累斯顿的新城内。为筹备上述一切尚须一笔费用,望您再派一名兵丁送二十枚金币给我,一俟大功告成,我再与您清账。您亲往德累斯顿救我实无必要,我请您继续留在阿尔滕堡指挥部队,兵士不可一日无主。"

那汉子晚上又来了,科尔哈斯便将信件交给他,给了他许多赏钱,还千叮万嘱,要他小心谨慎。科尔哈斯想带着五个孩子远走汉堡,再从汉堡漂洋过海,去意大利的黎凡特或东印度,或者到蓝天下任何无人认识他的地方去;他的心情悲愤难抑,他已不再想把黑马养肥,他倒也并不是出于厌恶之情不愿与纳格尔施密特合伙。

那汉子一将马贩子的复信交给宫廷卫队长,司法总监便立即被免职,并委任国务总监卡尔海姆代行其职务。同时内阁发布了选帝侯的命令,将科尔哈斯拘留,给他戴上脚镣手铐投入设在塔楼内的监狱。科尔哈斯的那封复信被张贴于城内的大街小巷,依据此信向他提出了公诉。法官问他这信可是他写的,他回答说:"是的!"又问他还有何话说,他低下了头,回答:"没有!"结果他被判处极刑:刽子手将手持烧红的铁钳把他的身体卸为四块,然后把尸体在碌车与绞架之间烧掉。

可怜科尔哈斯在德累斯顿落得这般下场,而这时勃兰登堡选帝侯正想把他从暴虐恣睢中救出呢。他在给萨克森选帝侯国务厅的照会里,要求把科尔哈斯作为勃兰登堡的公民引渡过来。有一次,那位正直的城防司令官格伊绍在陪他沿着施普里河岸散步时,向他讲述了这位奇人的奇事。勃兰登堡选帝侯对此惊诧万分,于是追问详情,最后格伊绍不得不讲出宰相西格弗里德·冯·卡尔海姆对此事处理有误,致使科尔哈斯蒙冤。选帝侯对宰相甚为震怒,于是严加叱责,这才发觉他原来和特龙卡家族有亲戚关系。选帝侯立即撤销了他的宰相职务,而由亨利希·冯·格伊绍接替他。

事有凑巧,那时波兰王室和萨克森王室发生争执,也不知为了什么事;波兰这时再三建议,要与勃兰登堡联合起来,共同反对萨克森。宰相格伊绍在处理此事时表现得极为精明,他一方面要满足国君想为科尔哈斯伸张正义的愿望,不惜再大的代价;另一方面他又不想孤注一掷,影响全局的安宁;他只限于在个人许可的范围内活动。因此在他看到对科尔哈斯进行如此专横、伤天害理的判决后,便坚决要求将科尔哈斯立即无条件加以引渡,若他果真有罪,可由德累斯顿法院派出一名律师前来柏林对他指控,视其情节轻重而按照勃兰登堡的法律予以定罪;不仅如此,他还要求对方给勃兰登堡选帝侯派往德累斯顿的律师发护照,该律师将代表科尔哈斯的合法权益控告容克温策尔·冯·特龙卡,因为后者在萨克森境内扣留了科尔哈斯的黑马,并对其大肆虐待。昆茨先生在萨克森国内官员任免变动时被任命为国务总监,由于他处境维艰,不想再得罪柏林王室,于是便以萨克森选帝侯的名义,以极为沮丧的语气回复说:"照会否认德累斯顿法院有权依法惩处在其境内犯有罪行的科尔哈斯,对这一不友好、不公正的态度我深表惊诧。众所周知，科尔哈斯在德累斯顿附近拥有可观的田产，他是萨克森居民的身份不容怀疑。"

这时波兰王室依然坚持其权利要求，调集了一支五千人的军队驻扎于萨克森的边境；勃兰登堡宰相亨利希·冯·格伊绍则声称，以马贩子命名的科尔哈斯桥镇是在勃兰登堡境内，因而执行对科尔哈斯宣布的死刑判决乃是对国际公法的破坏。在这种情况下，萨克森选帝侯召见昆茨先生，想听听他的意见，后者很想从这一事件中摆脱出来，于是选帝侯又把克里斯蒂恩·冯·麦森亲王从其田庄召来。国君决计听从明达事理的亲王的劝告，接受对方的要求，把科尔哈斯引渡给柏林。麦森亲王对过去的失误颇为不满，但眼见国君进退失据，而对自己寄予厚望，于是便勉为其难地担起了处理这一事件的责任。他问选帝侯，在柏林最高法院对马贩子提出的指控是基于什么样的理由？科尔哈斯那封写给纳格尔施密特的奇怪的信不足为据，因为它是在一种暧昧不明的情况下草就的；也不能依据他以前烧杀掳掠的作为，因为这一切已明文赦免。于是选帝侯上书维也纳的皇帝，控告科尔哈斯武装侵入萨克森的边境，破坏了由他负责的国家治安。他恳请皇帝陛下，因为陛下不受大赦令的约束，派遣一名帝国的检察官前来柏林最高法院，控告科尔哈斯。八天之后，勃兰登堡选帝侯派遣了一个名叫弗里德利希·冯·马尔察恩的骑士带领六名骑兵前来德累斯顿，用车子将马贩子科尔哈斯押送柏林，同去的还有他的五个子女，这是科尔哈斯求人将他们从育婴堂或从孤儿院找回来的。

在此期间，萨克森选帝侯应郡长阿洛西乌斯·冯·卡尔海姆伯爵之邀前往达莫,郡长在萨克森边境有大量田产。选帝侯由昆茨及其夫人荷绿赛陪同,后者为郡长之女、原国务总监之妹,随行的还有其他衣冠楚楚的绅士和珠光宝气的女士,不用说还跟随着行猎容克和内臣,准备举行一次大规模猎鹿。这一切当然都是为了博取选帝侯的欢心。他们在一个依着山坡、横建于大路上的饰有三角旗的帐篷里用餐,周身上下全是打猎后的尘土,从橡树那边传来优美的乐声,宫廷侍从和贵族侍童往来穿梭地伺候着,这时马贩子在骑兵的监护下从德累斯顿方向缓缓而来。科尔哈斯那五个柔弱的小儿女中有一个生了病,这使得护送他们的马尔察恩骑士不得不在黑尔茨堡停留了三天。他没有将这一行动知照德累斯顿政府,因为他认为他只对勃兰登堡选帝侯负责。萨克森选帝侯开怀痛饮,头戴猎人的松枝羽冠,荷绿赛夫人坐在他的旁边,这位夫人曾是他青年时代的初恋情人。欢宴使得选帝侯兴高采烈、忘乎所以了:"请把这杯酒给那位不幸的人,且不管他是谁!"荷绿赛夫人对他含情脉脉地望了一眼,立刻站起身来,将整个桌子上的食品一股脑儿收拢来,水果、糕点和面包堆满了一个侍童递过来的银器;大伙手拿各种各样的食物,争先恐后地走出帐篷。这时郡长一脸尴尬地迎来,请大家且慢。选帝侯感到诧异,问发生了什么意外的事,使得他如此惊慌?郡长脸转向昆茨,语无伦次地回答说:科尔哈斯坐在车子里面。听到这个消息每个人都感到莫名其妙,科尔哈斯在六天前即已动身,此事人所共知。昆茨先生手持酒杯转身向着帐篷,将酒倒在沙地上。选帝侯满脸通红,将酒杯放到托盘上,托盘是昆茨先生使了个眼色让侍童递过去的。弗里德利希·冯·马尔察恩骑士向这个不熟识的团体彬彬有礼地致敬后，便慢慢地穿过钉在路上的绳索继续向达莫进发。郡长请众宾客重入帐篷，再整杯盘，大家都不再注意这件事了。选帝侯一坐定，郡长便暗地派人前往达莫，催促当局不准马贩子停留，要他们继续前行。可是天色已晚，马尔察恩骑士坚持要就地留宿。于是，只好将他们安置在一家附属于市府的农庄里，农庄掩映在路旁的树林里。

时近傍晚，众宾客在酒足饭饱之余又享受了一顿丰盛的点心，大家将刚才的插曲忘得一干二净。这时郡长灵机一动，提议大家重上猎场，因为有人发现了一群麋鹿；这一建议博得了全体嘉宾的喝彩，大家成双成对地手持猎枪越过壕沟，穿过篱笆，往附近的树林进发。

荷绿赛夫人想看看热闹，于是便挽着选帝侯的胳臂，在一名仆役的带领下来到一所院子，没想到这里正好住着科尔哈斯和勃兰登堡的骑兵。荷绿赛听到里面有人，便说道："来吧，尊贵的爵爷，来吧！"说着便千娇百媚地将选帝侯颈上的项链藏入她的丝织胸衣之中，"在随从到来之前，让我们摸进田庄，去看看那位留宿的奇人！"选帝侯红着脸，一把抓住她的手说道："荷绿赛，你怎么异想天开？"后者不无惊异地望着他说："您穿着猎装，没人会认出您来的！"说完便要拉他进去。正在这时，几位行猎的容克已满足了好奇心，从院内走了出来，对他们说："多亏郡长的巧安排，无论是骑士还是科尔哈斯，都不知道在达莫聚会的是一群什么样的人。"这时选帝侯微笑着将帽子拉低，说道："愚昧啊，是你主宰着世界，你竟产生于一个美丽的妇女之口！"

当众宾客走进庄园探望科尔哈斯时，他正坐在一捆干草上，背靠墙壁,用面包和牛奶喂那在黑尔茨堡生病的孩子。荷绿赛夫人试着和他攀谈,问他是何人,孩子生了什么病,他犯了什么罪,人们如此戒备森严地将他押往何方?科尔哈斯向前拉了拉他的皮帽,一面继续喂着他的孩子,一面回答夫人提出的所有问题,回答简短但令人满意。选帝侯站在行猎容克的背后,看到他颈下用丝线挂着一只匣子,正好当时没有更好的话题,于是便问道:"这是什么东西,里面装了什么?"科尔哈斯回答说:"大人,这个匣子说来话长!"说着便将匣子打开,取出了一张漆封的纸条。"说起这个小匣子,它可来历不小呢!大约在七个月之前,我的妻子下葬后的一天,我从科尔哈斯桥镇动身,这个地方您想必知道,要去捉拿一个名叫特龙卡的容克,他对我多行不义。当时萨克森选帝侯和勃兰登堡选帝侯正在于特尔勃克谈判,所为何事我不得而知,那时我正好路过此地。差不多到了傍晚,正像原先所希望的那样,他们取得了完全一致的意见;他们一边漫步于乡镇的街道上,一边进行着友好的交谈,他们要看看那热闹欢快的年集夜市。他们遇见一个吉卜赛女人,她坐在矮凳上,四周围满了人,正替人用日历算命。两位选帝侯开玩笑地问她,她能否为他们也泄露一些令他们高兴的事呢?那时我带着我的人正好住在一家客店中,这件事正好让我碰上。我站在教堂过道里,站在人群的背后,那女人对这两位贵人说了些什么,我没有听清。人们都笑着悄声说,她认为天机不可泄露。人们为了看个究竟,便争先恐后地往前挤。这使我不得不站到我背后的一条石凳上去,石凳就在过道上,是雕凿而成的。我并非出于好奇,而是替那些好奇的人让开地方。从我的位置看过去,正好可以看见那两位贵人和那位妇人。她坐在矮凳上,似乎在涂画些什么。突然,她一拄拐杖站起身来,在人群之中环顾四周,一眼看见了我。我与她从来没说过话,并且一生一世也不要她为我算命,而她却挤过密集的人群,走到我的跟前说:'请您将这个拿去,这两位先生要知道什么,那就请他们来问您好了!'说着她便伸出那瘦骨嶙峋的手,将纸条塞给了我。当时很多人围着我,我颇感骇异,于是问道:'老妈妈,您给我的是什么东西啊?'她说了很多,我听不清楚,但其中我听到了我的姓名:'这是一个护身符,马贩子科尔哈斯;你要妥善将它保存好,将来它会解救你的!'我感到很奇怪,可她说完扭头就走了。"

"说真的,"科尔哈斯兴致勃勃地继续讲述道,"我在德累斯顿可说是险象环生,可到头来还是保全了性命;我在柏林的遭遇如何,我在那里能否靠它保住性命,这要等到将来才能验证。"听完这番话,选帝侯坐到凳子上,那夫人惊惶地问他发生了什么事,他嘴里虽说没事,可刚说完便昏倒在地上,夫人也没来得及把他扶住,连忙将他抱在怀里。这时马尔察恩骑士正好有事走进房间,一见此情形便喊道:"我的天哪,这位先生怎么了?"夫人高声喊叫拿些水来;行猎容克将选帝侯扶起来,把他抬到厢房里的一张床上。人们七手八脚地进行抢救,却总不能使他恢复知觉,这时大家惊慌得无以复加。后来侍童将昆茨先生唤来,昆茨说,从种种迹象看来,他得的是中风。郡长叫人把他抬进车中,将其慢慢送往附近的猎宫,昆茨也差人飞速前往卢考去请医生,这时选帝侯睁开了眼睛。他到了猎宫,由于沿途颠簸又昏迷了两次,直到第二天早晨卢考的医生赶到,他才恢复了神志。有明显的症候表明他得了斑疹伤寒。

他一清醒过来，便在床上半支起身子，首先问科尔哈斯现在何处？昆茨误会了他的意思，抓住他的手说道："您对他尽可放心，在发生了扑朔迷离的怪事之后，我已吩咐勃兰登堡的骑士对他严加看管，不让他离开达莫田庄一步。"昆茨严厉申斥他的妻子的轻率和不负责任，竟让选帝侯和这样一条汉子会面，他想以此表示他对国君的万般关切。然后他问道，在和那人谈话时，究竟是什么使他那样大动感情？选帝侯回答说，他必须承认，这是他看到那人身边所带匣子里的小纸条引起的；为了解释昆茨所不了解的情况，选帝侯还补充说明了很多话。他双手握着昆茨的手，忽然对他说道："要把这张纸条弄到手，这对我来说至关重要。"选帝侯请他立即备马前往达莫，要不惜一切代价为他从那人手中买来此物。昆茨极力掩盖自己忐忑不安的心情，对选帝侯说，如果纸条真对他有几分价值，那么最重要的是对科尔哈斯严守秘密。如果稍微不慎，让科尔哈斯知道了这纸条的重要性，那么即使将所有的财富都给他，也休想从这位穷凶极恶、与他结下深仇大恨的人手里得到那张字条。为使选帝侯放心，他还补充说，这事得另想办法，比如说委托一个完全不相干的第三者去智取，对于那恶棍来说，也许他并不十分看重那字条。

选帝侯将脸上的汗水揩干，说道："是否专门派个人到达莫去？暂不准马贩子继续前行，为弄到字条可采取任何手段。"昆茨听了这话简直不敢相信自己的耳朵，便回答说，按照推算，很遗憾，马贩子已离开达莫，进入了勃兰登堡的领地，到了那里再阻止他继续前进或让他返回，会惹出许多令人讨厌而又复杂的麻烦来，这些麻烦甚至无法排解。选帝侯默默无言，现出一副绝望的神情，重又倚枕而卧。昆茨禁不住问他，字条上到底写了些什么？他怎么会知道字条上写的内容与他有关？是否从一次不可思议的偶然事件中得知了它的内容？选帝侯狐疑不决地望着昆茨，不相信他在这种情况下会顺从自己的旨意，便没有作答。他呆呆地躺在床上，心在怦怦乱跳，满怀情思地手持手帕，专注地看着那上面的花边。突然，他要侍从将行猎容克施坦因叫来，说是另有差遣。施坦因是一位精力充沛又极为能干的青年，选帝侯时常交给他秘密的使命。

国君首先向行猎容克解释了事情的原委，向他强调目前正在科尔哈斯手中的字条对他具有重要的意义，然后问他，是否愿意为他从现已到达柏林的科尔哈斯手中搞到字条，从而得到他本人的永恒友情？

施坦因将其中的缘由弄清之后，便向选帝侯保证，他将竭尽全力为选帝侯效劳。于是选帝侯便向他交待任务：骑马追赶科尔哈斯，此人大约用金钱难以收买，可以安排一次巧妙的谈话，答应给他自由与生命，甚至可以直接地，当然是谨慎小心地帮助他从押送他的勃兰登堡骑士手中逃跑，为他提供人员、马匹和金钱。行猎容克请选帝侯亲笔开具了一纸行关文书，便带领几名兵丁立即出发了。他马不停蹄地向前急驰，总算在一个边境村庄赶上了科尔哈斯。那时马贩子正同他的五个孩子和马尔察恩在一所宅院门前的空地上共进午餐。行猎容克首先向马尔察恩骑士自我介绍说，他是一个过境的异乡人，想亲眼看看他所押送的这个奇人。马尔察恩骑士立即极为客气地请他入席，并介绍他和科尔哈斯认识。

马尔察恩骑士正为出发的事宜忙里忙外，其他的骑兵正在房舍的另一边用膳，因此行猎容克很快就有了与马贩子谈话的机会。他向马贩子披露他是何人，肩负着什么样的使命前来。科尔哈斯已得知了那位在达莫庄园一见那匣子便晕倒的人的级别和姓名，而今听了这番话真是狂喜不已，狂喜过后他最大的愿望便是看看那字条的秘密。出于某些原因，他决计不仅只为了好奇而揭开字条的秘密。他说："我原本想忍辱负重，承担全部的牺牲，不料在德累斯顿竟受到如此无仁无义的对待，每念及此，我不得不告诉您，我要保留这一纸条。"行猎容克问道："答应给你自由和生命，这一代价可不能算低了，你为何还要出人意料地加以拒绝呢？""尊贵的先生，要是您的国君亲自驾临，并对我说：'我要将我自己和辅佐我的满朝文武加以毁灭。'毁灭，你知道吗？而这正是我心中最大的愿望，那我也会拒绝把这张字条，这张比他的生命价值更高的字条交给他。我的回答是：'你可以把我送上断头台，而我却能使你受苦，这正是我的愿望！'"科尔哈斯说完这话面如死灰，他喊来一名骑兵，将他碗中剩下的饭食拿去吃掉。在留于该村的其余时间里，当不再理睬坐在桌旁的行猎容克。当他上车时，科尔哈斯才掉转身来，向他看了一眼，算是与他告别。

选帝侯得知这一消息，健康状况急遽恶化，致使医生在险象环生的三天中（三天之中他又受到多次侵袭）着实为他的生命担忧。可是选帝侯以其先天健康的体质，在卧病几个礼拜之后，身体又复原了。人们已经可以把他扶进一个备有靠枕和坐垫的轮椅中,送他回德累斯顿主持国政。他一到德累斯顿城,便将克里斯蒂恩·冯·麦森亲王请来,询问后者：派遣法律顾问艾本马耶尔之事进行得如何了？他们本打算派艾本马耶尔去维也纳担任科尔哈斯一案的律师,向皇帝陛下控告马贩子破坏帝国的治安。亲王回答说,艾本马耶尔已奉国君的旨意动身去了维也纳,同时这里也迎来了法学家曹伊诺,他奉勃兰登堡之命,作为律师前来德累斯顿,为黑马事件控告容克温策尔·冯·特龙卡。选帝侯脸色泛红,走近办公桌,说他对如此仓促的起程深为惊疑："艾本马耶尔的确切行期,我记得我曾吩咐过,要听候我的详细而明确的命令,因为事先还要和为大赦科尔哈斯说情的路德博士商量一下。"说着便将办公台上的信件和文件乱摔一气,以发泄内心的不快。亲王沉默了一会儿,惊讶地望着他,然后说,这件事处理得未能让选帝侯满意,他深感遗憾。他说他可以将责成他在规定时间内派遣律师前往维也纳的国务院决议呈请复审；亲王还说,在国务会议上,人们并未提起和路德博士商量一事；如果当初能征求一下这位教会人士的意见,或许很有用处,因为他曾为科尔哈斯尽力说项；而今当着世人的面,公然践踏了大赦令,对科尔哈斯加以拘留,还将他判处绞刑,并将他引渡给勃兰登堡,在这种情势下再与路德博士协商还有什么意思呢？选帝侯说,派遣艾本马耶尔这一失误并不要紧,现在他希望艾本马耶尔在接到他进一步的指示以前,在维也纳暂不以原告的身份出现,因而他关照亲王立即派一急使将有关事项通知艾本马耶尔。亲王回答说,这一指令可惜晚了一天,今天刚接到一份报告说,艾本马耶尔已经以律师身份将诉状呈递给维也纳国务秘书厅。选帝侯极为吃惊:"在这么短的时间里怎么会有这样的结果?"亲王回说,艾本马耶尔起程后已过了三个星期,给他的训令是:"一到维也纳便立即办理此案。"亲王又说,在这种情况下贻误时机是很不相宜的,因为在此期间勃兰登堡的律师曹伊诺已对容克温策尔·冯·特龙卡提出指控,并且提出申请,要求将黑马暂从剥皮匠那里收回,以便将来使其恢复原状,并将另一方提出的一切抗议都置于脑后。选帝侯一面拉响警铃,一面说道:"悉听其便,这没什么了不起!"然后他又随便问了一下德累斯顿的情况,在他外出期间发生过什么事;随后他转向亲王,和他握了握手,便心事重重地令他退下。

就在当天,选帝侯又书面要求亲王将有关科尔哈斯的所有案卷调来,说是他要亲自处理此案,因为该案在政治上关系重大。他一想到要毁掉那个唯一能够获知字条秘密的人,便感到一种难以忍受的不安。他给皇帝手书信函一封,急切恳请皇上,出于重要事由暂将艾本马耶尔对科尔哈斯的诉状撤回,以待作出进一步的决定。他如此措置的原因,不久即会禀明。

皇帝让国务秘书厅草拟了一项照会回复他:"对您突然改变初衷,我甚觉惊异;萨克森政府有关科尔哈斯之报告已使科尔哈斯一案成为整个神圣罗马帝国之事务;有鉴于此,作为神圣罗马帝国之元首,我以该案的原告身份出现于勃兰登堡王朝乃我之义务;再则皇家陪审官弗兰茨·弥勒已前往柏林,他将以律师身份对科尔哈斯所犯的破坏国家治安罪提出指控,因而您所提出之诉状已断无撤销之理,只有听候审理一途。"

这一答复使得选帝侯垂头丧气；过了些时候一封发自柏林的私人信件说，案子已在最高法院开审，并说不管科尔哈斯的律师如何设法开脱，科尔哈斯最终将难免一死；这一消息使人极为难过，于是这位不幸的国君再次作出努力，写信恳求勃兰登堡选帝侯成全马贩子的性命。他辩解说，由于对此人业已大赦，按理不应再执行死刑判决；他说，他对马贩子似乎很严厉，但从未有过将其置于死地之心。他还说，原以为在柏林是对马贩子予以保护，不料到头来却对他更加严厉；早知如此还不如把他留在德累斯顿，按照萨克森的法律判决此案。如果马贩子没有获救希望，他本人将感到无比悲痛。

勃兰登堡选帝侯觉得这封信函多有含糊不清之处，于是回复道："皇家律师态度强硬，使人无法回避法律的严厉条文，因而阁下的愿望断难满足。此次对科尔哈斯业已在大赦令中得到宽恕之罪行重又起诉，并非由您，即大赦令发布者提出，而是由至高无上的帝国元首在柏林最高法院提出的，因而阁下的忧虑未免言过其实。再则，暴徒纳格尔施密特丧心病狂，变本加厉，肆虐为害，甚至殃及了勃兰登堡之境，在这种情势下，杀一儆百，明正典刑，实属必要。如对上述一切不予理会，可直接上诉皇帝陛下，只有皇帝才能对科尔哈斯作出有利的判决。"

选帝侯的一切努力全归于失败，悲愤难以自抑，致使旧病复发。一天早晨，昆茨前来探望，他便将所有寄给维也纳和柏林的信函拿给昆茨看，写这些信件至少是为了争取时间，延长科尔哈斯的性命，以便将字条拿到手。这时昆茨双膝跪倒在他的面前，求他坦率地告知字条上写的是什么。选帝侯请昆茨将门闩好，坐在他的床头,然后便叹了口气,亲执其手,另一只手则捂着心口讲起来:"听说你的夫人已向你讲过,勃兰登堡选帝侯和我在于特尔勃克会晤,第三天我们碰到一个吉卜赛女人。那位选帝侯天生聪慧,一次在用膳之际大家谈起那位闯荡江湖的妇人耍弄的把戏,他决定开个小小的玩笑,以使其当众出丑。于是他两臂交叉,来到她桌前,要她预言一下当天就能应验的征兆。他预先声明,即便她是来自罗马的神仙,他也不相信她所作的预言。那女人对他从头到脚打量了一下,预言道:有只牡狍是由园丁的儿子养大的,体大有角,它将在我们离开市集之前向我们迎面跑来。你当然知道,那只德累斯顿御膳房的牡狍被关在藩篱之内,四周是高大的栅栏,且有园中的橡树林遮蔽;为防止飞禽走兽逃逸,园子的所有门户也都紧闭着。因而根本无法想象,那畜生会像那离奇的预言所说,迎面向我们跑来。尽管如此,勃兰登堡选帝侯还是怕背后有什么鬼花招,和我商量了一下之后便决定打发人立即回宫,将那牡狍宰了,以供翌日宴席之用,以造成既成事实的方式跟她开个玩笑,使她预言的东西成为笑柄。这时勃兰登堡选帝侯转过身去,对那位妇人——我们刚才是当着她的面大声商量杀狍之事的——说道:'那好吧,现在你对未来还有什么要说的吗?'那女人一面看他的手相,一面说道:'祝福您,我的选帝侯!您恩德布于四方,将长远在位;您的王室将绵延不断,您的子孙将繁荣昌盛,威权赫赫,震慑世上所有的公侯君王!'

"勃兰登堡选帝侯若有所思地注视了她一会儿,便向我走过来,悄悄地对我说,他现在真有些后悔,不该派人回宫宰杀牡狍,以破坏她的预言。与此同时,在他背后的众骑士大声欢呼,将钱币大把大把地抛向那妇人,如大雨倾盆;勃兰登堡选帝侯本人也从口袋里掏出一枚金币,放进她的怀中,并问她,你对我的祝辞是否也同样铿锵悦耳呢?那妇人将身边的匣子打开,将钱币数清并按类理好,然后又将匣子锁上。她一手遮着太阳,就好像日光使她讨厌似的,望着我,我也追问了一遍,当她端详我的手时,我开玩笑地对勃兰登堡选帝侯说:'我有一种预感,她不会对我说出什么好话来。'这时她拿起她的拐杖,从矮凳上缓缓站起,神秘地双手前伸,挤到我的面前,悄声然而清晰地凑近我的耳朵说:'您无法和他相比!'——'有这等事?'我迷惑不解,后退一步。她目光严峻,毫无生气,就像是一尊大理石像的目光;她退回到背后的矮凳,然后坐了下来,这时我又问:'我的家族受到来自何方的威胁呢?'妇人伸手取出木炭和纸,双膝合拢,问我是否要她为我写下来?我感到很窘,在当时的情况下只好回答说:'好吧,那就写下来吧!'她便说:'好的,我照写不误!我要为您写下三件事:您家族中最后一个王爷的名字,他亡国的日期,以及用武力征服他的国家的那个人的姓氏。'

"她当着大家的面写好以后,便站起身来,用她那干枯的嘴唇将漆润湿,再把纸条用漆封起来,然后用中指上的印章指环按了一下。你可以想象,我对此好奇得简直难以用语言形容。我想把字条要来,可是她却说:'这可不行,侯爷!'然后转过身去,举起拐杖,'您如果想要,您就去找那位头戴羽帽的人,喏,他就在人群背后,站在教堂入口的石凳上,到他那里去讨字条吧!'我当时对她说的话一时没有明白过来,只是骇异得说不出话来。她不再理我,将匣子关上,背在身上,混入周围的人群中;我无法看到，她到底又干了些什么。

"正在这时，勃兰登堡选帝侯派往宫中的骑士回来了，看到他我心中感到无比宽慰；骑士笑着向选帝侯报告，他已将牡狍杀掉，并亲眼看到两位猎人将其拖入御膳房。勃兰登堡选帝侯喜笑颜开地挽着我的手臂，要带我离开这个地方：'到此为止吧，算命占卜乃常见的骗术，为此浪费时间和金钱太不值得！'话未了，只听得叫喊声四起，人们注意到一条大狗（它是御厨养的）叼着那牡狍的脖子从宫中窜出，在离我们三步远的地方把狍子摔在地上，男女仆役在后面追赶；我们对此不胜惊异。那妇人的预言还是应验了：牡狍虽说已死，却还是迎着我们向市场跑来。

"睹此情景，对我真如晴空霹雳；和勃兰登堡选帝侯一分手，我首先做的便是寻找那位头戴羽饰帽的男子，即那妇人指点给我的那个人。我派人四处打听，可是三天过去了，没人能给我送来丝毫的消息。然而，我的朋友昆茨，你知道，几个星期之前，在达莫庄园里，我亲眼目睹了那个人。"讲完这话，他放开昆茨的手，一面揩干淋漓的大汗，重又倒在床上。

昆茨觉得要打消或纠正选帝侯对于此事的看法肯定是徒劳之举，于是便建议他不择任何手段地得到那张字条，而不管那个家伙的死活。可选帝侯回答说，他无论如何也想不出一个良方来；一想到无法得到字条，那秘密将随那人的毁灭而湮没，他便伤心绝望，不能自已。昆茨又问，他是否打听过那吉卜赛妇人的下落？他说他曾找了一个借口指令警署侦查该女子的踪迹，可直至今天，在全国各地踏破铁鞋，也没有觅到她的踪影。他有理由怀疑，至于什么理由他不愿披露，在萨克森境内是否还能找到她。

事有凑巧，那位被免职的卡尔海姆伯爵不久前去世，他在纽马克有大笔遗产，其中有数目可观的田产分到昆茨夫人名下，因而昆茨要到柏林走一遭。昆茨对选帝侯爱护备至，经过短时间的考虑，他便问这位国君，对于此事他能否便宜行事？选帝侯将昆茨的手亲热地按在自己的胸口上："你我不分家，那就拜托了，请把字条弄到手。"昆茨首先把自己的事务交代了一番，将夫人留在家中，只带了几个仆人，便提前几天驱车前往柏林。

在此期间，正如所说的那样，科尔哈斯到了柏林；勃兰登堡选帝侯下了一道特别的命令，把他关进一座骑士监狱；狱方对他及其五个子女尽可能予以照顾，等到皇家律师从维也纳赶来，便以破坏帝国治安罪在最高法院审讯他。由于和萨克森选帝侯在吕茨恩堡有约在先，他拒不承担武装侵犯萨克森之骚扰罪。皇帝的律师对他指控，皇帝陛下也不管有无大赦，这使他得到了充分的教训。人们分析了他的案子，告诉他说，他控告容克温策尔·冯·特龙卡一案，将会从德累斯顿方面得到全面的补偿，因而他也就听其自然了。

昆茨赶到柏林之日，正是对他宣判之时：对他处以死刑。有鉴于事情的复杂，应该说这还是从轻发落，可无人相信会真的执行。勃兰登堡选帝侯对科尔哈斯有着眷顾之心，全城人都希望选帝侯直接出面干预，将判决减为长期徒刑。昆茨立刻认识到，为完成国君之托，事不宜迟，便立即着手策划。一天早晨，科尔哈斯站在监狱窗前，不经意地望着窗外的行人，这时昆茨身着宫中的便装，大摇大摆地出现在他的面前。只见那马贩子猛一抬头，他断定马贩子已看到了他；特别令他感到欣慰的是：马贩子不由自主地摸了摸胸前的匣子。昆茨由此断定，科尔哈斯现在是心有所感，这是他为取得字条所进行的长期策划迈出的一步。他在柏林街头看到一伙卖破烂的人当中有一个老太婆，正拄着拐杖沿街叫卖；他觉得这个妇人与选帝侯讲的那个算卦占卜的吉卜赛女人，无论在年纪上还是服饰上都相仿，于是便将那妇人叫了过来。昆茨料定，那妇人将字条交给马贩子时，定然来去匆匆，后者对妇人的面貌特征不会记得一清二楚；于是决计将那女人换成她，让这位女人在科尔哈斯面前扮演吉卜赛女人的角色。

为了使她担起这一要务，昆茨便不厌其烦地讲述了选帝侯和那吉卜赛女人在于特尔勃克发生的一切。因为他不知道那吉卜赛女人向科尔哈斯到底说了些什么，所以他没有忘记向老妇特别关照那三件秘密事项；昆茨还向她详细解释那些她不得不说的话，说时要含糊其辞，模棱两可，否则就会误了大事。无论是智取还是力争，定要将那张对萨克森王室至关重要的字条拿到手。他叮嘱她，借口字条在他身边已不保险，让科尔哈斯在生死存亡的关头将字条交出来，由她保管。卖破烂的妇人要求索取一笔酬劳，其中一部分她要求预支，然后便依计而行。

在弥尔贝尔格阵亡的赫尔塞的老母经许可，时常前去探视科尔哈斯，而那卖破烂的女人与赫尔塞之母几个月前就已相识。有一天她对典狱长小施贿赂，便进入监狱，到了科尔哈斯那里。马贩子见那妇人手戴印章指环，胸前悬挂珊瑚项链，便以为又见到了那位在于特尔勃克递给他字条的吉卜赛妇人。可能性并非总是事实，但天下事无巧不成书，且让我们把那里发生之事如实道来，如若不信，也悉听尊便：昆茨的最大失误是，他在柏林街头找那个卖破烂的女人,叫她去假扮吉卜赛女人,可偏巧她就是那吉卜赛妇女本人。这个老太婆手拄拐杖,慈爱地摸着那五个孩子的脸颊,孩子看见她那怪模样,一个个吓得躲在父亲身后。吉卜赛女人说,她从萨克森来到勃兰登堡已经很长时间了。她在柏林街头听到昆茨打听去年春天曾在于特尔勃克呆过的吉卜赛女人,于是挤到他的身边,随口报了一个假名,自愿承担他所托付的事。

马贩子发觉她和自己死去的妻子丽丝白有一种奇异的相似,他真想问一声,她可是丽丝白的祖母?不仅她的面庞,她的双手,而且她说话的那种腔调都像;她虽然瘦骨嶙峋、形容枯槁,可她当年美丽的风姿依然隐约可见,所有这一切都使他想起妻子丽丝白。他妻子脖子上有块胎记,在那妇人颈上他也看到同样一块胎记。马贩子思绪万千,请那妇人坐在椅子上,问她从昆茨那里究竟接受了什么任务。

科尔哈斯的那条老狗在她膝间嗅来嗅去,不停地摇着尾巴。老妇回答说,昆茨委托她前来,是要她告诉马贩子,那字条上有关于萨克森王朝生死攸关的三个问题的答案;要她警告马贩子,现在柏林有一个人对此字条有觊觎之心,要千万当心;字条留在科尔哈斯身边已不再保险,请将字条交出来。她这次来是要告诉他,所谓通过诡计或暴力取得字条一说实属可笑,这是一种空无一物的骗局;处于勃兰登堡选帝侯的保护之下,待在他的监狱里,他毫无必要为这张字条担心;字条留在他身上远比她带在身边保险,请他千万不要交给别人,不管别人有什么样的借口。不过她最后说,依她看,聪明的做法是将这张字条送给萨克森选帝侯，以换取他的生命和自由。因为字条本身对他毫无用处，对容克施坦因转达的请求理应接受。

科尔哈斯喜不自胜，想不到他竟握有这么大的权威，足以使那将自己踩在脚下的仇人受到致命的伤害。他回答说，不，他绝对不会进行这样的交易！说着便握住老妇人的手，问她字条上对于那三大问题有什么样的答案。吉卜赛妇人将蹲在她脚前的那个最小的孩子抱到怀里："别说傻话了，科尔哈斯，哪怕是为了这个漂亮的金发儿童，也应该把纸条交出去！"她满怀温情地对孩子微笑着，逗他笑，亲吻他；那孩子睁大眼睛望着她，她伸出那双枯瘦的手从口袋里拿给他一个苹果。科尔哈斯感到有些迷惘地说，孩子长大以后会称赞他的做法；他现在能为子孙后代所做的唯一好事便是将这张字条保留下来。另外他还问，他已有过一番体验，谁能向他担保，他这次不再是上当受骗，不是将字条白白地送给了选帝侯？上次他在吕茨恩堡集结的部队不就是这样给葬送了吗？"谁对我失信一次，"他说，"我就不再和他交谈半句；只有你的确切无疑的要求，我的好妈妈，才能使字条和我分开；这张字条会以奇妙的方式使我所遭受的一切得到补偿。"

吉卜赛女人将孩子放在地上，说他也有几分道理；他到底如何举措，那就悉听尊便！她将手杖拿起来，想起身离去。科尔哈斯问，字条上究竟写了些什么，她的回答语焉不详，于是科尔哈斯又表示了这样的愿望：他要打开那张字条，不过他仅只是出于好奇，没有别的意思。在她离开之前，他还想提许许多多的问题，比如她究竟是何人？她的法术得自何方？字条既然为选帝侯的命运作出了批注，为何不将字条交给他本人？为何在千百人中偏偏将这奇妙的字条交给他,交给他这个并不热衷于法术的人?这时只听得楼梯上一片响动声,几个警官上来了。那妇人担心会在房间里被他们撞见,便神情激动地回答说:"再见,科尔哈斯,再见!如果我们再次相逢,我会将一切统统告诉你!"说完她便转身走到门口,又喊道:"再会,孩子们,再会!"并逐个儿亲吻他们,然后便走了出去。

在此期间,萨克森选帝侯还是把自己的心事泄露了。他让人请来了两个有名的星相专家,一个名为欧尔登豪尔姆,一个名叫奥列留斯。这位国君向他俩请教那张对他及其子孙后代生死攸关的神秘字条的内容。两位星相家一连几天在宫廷塔楼上进行了深入的研究,可他俩却意见不一。一个说可能有关后几个世纪;另一个却说预言是指现在,可能有关当时战云密布的波兰的王位继承权问题。这一场争论非但没有消除疑虑,反而增加了选帝侯心中的不安,最后简直到了使他在心理上无法负担的地步。

这时,昆茨的妻子准备前往柏林。她临行之前按照丈夫的嘱托,婉转地告诉选帝侯:昆茨曾找到一个老妇人去科尔哈斯身边搞字条,然而那妇人却一去不返;这次尝试失败之后,恐怕再另想办法也是希望渺茫。这一消息对于选帝侯来说无异于雪上加霜。此外,科尔哈斯的死刑判决在经过手续烦琐的审查后,已由勃兰登堡选帝侯签署,并且行刑日期就定在复活节前的星期一。这一消息更使选帝侯悔恨交加,他像一个彻底崩溃的人那样闭门不出,两天中粒米未进,简直无法再活下去。可是第三天他又突然通知警署,他要去德邵侯爵那里打猎,于是便从德累斯顿消失了。他到底去了什么地方,他究竟去没去德邵,我们暂且不表,因为在我们所参考的史料中,令人感到惊异的是多有矛盾之处。可以确定的是,德邵侯爵当时正在希朗瑞克他的伯父亨利希公爵家中养病,是无法行猎的。在萨克森选帝侯出走的第二天晚间,荷绿赛夫人在一位柯尼希施坦因伯爵——她说这是她的表兄——陪伴下前往柏林,到她丈夫昆茨先生那里去了。

在此期间,根据勃兰登堡选帝侯的命令,已向科尔哈斯宣读了死刑判决,然后便为他取下了镣铐,把在德累斯顿已宣布无效的财产证明文件又发还给他,法院还派法官来问他,如何处置他死后的财产?他请一个公证人协助他为子女拟了一份遗嘱,并指定那位科尔哈斯桥的镇长,他的忠实的朋友,做孩子的监护人。他最后的时日过得安静而又满意,勃兰登堡选帝侯下了一道特别的指令,对他所住的牢房予以开放,允许他在城内的许多朋友自由探望,不分昼夜。令他欣慰的还有,路德博士为他派来了一名神学家,名叫雅可布·弗莱辛,路德还托他带了一封亲笔信,内容肯定不凡,但是弗莱辛却将信丢失了。他还从这位神职人员手中接受了圣餐,有两位勃兰登堡的牧师在场协助举行这一圣典。当时全城民众仍抱有希望,希望有人说出权威性的话,救科尔哈斯的性命。在全城人激动不安的情绪中,复活节前的星期一到了,这一天他将与这个世界告别,因为他为自己伸张正义时操之过急。科尔哈斯抱着两个孩子(他向法院要求破例给予他这一优待),在一个高大卫兵的陪同下,由神学家雅可布·弗莱辛带头,离开了监狱的大门;这时一大群悲伤的朋友蜂拥而来,要与他握手互道永别。一个宫廷总管也在这时神色慌张地向他走来,把一张字条交给他,说是有一个老妇人让他转交的。科尔哈斯惊愕地望着这位素昧平生的男子,将那经过漆封并盖有印章的字条打开,他立即想起了那位熟识的吉卜赛老妇。当他看到如下消息时其惊讶之状真是难以形诸笔墨:"科尔哈斯,萨克森选帝侯现在柏林,他已先行来到刑场,他头戴蓝白翎毛的帽子,稍加注意,就会认出他来。他此行的目的不言而喻,他想等你入土之后让人将那铅匣子挖出来,以便拆看那张字条——你的伊丽莎白。"

科尔哈斯惊诧万分,回过头来问那总管,是否认识那位送字条来的神奇的女人?总管回答说:"科尔哈斯,那女人——"话犹未了,他却莫名其妙地说不下去了;这时马贩子被挤过来的人群团团围住,他无法听到那位似乎在全身发抖的人说了些什么。

到了刑场,他在人山人海中看到了勃兰登堡选帝侯及其扈从骑马站在那里,其中也有首相格伊绍先生;选帝侯的右首是皇家律师弗兰茨·弥勒,手拿死刑判决的抄本;在选帝侯的左边是他自己的律师、法学家安东·曹伊诺,手持德累斯顿最高法院的议决书。在这个人群包围的半圆的中心,站着一名传令官,一手抱着一捆东西,另一手牵着两匹毛色光鲜、以蹄蹴地的黑马。首相亨利希·冯·格伊绍先生曾以勃兰登堡选帝侯的名义在德累斯顿起诉,所提出的要求一条一条地落实了,没有对容克温策尔·冯·特龙卡作丝毫的让步;人们用旗子在黑马头上挥舞了一番,证明其来历正当,然后便从剥皮匠手中将黑马领回,由容克家人养肥;并当着一个委员会的面,在德累斯顿市集广场上将黑马移交给律师曹伊诺。

卫兵将科尔哈斯带到一个土台上,当靠近勃兰登堡选帝侯时,后者对他说:"科尔哈斯,你瞧,今天是你伸张正义的日子;

你在特龙肯堡被人夺去的东西，我作为国君有责任为你要回，而今全在这里了：黑马、围巾、钱币、内衣，甚至在弥尔贝尔格阵亡的赫尔塞的抚恤金也有了，现在一并交给你，你对此是否满意？"

科尔哈斯将孩子放到地上，首相示意将议决书交给他，他满目生辉地读着议决书，从头到尾一字不漏；他读到判处容克温策尔·冯·特龙卡两年徒刑的条款，心里感到欣慰；他双手合十，跪倒在勃兰登堡选帝侯的面前。然后他又站起身来，将一只手放在首相的胸前，欢欣地对他说，他在世上的最大愿望已得到满足；他走到黑马跟前，仔细察看打量它们，拍拍它们那肥硕的颈项，转过身来欢快地对首相说："我要将马留给我那两个漂亮的儿子亨利希和利奥波德！"首相亨利希·冯·格伊绍先生从马上和颜悦色地望着他，并以勃兰登堡选帝侯的名义答应他：他这最后的愿望一定会得到满足。首相还请他把那包其余的东西按自己的意愿处理一下。这时科尔哈斯让人将赫尔塞的老母从人群中喊来，把东西交给她，并说道："老妈妈，这些东西属于您老人家！"包里还有一笔赔偿费，他也一起赠给了那老太太，供她养老之用。

这时勃兰登堡选帝侯高声叫道："马贩子科尔哈斯听着，现在已对你进行了补偿；你也要准备赔偿皇上的损失。皇帝陛下的律师眼下就在这里，他控告你破坏国内治安罪！"科尔哈斯脱下帽子，跪倒在地，说他已准备就绪！说完他又将孩子从地上抱起，搂在怀中，继而将他们交给了科尔哈斯桥的镇长，自行来到行刑处。那镇长暗自落泪，将孩子们带走了。

科尔哈斯取下围巾，抬眼扫视了一下四周的人群，蓦地在不远处看见一个人，他头戴蓝白翎毛帽，两位骑士半遮着他的身体。科尔哈斯将胸前的匣子解开，猛地一步迈到那人面前，这使得身边的卫兵很惊惶；只见他将字条取出，从头到尾读了一遍，继而目不转睛地看着那位帽子上饰以蓝白翎毛之人，那人已现出甜蜜的愿望很快便能得以实现的神情，而他却将那字条放入口中，一口吞下。见此情景，那人登时昏倒在地，浑身抽搐起来。那人的同伴惊惶失措地把他从地上扶起来，科尔哈斯则转身走向断头台，在那里，刽子手用斧头把他的头颅砍了下来。

科尔哈斯的故事到此结束了。柏林城内弥漫着一种悲愤的情绪，人们将他的尸体置于棺木之中，抬起棺木，要把他风光地安葬在郊区的墓地里。这时勃兰登堡选帝侯将死者的儿子请来，嘱托首相将孩子送往宫廷侍童学校，将他们培养为骑士。萨克森选帝侯不久便返回德累斯顿，身心都受到极大打击。至于以后所发生的事，读者只能参看历史了。不过，人们确知，在上个世纪，科尔哈斯的子孙仍欢快和健壮地生活在梅克伦堡境内。

O侯爵夫人

O侯爵的遗孀是个声誉极佳的女子，她的两个孩子也都受到良好的教育，她让M市（这是上意大利的一个重要城市）的一家报纸登出如下的广告：她在自己不知悉的情况下怀了身孕，即将出生的孩子的父亲应前来报到。为顾及家庭起见，她决计和此人结婚。这位在身体状况不断变化的催迫下才毅然采取这一招致物议的奇异步骤的女士，正是M市城防司令G先生的女儿。大约三年前她失去了她所万般眷爱、对之一往情深的丈夫O侯爵，后者死于为了家庭事务而去巴黎的途中。丈夫死后，按照她可敬的母亲G夫人的愿望，她离开了原先所在的V地的田庄，带着两个孩子搬回了她父亲、那位城防司令官的寓所。这几年，她蛰居家中，闭门不出，在诗琴书画、教育子女和侍奉父母中消磨时光。由于战争突然爆发，几乎所有大国的军队，包括俄国人的军队都来到这一带，她的这种生活才告结束。G上校接到命令，守土抗敌，他要他的夫人和女儿迁回女儿或者儿子的V地的田庄。可是，考虑到留在要塞这里形势险恶，回到毫无凭借的乡间也是凶多吉少，在女人们举棋不定之际，俄国军队已经包围了要塞，并令其投降。上校告知他的家人，他将行若无事，并以枪弹回答俄军的要求。敌人则用大炮轰击城防工事、火烧军火库，拿下了一座外堡。俄军再次要求交出要塞，司令官对此犹豫不决，于是他们又搞了一次夜袭，突击攻下了要塞。

当俄军在猛烈的榴弹炮火掩护下，从外面冲进来的时候，司令官邸的左侧着火了，女眷们不得不弃家出走。上校夫人一面紧跟着她带着孩子往楼下逃去的女儿，一面喊：大家别走散，要到地下室去。正在这个时候，一发炮弹打来，在房子里爆炸，立即引起一场混乱。侯爵夫人和她的两个孩子来到了宅邸的前院，在激烈的战斗中这里枪弹乱飞，夜空中闪耀着道道白光。这时她六神无主，无论往哪里走，四处飞来的枪弹总在把她赶到燃烧的楼房里去。她正想从一扇后门中逃出，不幸正巧碰到敌军的一队狙击兵。他们一见到她，一下子全呆住了。他们把枪挎在肩上，架着惊恐万状的她就走。这群可怕的暴徒相互扭打着，把侯爵夫人一会儿拉到东，一会儿扯到西。她向从边门逃回的瑟瑟发抖的女眷们呼救，可又有什么用呢。他们把她拖到后院，对她进行百般污辱，她正想撞地自尽，这时一个俄国军官闻声赶来，狂怒地驱散了这群欲火中烧的畜生。对侯爵夫人来说，他不啻从天而降的天使。还有一个兽性大发的恶棍紧抱着侯爵夫人修长的身躯不放，那军官用剑柄往他脸上刺了一下，他的嘴角立时鲜血直流，最后这个家伙也狼狈逃遁而去。那军官一边向她伸出手臂，一边用法语向她殷勤地致意。他带着这位被惊吓得说不出话来的女子到了宅邸的另一侧，这里尚未为大火所吞噬。一到此地她便完全失去知觉，倒在了地上。没过多久那些惊骇万状的女眷也到了这里。那军官安排人去请医生，一边戴上帽子一边肯定地说：她马上就会苏醒过来。然后他又投入到战斗中。

宅院很快就被完全攻占下来，司令官之所以还作困兽之斗，那是因为敌军不愿轻饶他。当他带着残部向着楼房门口撤退时，那位俄国军官也正好满脸大汗地从里面出来。后者要他投降，司令官回答道，他正等着这句话呢，于是将剑交给了俄国军官，并请求准许他进去寻找一下家眷。这位俄国军官，从其所扮演的角色来看是这次突袭的头领之一，他答应了投降者的请求，还派一名卫兵跟随着；他自己带领一个小分队，哪里有抵抗，就立即打向哪里，并以最快的速度占领了要塞的据点。紧接着他又回到了军火库，下令扑灭熊熊燃烧的大火。人们对他的命令执行得不那么卖力，而他自己却作出了惊人的努力：他手持橡皮管在燃烧着的屋脊上攀上爬下，并指挥水管的喷射。不一会儿他钻进军火库，令人毛骨悚然地发挥着他那亚洲人的气质，将火药桶和装满炸药的炸弹推滚出来。在这期间司令官走进房子，听到侯爵夫人险遭不测的消息极为震动。侯爵夫人在没有医生帮助的情形下已完全苏醒过来，正如那位俄国军官所说的那样。看到家人都还健在和平安，她非常高兴，为了抚慰家人过分的忧虑，她还要卧床静养。她对父亲说，她唯一的愿望就是能走下床来，向她的救星表示感激之情。她已得知，他是某骑兵军团的中校F伯爵，获取一枚勋章和多枚奖章的骑士。她要父亲快去求求他，不要不打个照面就离开要塞，司令官对女儿的这种感情很是尊重，立即返回要塞。那位俄国军官为处理没完没了的军务而到处奔忙，司令官找不到更好的机会，只有在城墙上向他转达了他深受感动的女儿的愿望，此时F伯爵正在整顿被打散的部队。他答复司令官，只要少候片刻，他即可抽出身来向她表示他的崇敬之情。他还想知道，侯爵夫人的贵恙如何。这时几个军官向他报告情况，于是他重又陷入杂乱的军务中。第二天俄军司令亲临要塞参观，他向要塞司令官表示崇高的敬意，并为他的勇气没有得到幸运之神的眷顾而深感惋惜，他郑重宣布，给他以行动自由，司令官向俄军司令表示深切的谢意。他还说，他今天对俄国人，特别是某骑兵军团的中校，年轻的 F 伯爵深感愧疚。将军问发生了什么事情，于是有人向他报告了司令官的女儿所遭到的暴行。俄军司令对此怒不可遏，他直呼 F 伯爵的名字，让他出来。他首先对 F 伯爵本人的高尚行为嘉奖了几句，后者听了不禁面红耳赤，然后下令将那些玷污国王命令的恶棍统统枪毙。他命令 F 伯爵说出他们的名字。F 伯爵说，在一片吵闹声中他无法断定他们是谁；在院内微弱的灯光下他也无法认出他们的面孔。将军知道那时这里已处于一片大火之中，听了 F 伯爵这番言语感到很是奇怪。他说，在夜间是能够辨别得出熟人的声音的，F 伯爵耸了耸肩，脸上的表情极不自然。将军命令他对此事火速严加查办。正在这时，从后面跑出一个人来，报告说，为 F 伯爵所伤的几个罪犯中的一个栽倒在走廊里，被城防司令官的人拖进一个池子中，他至今还待在那里。将军令一个警卫把他弄来，对他进行了简短的审讯，那人供出全部凶犯共有五人，将军下令全部枪毙。此事处理完毕之后，他命令，除了一小部分人留守之外，其余的部队全部开拔。军官们火速回到各自的军团。F 伯爵通过熙来攘往、四处奔忙的人群来到司令官的面前，他不无遗憾地说，他不得不在这种情况下向侯爵夫人致以最忠实的问候。不到一个小时，整个要塞的俄国人又几乎都走空了。

这个家庭目前在考虑，将来怎么能找个机会向F伯爵表示一下感激之情。可是当他们听说，就是这个F伯爵在离开要塞的当天，在一场和敌军的遭遇战中阵亡了，他们的惊骇简直无以言表；将这个消息带往M市的信使亲眼看见一颗子弹致命地穿过了他的胸膛，人们将他抬往P地，据可靠消息说，在正要把他卸下担架的一刹那，他死去了。司令官亲自去邮局打听这件事的详情，人们告诉他，F伯爵在战场上中弹时大声喊道："尤丽叶塔，这颗子弹为你复仇了！"之后他便永远闭上了嘴唇。侯爵夫人悲恸欲绝，她竟失去扑在他脚下一诉感激之情的机会。她拼命责备自己，在F伯爵可能出于谦逊而拒不露面的情况下她没有亲自拜访。她为那位不幸的女子，她的同名人深感惋惜，F伯爵在将死之际对她还念念不忘。她千方百计探访这位女子的下落，以便告诉她这一不幸的、令人悲伤的消息。几个月过去了，她自己还是不能将F伯爵忘怀。

这个家庭不得不搬出司令官邸，以为俄军司令腾出地方。他们起初想搬到司令官的庄园，侯爵夫人对此极表赞成，可上校不喜乡居，这才在市区找了一处居所。房子加以整修，以为久居之计。于是一切又回复到旧有的轨道：侯爵夫人恢复了孩子们中辍已久的功课，并为她的闲暇时间找出画架和书籍。正在这时，本是健康女神的她却屡感不适，这种不适使她整礼拜整礼拜地无力参加社交活动。她感到恶心头晕，软弱无力，她不知道，这种奇怪的状态会给她造成怎样的结局。有一天早晨，全家正在用茶点，父亲出去净手，这时她从长时间的恍惚中醒了过来，对母亲说，要是有个女人对我说，她跟我现在拿茶杯时的感觉一样，那我会认为,她已怀孕了。G夫人说,她不懂这是什么意思。侯爵夫人又解释了一遍,她现在的感觉和她当初怀第二个女儿时的感觉一样。G夫人说,她大概要生一个凡塔苏斯①了,说罢笑了起来。侯爵夫人回答说,至少莫费乌斯,或从他随从中想一个出来做孩子的父亲,她也同样开起玩笑来。上校一进来,谈话便被打断了。几天之后侯爵夫人的身体又复原了,于是这件事便被忘却。

不久,全家又经历了一次奇异的令人不胜骇然的事件。那时正好是司令官的做林务官的儿子刚到家中,仆人便进来通报说F伯爵来访。"F伯爵!"父女齐声喊道,大家目瞪口呆,仆人发誓说,他看得真切,听得真切,F伯爵已到前室,正在等候。说话间,F伯爵已推门跨进屋来,司令官一跃而起,迎上前去,只见他仪表堂堂,像个年轻的上帝,只是脸色有些苍白。在令人惊诧莫名的一幕过去之后,F伯爵一面对以为他已死去的二老表示遗憾,说他还活着,一面神情激动地转向他们的女儿。他的第一个问题便是,她的身体如何。侯爵夫人回称很好,她还很想知道,他是怎么死而复生的。然而,F伯爵对自己所提的问题毫不放松,说侯爵夫人没有讲出真话,说她的面容现出一种罕见的虚弱,要么是现象欺骗了他,要么是侯爵夫人身体不适,有了毛病。F伯爵真诚的关切使侯爵夫人很是感动。她回答说,的确不错,这种虚弱,如他愿意,可以看成是有病的表现,前几个礼拜她一直身感不适,不过她并不担心,这不会有什么后患。F伯爵心花怒放

---

① 在罗马作家奥维德所写的神话中,凡塔苏斯是梦神莫费乌斯的儿子。

地回说,他也没有!他又问道,她是否愿意和他结婚?侯爵夫人不知道,对于这种表白该作如何想法,她的面孔涨得绯红,眼睛看着母亲,而母亲也尴尬地望着儿子和丈夫。F伯爵则来到侯爵夫人的面前,一面握着她的手,装出要吻她的样子,一面絮絮不休地问她是否理解他。司令官说,伯爵要不要坐下来,并且以一种殷勤而又庄重的态度给他搬了一把椅子。上校夫人说道:"实际上我们会一直认为您是一个鬼魂,您要先给我们说说,人们把您放到P地的墓地,您是怎么从坟墓中复活的?"F伯爵松开侯爵夫人的手坐了下来,说道,由于情况紧迫,他只得长话短说。他的胸膛受到致命的一击之后便被人送到了P地,在那里他待了数月之久,他本人对自己的生命也不抱希望。这期间他想到的只是侯爵夫人,他无法描述这种思念带给他的悲喜交集的感觉。复原之后他终于重返部队,他自己一直烦躁不安,多次拿起笔来要给上校先生和侯爵夫人写一封信,以剖露自己的心迹。可是上峰又突然差他到那不勒斯送交公文。他是否会再从彼处被派往康士坦丁堡,这个他还不得而知,他甚至也会去圣彼得堡;在这期间,他心灵上无法排遣的要求如没有得到一个明确的答复,他将无法活下去。此次路过M市,向他的目标迈近几步,乃是他无法遏止的渴望。简言之,他怀有和侯爵夫人携手共受祝贺的愿望。他满怀敬畏之情,最急切、最紧迫地请予惠允。司令官过了好大一会儿方才回答道:这一请求如果是认真的话(对此司令官并不怀疑),他感到很是荣耀。他的女婿过世之后女儿曾誓不再嫁,不过前不久伯爵加之于她那么大的情谊,所以,鉴于伯爵的愿望,她的决心并非不能改变。他请求这期间能允许女儿冷静地考虑考虑。F伯爵说道，这一好意的答复满足了他所有的希望，纵有不测，侯爵夫人也完全使他受惠不浅。不过，虽则如此，他还是怀着不安的心情不拘形迹地提出这样的请求：鉴于情况的紧迫（对此他已无法细讲），给他一个更为明确的答复，乃是他极其企望之事。载他去那不勒斯的车马就停在门前，他迫切希望，这个家里有人为他说句话（这时他看着侯爵夫人），以免他在没有得到一个好意的表示之前就驱车上路。上校听了这一席话向前迈了一步回答道：侯爵夫人对他所怀有的谢意使他有权提出这样巨大的条件，然而这还不足以使她在关系到其终身幸福的问题上匆忙行事。所以在他女儿表态之前，他要进一步了解她的幸福实属必要。上校请伯爵在公事了结之后作为他家的客人在 M 市小住。假如在此之后，她可以希望从他那里得到幸福的话，那时（在此之前不会）他也将以喜悦的心情听到她给伯爵以一个确定的回答。F 伯爵涨红着脸说道，一路上他曾为自己迫切的愿望预言了这样的结局，为此一路上他也陷入极端苦闷的境地。鉴于目前他所处地位的不利，进一步了解对他来说只能是好事。假如不对所有品德当中最为暧昧不清的品质进行考察的话，那他自信可以为自己的名声担保。对他一生当中所干的唯一的一件不光彩之事（世人尚未知道），目前他打算加以弥补。总之，他是一个诚实的男子，他敬请人们接受这一真诚的保证。司令官虽没加以嘲弄，但他微微一笑，回答道：他对所有这一切的表白表示同意。他还从来没有见过一个青年人在这样短的时间里表现出这么多的优秀品质。他坚信，短暂的考虑时间会打消一切目前占支配地位的犹疑不决。在他和自己的家人，以及和伯爵先生家庭协商之前，他除了刚才的答复之外不再会有另外的意见。F伯爵立即回说，他父母双亡，尚未婚娶。他有个舅舅是K将军，他相信舅舅会同意他的婚事。他还补充说，他拥有一笔非常可观的财产，他还可以决定是否永远留居意大利。司令官向他客气地鞠了一躬，重申了他的意志，请伯爵将此事暂告一个段落，等他出差归来后再说。F伯爵看样子极其不安，过了一会儿他才对那位母亲说，他将千方百计逃避这次公差旅行，为此他会斗胆向总司令将军和他舅舅K将军提议某些决定性的步骤，而人们会认为这样会使他摆脱疾病所遗留下来的忧郁情绪。这样一来他现在就会看到自己完全陷入悲惨的境地。全家人不知道对他这番话该说些什么才好。F伯爵摸了摸额头继续说道，如果对接近他愿望的目标有什么希望的话，他会将他的行期推迟一天，甚至是再长一点也未尝不可。说着他目光依次扫了一下司令官、侯爵夫人和那位母亲的表情。司令官不快地低下头来，没有回答他。上校夫人说："您走吧，您走吧，伯爵先生，到那不勒斯去。假如您再回来的话，那时我们再共尝相会的幸福。这样另外的幸福也会有的。"伯爵坐了一会儿，似乎要找点事做，接着他站起身来，一边挪动椅子，一边说，他是满怀希望踏进这所房子的，现在他不得不认识到自己是有点操之过急了。这个家庭坚持进一步了解，对此他也不无同意。这样他将把公文发回Z城的司令部，并接受邀请，作为这家的客人在这里勾留几个礼拜。他手扶椅子在墙边站了一会儿，眼睛望着司令官。司令官回答道，看样子伯爵对他的女儿一往情深，如果这种爱情给他带来非常不快的后果的话，那他将感到极其遗憾。不过他想知道，发回公文跟他有什么关系，他对此有何助益呢？至于那些可供伯爵使用的房间，随他自己的意愿决定是否搬进去住。人们看到，F伯爵在听到这句话的时候面色惨白，他庄重地吻了一下G夫人的手，对其他人鞠了一躬便走掉了。

F伯爵离开了房间，全家人对此不知如何是好。母亲说，仅仅是因为路过M市谈了五分钟而没有得到一个素昧平生的女子的允诺，就要把他带往那不勒斯的公文寄回Z城，这不大可能。林务官说，这种轻率的举动罪该禁闭！此外还要开除军职，司令官补充说，不过这不会有什么危险性，这不过是突袭中的威吓射击；在把公文发出之前，他会清醒过来的。人们告知母亲有这种危险性时，她表示了十二分的忧虑：F伯爵会将公文发回的；她觉得，他那倔强执拗的牛脾气保不定真会干出这等事来。她急切地请求儿子立即跟着他，以免他干出那种后果严重的事来。林务官回答说，这样一步会适得其反，这会增强他用军事计谋取胜的欲望。侯爵夫人也有同样的看法，不过她还认为，没有她的兄弟，公文也肯定会发回去的，因为他宁肯遭逢不幸，也不愿示弱。大家都一致觉得，他的行为实在不可思议，看样子他习惯于用突袭要塞的方式来征服女人的心。就在这个时候司令官看见F伯爵的车子停在门口，车已套好，正待出发。他把全家人叫到窗口，颇为惊讶地向一个刚刚进来的仆人问道，F伯爵还没走吗？仆人回答道，他正在下面，在下人的房间里和副官一道写信和封印包裹。司令官极力使自己保持镇静，和林务官一起迅速往下面跑去。他看到F伯爵正在那不大用的桌子上办他的事情，他问道，伯爵愿不愿意到他的房间里去，是否还有别的吩咐？F伯爵一面奋笔疾书，一面回说，感谢之至，他的事情业已办好。他把信印封起来，问现在是什么时候了，然后把信袋交给副官，并祝他一路平安。司令官简直不相信自己的眼睛，在副官走出家门时他说道："伯爵先生，假若您没有极其重要的理由的话，""事关重大！"F伯爵打断了他的话，他陪同副官向马车走去，并为后者打开了车门。"在这种情况下我至少会把，"司令官继续说道，"公文，""这是不可能的，"F伯爵一面把副官扶上座位，一面回答说，"我不去那不勒斯，公文等于空文，我也曾想将它发往那不勒斯。好了，走吧！""那令舅大人的信呢？"副官从车门探出头来喊道。"在M市，"F伯爵回答，"来见我吧……"副官说了声"上路"，车子便滚滚向前而去。

这时F伯爵转身向司令官问道，他是否乐意为他安排一个房间？有点摸不着头脑的上校回答说，他立刻照办，并叫他和伯爵的仆役将后者的行李取来。司令官把伯爵引到特设的客房后，便表情木然地和他道了别。伯爵换了装，离开寓所去拜望该地的总督，在此之后大家一直不见他的人影，直至将近晚饭的时候他才回来。

这期间司令官一家极其烦躁不安。林务官说，F伯爵对司令官的一些想法并没有作答，所以他认为，F伯爵的行为完全像是策划好的预谋。他还问，世上哪有坐着信使车来求婚的呢？司令官讲这个F伯爵不明事理，并令家人在他面前不要再提起这些事情。母亲一直往窗外望着，看他是否已经回来，看他对自己浮躁的举动是否已经懊悔并对其加以纠正。天近黄昏，她才坐到侯爵夫人的旁边，后者正俯首几案，忙于工作，似乎要避开谈话。父亲在来回踱步，母亲轻声问她对这件事的结局有何看法，侯爵夫人胆怯地向司令官瞥了一眼,说:"假如父亲能敦促他到那不勒斯去,那将会一切顺遂。""去那不勒斯!"司令官听到这话吼叫起来,"难道要我把牧师请来吗?再不就是关他的禁闭,还是派人押送他到那不勒斯去?""不,"侯爵夫人回答说,"灵活而恳切的指责是会起作用的。"说完她有点不快地重又埋头于她的工作。将近入夜,F伯爵才终于露面。大家想在寒暄过后便言归正题,一致来对付他,如有可能,使其收回他所冒险迈出的一步。整个晚餐期间大家都在捕捉这一时机,可都归徒劳。所有引向这一话题的话他都加以回避,他跟司令官谈打仗,跟林务官谈打猎,当他提到使他受伤的P地战役时,G夫人便要他讲讲病中的情况,问他在那个小地方过得怎样,问他是否获得了应有的便利。F伯爵谈了几个他对侯爵夫人魂思梦想的趣事,讲他在病中她如何一直坐在床边,讲他在伤口发炎的高烧中对她的思念如何和对一只天鹅的思念混淆起来,这天鹅是他小时候在舅父家的庄园里看到的。他还怀着特别激动的心情回忆起他曾用一把垃圾掷向这只天鹅,而它则倏然潜进水中,接着又全身洁净地从急流中游了出来。它一直在金光闪耀的浪涛中游来游去。他大叫廷卡,这是天鹅的名字,可他却不能将它引到自己的跟前。天鹅的乐趣是滑水和挺胸扑翅。他的面孔涨得通红,他忽然说道,他是特别爱它的,说罢就低下头盯着自己的碟子一声不响了。大家终于不得不从餐桌前站起身来,这时F伯爵和母亲简短地交谈了几句,便立即向大家鞠了一躬,重又回到自己的房间。全家人站着未动,大家对此都不解其意。司令官说,一定要使事情按正常手续办理,F伯爵所迈出的这一步可能是依仗他亲眷的势力,不然这会使他革除军职，脸面丧尽。G夫人问女儿对伯爵有什么看法，她是否有什么办法作一个可以避免这一场不幸的表态？侯爵夫人回答说："最亲爱的母亲！这是不可能的，要把我的感激之情置于如此严峻的考验之上，这对我来说是件憾事。不再嫁人乃我的初衷，我不愿意这样轻易地将我的幸福作第二次冒险。"林务官说，如果这就是她坚定不移的决心，那么这种答复也可能使他从中得到教益。看来给他一个确切的答复几乎是势在必行。G夫人说，这位青年人表现出许多优异的品质，他曾有言，他愿意留居意大利；她认为他的求婚是值得考虑的，侯爵夫人的决心也值得再作计议。林务官坐到妹妹的旁边问道：F伯爵这个人是否中她的意？侯爵夫人带有几分窘迫的神情回答道："他使我又欢喜又不欢喜。"她还引证了他人的感觉。G夫人说："假如他从那不勒斯回来，这期间我们对他所作的了解和你对他总的印象大致不差的话，他要是再向你求婚，那你将如何回复他呢？""在这种情况下，"侯爵夫人说，"因为他的愿望是那样强烈，我对他又负有义务，我将，"她停顿了一下，眼睛放射出光辉，"满足他这种愿望。"母亲一直企望她女儿的第二次婚姻，这时好不容易才抑制住她对这种表态所感到的喜悦，并考虑这会产生什么结果。林务官不安地重又站起来说，假如妹妹想到有朝一日能够答应他的求婚的话，那她现在就必须立即采取步骤，以避免他那发疯行为所带来的后果。母亲也是这个意见。她还说，所冒的风险并不大：那个俄国人在突袭要塞之夜表现出那么多卓越的品质，所以几乎用不着担心他的其他品行会与这些品质背道而驰。侯爵夫人极其激动地低下头来。"可以给他，"母亲一面接着说，一面抓住女儿的手,"这么个答复,在他从那不勒斯回来之前,你不会和他人要好。"侯爵夫人说:"我最亲爱的母亲,我可以给他这样一个答复,不过我担心的是,这并不能使他定下心来,我们的麻烦也不会因此减少!""这也正是我的忧虑!"母亲兴高采烈地回头望着司令官,"洛伦佐!"她问道,"你是什么意见?"说着就要站起身来。这一切司令官都听到了,他站在窗前,眺望大街,一言不发。林务官说,有了这样一个无伤大体的答复,他敢保证会使他离开这里。"那就这么办,这么办,这么办!"父亲大声说,他转过身来,"我不得不向这位俄国人再次投降!"母亲一跃而起,吻着他和女儿,父亲对这种举动感到可笑,母亲问,眼下该怎样把这一答复转达给F伯爵?根据林务官的建议,大家决定请他来,要是他还没有宽衣上床,请他即刻就来一下。F伯爵回说马上到。仆人刚要复命,他自己就已大步流星地踏进房间,他喜形于色,万分激动地跪在侯爵夫人的脚下,司令官想说话,F伯爵一边站起身来,一边说他全都知道了!他吻司令官和那位母亲的手,拥抱兄弟,并劳驾他立即为他备办旅行马车。侯爵夫人对这一场面极其感动,可她还是说道:"伯爵先生,您的急切的希望会不会使您走得太远?""没事!没事!"F伯爵立即说,"怕的是您对我所作的了解和将我召唤到您身边的感情相违背,别的啥事也没有。"司令官热情地拥抱了他,林务官立即将自己的马车备办停当,供他使用。一名马弁飞跑到驿站,高价征用驿马。这次出发比任何一次所受的接待更使他高兴。F伯爵希望赶上去B地的公文,从B地他要抄近路直驱那不勒斯。在那里他将想方设法拒绝去康士坦丁堡的公差,决计迫不得已他就装病。他说,假如没有什么不可避免的障碍的话,他肯定会在四至六个礼拜的时间内再次出现在M市。这时他的马弁前来报告:车已套好,只等出发。F伯爵取下帽子,走到侯爵夫人跟前,抓住她的手说道:"惟其如此,尤丽叶塔,我才有几分放心。"他握住她的手不放,"所以说,行前就和您结婚乃是我最热切的愿望。""结婚?!"全家人齐声叫道,"结婚!"F伯爵重申了一遍,亲吻侯爵夫人的手,并说,至于那个他的神经是否错乱的问题,有朝一日她会明白的。家人正想要责问他,可他立即和大家热情告别,并请他们对他的话不要多费精神,说完便驱车上路了。

全家人对这一怪事的结局一直思前想后,百感交集。几个礼拜之后,司令官收到F伯爵的舅舅K将军一封措辞谦恭的信函,F伯爵自己也从那不勒斯写信来,这些对他所做的了解很是有利于他,于是大家都认为这场婚姻算是定下来了。而这时,侯爵夫人的不适却是日甚一日,她觉察到自己的体形发生了莫名其妙的变化,她把这一切都毫无保留地告诉了母亲,她还说她不知道自己怎么会成为这种样子的。这种怪毛病使母亲对女儿的健康极为忧虑,她要她请个医生看看。侯爵夫人不同意请医生,她希望自己的体质会克服疾病。侯爵夫人不听母亲的劝告,在极其严重的病痛中又挨过了许多日子,而那种感觉一直出现,而且令人不可思议,这使她陷入极度的不安之中,于是就请了一个她父亲所信赖的医生来。这时母亲正好不在,她让医生坐在沙发上。在讲了几句病情之后,她便以开玩笑的口吻披露了自己的想法。医生对她审慎地看了一眼,便进行仔细地检查,检查完毕他沉默了很久,然后以极其严肃的表情回答道,侯爵夫人的判断完全正确。

夫人问他对此应作何理解，他明确无误地解释了一番，并不禁微笑道，她很健康，用不着医生。侯爵夫人严厉地斜睨了他一眼，揿铃让人送客。她自言自语，声音很低，仿佛医生不配听到她的话：她没有闲心拿这样的事情和他开玩笑。医生悻悻地答道：但愿她永远像现在这样对玩笑不感兴趣。他拿起手杖和帽子，准备立刻走开。侯爵夫人表示，她要把这种污辱告知她的父亲。医生答道，他可以在法庭上为他的证词发誓，说罢便把门打开，鞠了一躬就要离开这个房间。这时他还要把落在地上的手杖捡起来，侯爵夫人便问道："这怎么可能呢，大夫先生？"医生回说，他毋须向她解释事情的最后原因，他又鞠了一躬后便走了。

侯爵夫人站在那里，像被雷殛了一般。她振起精神想跑到父亲那里去，可一想到她父亲那会使她受到伤害的威严，她四肢便软瘫了。她猛地扑到沙发上，对自己也不相信，对过去一年的所有时刻都一一加以追忆，一想到刚刚发生的事情，她便觉得自己像发了疯一般。母亲终于来了，问她怎么会这样大动感情。对于这样一个令她狼狈的问题，她向母亲讲述了医生刚刚跟她讲的话。G夫人骂医生是个无耻之徒，是卑鄙的小人，并竭力怂恿女儿下决心把这种污辱径直讲给父亲听。侯爵夫人说，医生是完全郑重其事的，看样子他还打算把他的胡言乱语当面告诉父亲。G夫人惊恐地问道，她是否相信这种状况的可能性？侯爵夫人回答说："那我宁肯相信入土的人会怀孕，死尸会怀胎。""你这个可爱而又奇怪的孩子哟，"上校夫人紧紧搂抱着她，"那到底是什么使你烦躁不安呢？如果你的意识告诉你自己白璧无瑕，那么一个诊断怎么会使你心神不安呢？这又不是医生会诊的结果，这是不是他的误断,是不是他别有用心?对此你完全可以不必放在心上。我们把它告诉父亲看来还是得当的。""上帝啊!"侯爵夫人全身痉挛了一下:"我怎能安心呢?我的那种自身的、内在的、我太熟悉的感觉不是在驳斥我吗?如果我有一种异样的感觉,难道我自己不能判断他有没有说错吗?""这太可怕了,"上校夫人说,"这是恶意,这是错觉!"侯爵夫人接下去说:"一个直至今天我们还认为值得尊敬的男子凭什么如此鲁莽如此下作地来伤害我?来伤害这个从未伤害过他的我呢?来伤害对他信任、怀着将来要加以感谢的心情来接待他的我呢?正如他一开始所讲的那样,他似乎要真心真意地来帮助我,那他这样不是引起比我原先所要感受的还要大的痛苦吗?假如我一定要选择的话,"她还要说下去,母亲则目不转睛地望着她,"那我愿意相信这是一个错觉。一个医生,尽管他有着中等水平的医术,在这种情况下不是也有可能误断吗?"母亲有点带刺地说道:"无论如何,非此即彼。""对!"侯爵夫人回答说,"我的最亲爱的母亲,"边说边吻母亲的手,一副尊严受到冒犯的表情,脸上烧得通红,"肯定是这样!尽管情况极其严重,还请允许我加以怀疑,我敢发誓,我的意识就如同我孩子的意识一样,因为它需要一种保证。而您的意识却是纯净不过,它可能是最值得尊重的,不过虽则如此,我还是要请您给我叫一个助产婆来,这样,她说我是什么,我就信什么,即使是证实了那种莫须有的事情,那也会使我定下心来。""要个助产婆!"母亲愤怒地大声说,"意识纯洁,可还要一个助产婆!"她说不出话来。"一个助产婆,我最亲爱的母亲。"侯爵夫人又说了一遍,在母亲面前双膝跪倒,"而且就是现在,假如我还没有发疯的话。""好，很好。"母亲说，"我只求你不要在家里坐月子!"母亲站了起来，要离开房间，侯爵夫人张开双臂去追她，一下子栽倒在地，她抱住母亲的大腿，痛苦地叫道："如果一种无可指责的生活，一种按您的榜样所过的生活赋予我要求您尊重我的权利的话，如果一种母性的感情在您胸中为我说话的话，在我的过失尚未水落石出的时候，请您在这可怕的时刻不要离开我。""什么事使你如此不安?"母亲问道，"是不是还是那个医生的判断？要不就是你内心的感觉?""都不是，我的母亲。"侯爵夫人回答说，手放在胸上。"真的都不是吗，尤丽叶塔?"母亲接着说，"你想想看，你一次失足会给我造成多么大的痛苦。把他说出来，最终我总会原谅他的。可你为了逃避母亲的责备，竟然编造出一个世事颠倒的故事，你可以诅咒上帝，以欺骗我那颗那么喜欢相信你的心，这样做是有害的，这样我永远也不会原谅你的。""但愿得救的王国向我开放，就像我的心灵向你开放一样!"侯爵夫人大声说，"母亲，我对你什么也没有隐瞒。"这一充满激情的表白震动了母亲的心灵。"天哪!"她喊道，"我亲爱的孩子，你是多么使我动心啊!"母亲站起来，吻她，拥抱她，"在这世界上你怕什么呢？来，你已病得很重了。"她要女儿上床休息，可侯爵夫人却是泪如雨下，她说身体很好，一点儿病也没有，除了那种奇怪的莫名其妙的状态之外。"状态!"母亲又大声说，"什么样的一种状态？如果你的记忆对往事那么有把握的话，那么是一种什么样的令人恐惧的妄想纠缠着你不放呢？一种只是在暗中发动的内心的感觉不会给人一种假象吗?""不，不!"侯爵夫人说，"它并没有欺骗我!如果您把助产婆叫来，您将会听到那种可怕的致我于死命的东西是真的。""来吧，我最亲爱的女儿，"G夫人说，她开始为女儿的理智担心，"来吧，跟着我，上床去。你认为医生的讲法怎样？你的面孔怎么这样红?！你全身在发抖！医生是怎么跟你说的呢？"她拉着侯爵夫人就走，对她先前讲的一切不再相信。侯爵夫人说："爱情，杰出的爱情！"她微微一笑，两眼闪着泪花，"我又恢复了理智，医生说我怀孕了。您把助产婆叫来，如果她说这不是真的，那我也就安心了。""好，好！"G夫人压制着内心的恐惧，"她马上就来，马上就来。假如你想受到她的嘲笑的话，她会说你白日做梦，说你不够理智。"她说着便揿了一下铃，叫仆人去请助产婆。

　　侯爵夫人躺在母亲的怀里，胸脯激动地起伏着，这时助产婆来了，G夫人向她讲述了女儿沉溺于怎样奇怪的想法。侯爵夫人发誓说，她在道德上是无可指责的，虽则如此她觉得找一个懂行的妇女检查一下很有必要，因为她被一种不可思议的感觉弄糊涂了。助产婆一面检查着，一面谈着如今的年轻人和世道的奸诈。检查完毕她说道，这一类的情况她也碰到过，年轻的寡妇处于这种状况都说自己生活于荒岛之中。她请侯爵夫人放心，她说业已上岸的快乐的海盗是会找到的。听到这话，侯爵夫人立刻晕倒。G夫人出于母亲的感情在助产婆的帮助下又使她苏醒过来，然而女儿一醒来，做母亲的内心充满了愤懑。"尤丽叶塔！"她极其痛苦地喊道，"你愿不愿意谈谈心里话，你愿不愿意讲出孩子的父亲的名字？"她似乎还想原谅她，可是侯爵夫人说她要疯了，母亲便从长沙发上站起身来："你走，走！你这人一文不值！我生下你来真是该死！"说罢她便离开了房间。

侯爵夫人一见阳光就要晕眩，她把助产婆拉到跟前，全身颤抖着将头枕在她的怀里，以一种非常沮丧的声调问道，"你到底是怎么回事？难道就没有一种不知而孕的情况吗？"助产婆微笑着把手帕从她脸上取下来，说道，侯爵夫人不会是这种情况的。侯爵夫人回答说，是，是，她是知而有孕。她只想一般地知道，在自然界里有没有这种现象。助产婆说，除了圣母之外，世上尚未有一个妇女碰到过这种情况。侯爵夫人抖动得越加厉害了，她觉得自己随时都有倒下的危险。她惊悸地紧抓着产婆，求她不要走开。助产婆请她放心，说是离分娩还早着呢，并向她献策，在这种情况下如何保全名誉，还说一切都会好起来的。可是这些安慰的话语如同尖刀一般插进了侯爵夫人的心中，她挣扎着说，她感觉好一些了，并请她的这个伙伴走开。

助产婆尚未走出房间，母亲就送信通知她："鉴于目前的情势，G先生希望她离开此地，随信还附有一张在她名下的财产清单。但愿上帝慈悲，不要使他再见到她。"信里满是泪痕，在一个角落里还有一个被拭去的字的痕迹：口授。侯爵夫人两眼涌出痛苦的泪水，她为双亲的错误而痛哭，她为这一对好人误入不义而痛哭。她向母亲的房间走去，她母亲正在父亲那儿，她又踉踉跄跄地朝父亲的房间走去。她发现房门紧闭，于是哭喊着要圣者为她的无辜作证，哭着便倒在门前了。她还想在这里躺几分钟，这时林务官从里面走了出来，他的面孔涨得通红，他要她听着，父亲不想见她。侯爵夫人喊道："我最亲爱的哥哥！"她抽噎着要往房间里挤，她大喊："我最亲爱的父亲！"张开双臂扑向他，司令官看见她便转过身去，疾步走进他的卧室。她跟着他，他咆哮起来："滚开！"并要把门关上，她哭求着，使他无法关门。他忽然让步，不再关门，直奔后墙。这时侯爵夫人业已入内，她扑在他的脚下，而他又转过身去，她颤抖地抱着他的腿，这时只听到"叭"的一声，一颗子弹打进被子里，司令官手持手枪，当他从墙上摘下手枪时一下子走火了。"我的主啊！"侯爵夫人叫道，她面如死灰，走出他的房间。"马上套车。"她一面吩咐，一面走进自己的房间；她感到极度的虚弱，一下子坐进椅子里，令人把东西打点一下，她将最小的孩子搂在膝间，给她戴上围巾。一切准备停当，正要上车，这时林务官来了，奉司令官之命让她把孩子留下来。"这些孩子吗？"她问道，并站起身来，"告诉你那位没有人性的父亲，他可以来把我枪毙，却不能把孩子从我这里夺走！"她怀着无辜的骄傲，把孩子们拉起来就去上车，兄弟没敢去挡她，于是就上路了。

这种努力奋斗的结果使她对自己有了了解，她好像用自己的手一下子从命运把她推下去的深渊中挺立起来，撕裂她心胸的骚乱也停息了。当她来到野外时，她不住地亲吻她的孩子，孩子是她亲爱的猎物。当她想到，通过她无辜的意识的力量而取得了对兄长的胜利时，她感到极大的满足。她的理智有足够的坚强，使其不至于在这种特殊的境遇中遭到破裂，它完全膺服于伟大而神圣、又不可思议的世界的安排。她认识到，要使家庭相信她的无辜是不可能的，她明白，对此她只能自我慰藉，如果她不愿毁灭的话。她到达V地没过几天，痛苦便为刚强的决心所代替，她要以骄傲抵御世人的非难。她决计完全回到自己心灵的深处，以其独有的劲头教育两个孩子，用满腔的母爱之情照护好上帝假第三者之手送给她的礼品。在她安居下来几个礼拜之后，觉得自己就要分娩，便准备修复她那美丽，但由于长期荒芜而有些凄凉的庄园。她坐在门廊里，一面编结着小帽子和小腿的袜子，一面在想如何分配她的房间，哪个房间用来放书，哪个房间适于作画。F伯爵从那不勒斯回来的日期还没有到，她已完全安于那种修道院式的遁世生活的命运。门房接到指令，不接待任何客人来访。可是一想到她在清白无辜的情况下所怀的这个小生命（其来历比他人显得神秘，所以更像是天神所使）在市民社会中将受到的玷污，她便不能自已。她想出了一个发现小孩父亲的法子，当她开始想到这个法子时，由于惊骇以致编结的东西从她手里滑落在地。好多个不眠之夜，辗转反侧，她才逐步习惯了这一伤害她内心感情的办法。她还一直强烈地抗拒着和那个欺侮她的人发生任何关系，这是因为她明白无误地得出了这样的结论：这人定是他那一类人中无可救药的渣滓，不管他在这个世界上处于何种地位，那他也可能是来自于世界污秽的粪土。由于心中那独立自主的感情日益强烈，由于她考虑到，不管给宝石镶上什么边，它自有其价值，所以在一天早晨当小生命在她的腹中躁动之时，她便决计让M市的《智力报》登出了那个我们在故事开头所读到的稀奇的启事。

F伯爵在他不得不滞留于那不勒斯的期间里，给侯爵夫人写了第三封信，要求她不管出现什么意外的情况都要忠实她那不言自明的许诺。他不到康士坦丁堡出差的申请获准了，并且其周围的人也都对此表示同意。在此之后他便立即从那不勒斯动身，他到达M市的日子也很准确，只比他所决定的时间晚了几天。司令官以一种很尴尬的表情接待了他，说是有件要事缠身，他不便久留，并要林务官和伯爵谈谈。林务官将F伯爵带进自己的房间，简短的寒暄之后便问他知不知道他走后司令官家所发生的事情，伯爵的面孔刷地一下苍白起来，回答说不知道。接着林务官便向他讲述了侯爵夫人给家庭所带来的耻辱，并把事情的原委全都告诉了他，这些读者业已知道。F伯爵以手叩额："怎么会有这么多的磨难啊！"他忘情地大声说，"当初要是完婚，也不会有这么多的耻辱和不幸！"林务官凝视着他问道，难道伯爵还有这么强烈的愿望和这样一个下贱之人结合吗？F伯爵回说，侯爵夫人要比蔑视她的整个世界具有更高的价值，他完全相信她关于自己是无辜的声明。他今天就去V地，向她重申他的求婚。F伯爵立即抓起帽子向林务官告别，后者以为他完全丧失了理智。

F伯爵纵身上马向V地疾驰而去。当他在门口下马并想走进前院时，门房便告知他，侯爵夫人谢绝来访。伯爵问道，为陌生人所订的规章是否也适用于家中的一个朋友。门房毫不犹豫地回答说，没有什么例外。接着门房又立即以一种疑惑的语调问来人莫非F伯爵？伯爵审慎地瞥视了他一眼回称"不是"。他转向侍从，用一种门房能听得到的声音说，既然如此，他只好先留宿旅馆，然后写信通知侯爵夫人。等到门房看不见他的时候，他便立即在拐角处蹲了下来，并绕着长长的围墙潜行，园子一直延伸到房子的后面。他发现进入园子的后门开启着，便通过后门踏上园内的甬路。他正要举步登上后面的台阶时，看见旁边门廊里侯爵夫人那可爱而又神秘的身躯。她正在一张小桌旁紧张地工作。F伯爵轻手轻脚地走近她，以使她不会过早地发现他。他在离她有三步之遥的门厅入口处站住了。"F伯爵！"侯爵夫人睁大眼睛，叫了一声，这一意外的相见使她的面孔绯红。F伯爵微笑着，站在那里不动。过了一会儿，直到她不再惊骇，他才以谦恭而急切的举止坐在她的身旁。当她在这种奇怪的境况中犹豫不定之际，F伯爵便用一只胳臂轻柔地搂住了她那可爱的腰身。"伯爵先生，您这是从何而来？"侯爵夫人问道，但又立即胆怯地低下头来。伯爵说："从M市来。"并轻轻把她抱紧，"后门开着，我走后门来的，我想你不会见怪吧。""在M市没人告诉过您吗？"她问，在他的怀抱里动也不动。"全听说了，最亲爱的夫人。"伯爵说，"不过对您的无辜我是完全相信的。""怎么！"她一面挣脱着站起来，一面喊道，"纵然这样您还是要来吗？""不管人家怎么说，"他继续说道，同时把她抱抱紧，"也不管您家人怎么说。"说着就狂吻她的胸前。"走开！"侯爵夫人叫道。"我是这样相信，"伯爵说，"尤丽叶塔，好像我全都知道，好像我的心灵就在你的胸中。"侯爵夫人叫喊起来，"请您放开我！""我来，"他紧抱着她不放，"我要说是为了重申我的求婚，是为了从您手中接受幸福者的命运，如果您要听听我的呼声的话。""立即放开我！"侯爵夫人喊道，"我叫您放开我！"她拼命从F伯爵怀中挣脱出来，跑掉了。他站起来紧追不舍，并轻轻呼唤着"我最亲爱的人儿！好人儿！""您听着！"侯爵夫人大声说，并扭过身去避开他。"就说一句悄悄话！"伯爵说，他迅速地向她那从他那儿挣脱掉的丰腴的手臂抓去。"我根本不想理睬您。"侯爵夫人说，猛力将他从胸前推开，并向台阶跑去，倏而便不见了。

他也跟着走下台阶，无论如何他也要听听她的想法，刚走下一半，门便一下子关上了。门闩发出刺耳的声音。面对这种情况，他不知如何是好，在那里站了一会儿，他想要不要从侧面开着的窗子爬进去，以此来达到目的。走回头路会使他每个感官都深感痛苦，不过这次看来他不得不这样了。他怨恨自己，让她从自己的怀抱中逃走，他走下台阶，离开园子，寻找他的马匹。他感到，拥抱着她向她诉说衷情的机会是永远丧失了。他策马向M市信步而去，同时在为一封该死的信打着腹稿。晚上他的心情极其恶劣，在一家饭馆里碰到了林务官。后者马上问他，是否将他的求婚的提议顺利地送达V地？F伯爵答了声"没有！"他情绪波动地以痛苦的语调答复了林务官，为了礼貌起见，过了一会儿又补充说，他决定以书面的形式向她提出请求，这样他的愿望会立即得到实现的。林务官说，他不无遗憾地看到，伯爵对侯爵夫人的热情使自己丧失了理智。他不得不告诉他，侯爵夫人现在已走上了另作打算的道路。他令人将最近的报纸拿来，拣了一张递给F伯爵，上面登有侯爵夫人征求孩子父亲的启事。F伯爵浏览了一遍，不觉面红耳赤，百感交集。林务官问他侯爵夫人能否找到这个人？"毫无问题！"F伯爵说，这时他以整个心灵扑向这张报纸，贪婪地吸吮着内中的意思。过了一会儿他将报纸折叠起来，走到窗边说道："这敢情好！何去何从我已心中有数！"然后转过身来极其客气地向林务官问道，是否还能再见，并向他告别。就这样，他向自己的命运屈膝了。

这期间，在司令官家里发生了最为激烈的争吵。上校夫人对她丈夫那种置人于死地的过激做法，对自己的软弱感到特别的恼火。正是由于她的软弱，在女儿被无情地逐出家门之时她才被丈夫所挟持。在司令官的卧室内手枪走火、女儿从里面冲出来时，她已昏倒在地。虽则她很快就苏醒过来，可司令官只叫她不要无事惊慌，别的却什么也没说，还把走火的手枪摔在桌子上，后来竟要把孩子留下来，母亲战战兢兢地说："我们没有权利这么做。"她恳求大家不要争吵，她的声音由于刚才昏厥过而变得微弱而又伤感了。可司令官还是一言不发，只是转向林务官，满腔怒火地咆哮起来："去！把她给我赶走！"F伯爵的第二封信来到时，司令官命令转寄给V地的侯爵夫人。后来信差回来说，侯爵夫人说了声好便将信摔在了一边。在这整个的事变中上校夫人对好多事情，特别是对侯爵夫人是否愿意重新缔结那无足轻重的婚姻还不大清楚。她试图谈谈这些问题，可司令官总以命令的口吻要她免开尊口。他一面将一张以前挂在这里的女儿的画像取下来，一面说，他要把她从自己的记忆中抹掉，并说自己不再有女儿了。之后侯爵夫人的寻人启事便见报了。上校夫人对此惊诧莫名，她拿着从司令官那里取来的报纸又走进他的房间。他正在桌旁工作。夫人问他对此有何看法？他一面继续写东西，一面说道："她是无辜的！""好啊！"G夫人十二分震惊地叫了起来，"无辜？""那事她是在睡梦中干的。"司令官眼皮抬也不抬地说道。"在睡觉时！"G夫人说，"难道会有这样一件不可思议的事？""你这个傻瓜！"司令官大声说，把报纸理理好便走掉了。

上校夫人又在下一期的刚刚出版的报纸上读到如下的答复，那时夫妇二人正进早餐：

"O侯爵夫人如愿在三号上午十一点钟在其父G先生的家里露面的话，那么她所寻找的人届时将会拜倒在她的脚下。"

这篇奇文上校夫人还未读到一半，就说不出话来。她浏览了一下结尾，便把它递给了司令官。上校细读了三遍，好像也不相信自己的眼睛。"现在看在老天的面上，你跟我说说吧，洛伦佐。"上校夫人大声说，"你对此有何看法？""真是一个害人精啊！"司令官说道，他站起身来："真是一个骗人的伪君子！一条母狗的十倍无耻，再加上狐狸的十倍狡猾，都比不上她的无耻和狡猾！做出这样一副嘴脸，又有那样的两只眼睛！她对天使也不可靠。"司令官痛心至极，激动不已。上校夫人问，"说这是一条诡计，可她要达到什么目的呢？""她有什么目的？她要施展她的卑鄙的骗术。"上校回答说，"他们已编好了一套鬼话，三号上午十一点她和他就把这鬼话说给我俩听，'我亲爱的小女儿，'我应这样说，'这我不知道，这谁会想得到呢，原谅我吧，接受我的祝福，请你不要见怪。'等待着三号上午踏进我家门槛的那个人的就是这颗子弹，叫仆人把他给我轰出去，这还是便宜他的。"G夫人对报上登的答复思考了一番说道，如果要她对这两件不可思议的事情一定信其一件的话，那她宁肯相信命运在捉弄人，她不相信一个平时品行高尚的女儿会这样的下作，没等她把话说完，司令官就叫了起来："请你还是免开尊口的好！"于是便走出房间，临走还说了一句："我一听到这种话就感到恶心。"

没过几天司令官便收到侯爵夫人关于报上那篇启事的一封信，信中说，由于她得不到宽恕而无法再登他的家门，所以她满怀敬畏和感激之情请他三号上午将那人遣送到V地。司令官收到这封信的时候夫人正好也在，这时她看到丈夫的面孔现出迷惑不解的神情。如果说这是一场骗局的话，那她现在这样做应怎样看待她的动机呢？因她并没有提出请他原谅的要求。这时上校夫人的胆子大了起来，走上前来。她有一个计策，这已在她充满怀疑的心里酝酿好久了。在上校毫无表情地看着那张信纸的时候，她说出了她的想法：他是否能许可她到V地待上一两天看看，如果以陌生者的身份在报上回答她的那个人她早就认识，那侯爵夫人果真是一个出卖灵魂的人，果真是一个最最狡诈的孽精。司令官突然把信撕得粉碎，他正告夫人，要她知道，他是不想和她发生任何关系的，他不许夫人去见她。司令官将信的碎片封存起来，给侯爵夫人写了一张明信片，交给信差作为回音。丈夫这种冥顽不灵的态度葬送了任何澄清事实的希望，对此上校夫人暗自感到苦恼。现在她决定，不管丈夫愿意与否，她要执行她的计划。她带了司令官的一个马弁，第二天一早趁丈夫尚在床上之际便往V地出发了。当她来到庄园的大门时，门房称侯爵夫人谢绝来访。G夫人回答说，这个规定她知道了，不过还是请他去通报一声，说是G夫人到。门房马上回答，这无济于事，侯爵夫人谁也不愿接待。G夫人回答说，要跟她讲话的人是她母亲，事不宜迟，快去通报。门房说，去也是白跑一趟，正要进去回报，这时侯爵夫人从里面出来向大门匆匆跑去，双膝跪倒在G夫人的车前。G夫人在马弁的搀扶下下了车，用了好大劲儿才把侯爵夫人从地上扶起来。侯爵夫人激动地吻着母亲的手，泪如雨下。她颤巍巍地将母亲引进房间。"我最亲爱的母亲！"她喊道，母亲坐在沙发上，她站在那里动也不动，揩着眼泪："是什么样的好运使您来到我的面前，您的到来对我而言真是如获至宝。"G夫人一面亲热地抚摩着女儿，一面说道，她来是为了请求原谅，原谅她无情地将她逐出家门。"原谅!"侯爵夫人打断她的话,并要吻她的双手,可母亲把手拿开继续说道:"前几天报上登出了对那则启事的回答,这不但使我,也使你父亲相信你是无辜的。现在我要告诉你,他本人昨天已在我们家露了面,这使大家又惊又喜。""是谁?"侯爵夫人问,并在母亲身旁坐了下来,"这个自己露面的是谁?"她极其紧张地期待着回答。"他,"G夫人回答说,"写那个答复的人,就是你要找的那个人。""那么,"侯爵夫人的胸脯不安地起伏着,"那是谁啊?"她又问了一句。"是谁?""这个,"G夫人回答说,"我想请你猜猜,你想想看,昨天我们正在喝茶,并在读那张奇怪的报纸时,一个我们极其熟悉的人,带着一脸绝望的表情冲进房间里来,他先是在你父亲,接着就在我的面前跪了下来。这其中的奥妙我们自然不知,于是请他自己来讲。他说他的良心使他不安,他就是那个骗了侯爵夫人的害人虫,他一定要知道,人们对他的罪行怎样看待,如果他理应受到报复,那么他跑来就是任她来处置自己。""可这是谁啊?谁啊,谁?!"侯爵夫人问。"像刚才说的,"G夫人继续讲道,"是个年轻而又有教养的人,我们从没有想到他会干出如此卑鄙无耻的事来。可你不必害怕,我的女儿,因为他出身低微,不名一文,对你的婚姻所提出的要求他都无法满足。""无论如何,我的好母亲,"侯爵夫人说,"他不可能一点尊严也没有,因为他是先来拜见您的。那他是谁呢?谁?请您告诉我,这是谁?""那好,"母亲说,"那是莱奥帕尔多,是你父亲早年从蒂奥尔雇来的马弁,我把他带来了,为了把他作为新郎介绍给你,这人你可能已经注意到了。""莱奥帕尔多,马弁!"侯爵夫人大声说,绝望地用手按着自己的额头。"你怕什么呢?"上校夫人问,"难道你还有理由对此怀疑吗?""这怎么会呢,在何地,在何时?"侯爵夫人不知所措地问道。"这,"母亲答道,"他只想告诉你,他说羞愧和爱情使他无法告诉别人,只能告诉你。不过,假如你愿意的话,我们就把前房房门打开,他正情绪激动地等待这件事的结局呢。你可以看到,在我不在的时候你会使他把秘密吐露出来的。""天哪,我的父亲!"侯爵夫人叫道,"炎夏时节有次我睡午觉,醒来时见他从我的长沙发边走过!"她用那双小手遮住因羞恨而变得通红的脸蛋,她说这话的时候母亲已经双膝跪倒在她的面前,"我的女儿啊!"她大声说,"你真是个好女儿!"她张开双臂搂抱着她,"我的心真是太狠了!"说着便将自己的面孔埋在女儿的怀中。侯爵夫人慌乱异常:"您怎么了,我的母亲?""现在明白了,"她继续说道,"你比天使还要纯洁,我跟你说的一切全是假的,我不相信你那闪着光彩的清白,我就用了这条诡计来说服自己。""我最亲爱的母亲!"侯爵夫人大声说,她怀着极其欣慰的心情激动地俯身向着母亲,要拉她起来。上校夫人立即说:"不,在我离开你的脚下之前,你要告诉我,你这圣洁而又非凡的人能不能原谅我这粗暴的行为?""我原谅你,我的母亲!您请起吧!"侯爵夫人大声说,"我向您发誓。""你听着,"G夫人说,"我要知道,你还爱不爱我?你是不是还像往常那样真诚地尊敬我?""我所崇拜的母亲啊!"侯爵夫人叫道,并同样跪倒在她的面前,"敬和爱是永远不会从我心中失却的,在这种闻所未闻的情况下谁会相信我呢?您相信了我的无辜,我真是幸福无量。""现在,"G夫人说,在女儿的扶持下站了起来,"我要用双手护持着你,我最亲爱的孩子。你应在我那儿分娩，我曾希望你生个小伯爵，若是果真如此，我虽不能以最大的温存，却能以最大的尊严来培育他，在我有生之年，我不再离开你。我要跟整个世道唱反调，我什么荣誉都不要，只要你和我言归于好，只要你不把我当初将你逐出家门的残酷放在心上。"侯爵夫人一个劲儿地以爱抚和誓言来安慰她。夜幕降临了，夜半钟声也敲过了，可她还是没能使G夫人安静下来。第二天，老妇人那种由于夜间发热所造成的激动情绪已经稍微安定了一些，于是母亲、女儿、外孙向着M市凯旋。一路上大家都很开心，她们对坐在车夫座位上的马弁莱奥帕尔多开着玩笑。母亲对侯爵夫人说，她注意到，她一看到那马弁的宽阔的背影便脸红起来，侯爵夫人心情激动，忧喜参半地回答道："谁能知道，三号上午十一点到底是谁来呢！"越是靠近M市，她们的心情就越是沉重，预感到摆在她们面前的将是决定命运的事件。

G夫人没将她的计划告诉任何人，在门口下车之后，她便将女儿领进她原来的房间，她说，她想休息一下再到她这儿来，说完她便走了。一个小时之后，她又气喘吁吁地走来。"没想到他是这样一个人！"她暗自开心，"这样一个多疑的人！这不？为了说服他我竟用了一个时辰的时间！现在坐在那里倒哭起来了。""谁？"侯爵夫人问，"他！"母亲回答，"除了那个罪魁祸首之外还有谁呢？""不是父亲吗？"侯爵夫人大声说。"就像个孩子，"母亲回答说，"要不是我自己不得不把眼泪揩干，我真要笑起来，我只好走出来。""这是为我的事吗？"侯爵夫人问，并站起来了，"我要在这儿？""不要挪地方！"G夫人大声说，"为什么他要对我口授那封信！只要我活着，他要来找我的话，那他就要来这里找你。""我最亲爱的母亲，"侯爵夫人恳求道，"这太无情了！"上校夫人打断她的话，"为啥他要去拿手枪?!""可我要向您发誓，""你不应，"G夫人说着又把女儿拉回到她的椅子里，"假如他今天天黑以前还不来，那我明天就和你一道走。"侯爵夫人说，这样做太无情，太不公正了，可母亲回答道："你放心好了，"这时她正好听到远处有人呜咽着走来。"他来了！""在哪里？"侯爵夫人问，并侧耳细听，"是谁在门外头，这样厉害地——？""不管怎么说，"G夫人说，"他想叫我们给他开门。""让我出去！"侯爵夫人大声说，并从椅子里挤出身来。可是上校夫人说，"要是你对我好，尤丽叶塔，那你就待在这里。"就在这个时候司令官已经进来了，脸上捂着一块手帕。母亲护着女儿，把背转向他。"我最亲爱的父亲！"侯爵夫人叫道，向他张开双臂。"别动！"G夫人说，"你听着！"司令官站着哭了起来，"他应请你原谅。"G夫人继续说，"他为什么那么狠毒！为什么那样顽固不化！我爱他，可我也爱你！我尊重他，可也尊重你。要是叫我选择的话，那你比他要好，我跟着你。"司令官弓着腰，号啕大哭，震得四壁也发出了回声。"我的上帝啊！"侯爵夫人叫道，她蓦地扑到母亲的身上，拿了她的手帕，眼泪扑簌簌地直淌。G夫人说："他就是不会说话！"并稍微离开了一点。侯爵夫人站起身来拥抱司令官，并请他安静下来。她自己放声大哭，问父亲要不要坐下来，她要拉他坐在圈椅上，并将圈椅拉到他的身边，好使他坐下。可他不说话，也不动地方，也不坐，只是站在那里，低头哭着。侯爵夫人把他扶扶正，向母亲转过半个身子说，他要出毛病的，看样子母亲不打算僵持下去了，因为丈夫痉挛得厉害，在女儿的一再劝说下司令官终于坐了下来。侯爵夫人俯身跪在父亲面前，对他百般温存。这时母亲又说道，说他这是活该。现在他的脑筋该清醒清醒了，于是便离开房间，把女儿撇在房间里。

她一走出房间便将眼泪揩干。她担心她使他受到这样巨大的震动是不是会带来严重的后果，去喊个医生来是不是更为恰当？她下厨房和下人一道为丈夫烧制了有助镇定的晚餐，为他整理床铺，将被窝烘热，他和女儿手挽手一来到，他便可以立即躺下休息。晚餐已摆好，可他总还不来，于是Ｇ夫人便悄悄地走到侯爵夫人的房间，去听听到底出了什么事？她把耳朵轻轻地贴在门上，听到一阵刚刚消失的耳语声，像是从侯爵夫人那里发出来的。从钥匙孔往里望去，女儿坐在司令官的怀中，这在平时是他从来不许可的。她终于轻轻地开了门，她的心由于喜悦而激荡着：女儿低着头，闭着眼，静静地躺在父亲的怀抱里，后者坐在圈椅里，眼里含着晶莹的泪水，如饥似渴地、热烈而又久久地吻着她的嘴唇，完全像一个情夫！女儿不说话，他也不说话，他低头看着她，就像看一个他初恋的姑娘，将她的头部扶扶正又去亲吻她。母亲感到极大的快乐，她偷偷地站在椅子后面，她要使这种极乐的家庭和解的喜悦延长得更长久一些。她终于走近丈夫，从后面看着他，而他又以手指和嘴唇以一种说不出的乐趣亲吻他的女儿。司令官看到她，极其慌乱地低头向着那张面孔想要说点什么，可Ｇ夫人却大声说："多好的一张面孔啊！"她自己又好好地亲吻了它一番，开了几句玩笑，这一激动的场面才告结束。她请他们俩去吃晚饭，她走在前面，那两位就像新婚夫妇跟随着她。晚餐时司令官虽则兴致很高，可还不时地歇歇着，吃得很少，不大说话，低头看着碟子，抚摩着女儿的手。

现在的关键是，明天一到，上午十一点露面的到底是世上的哪一个；明天就是可怕的三号了。父亲、母亲和这期间也已和解的哥哥都主张：只要那人有几分可取之处，就无论如何要和他结婚，总之，无论何事都要以侯爵夫人的幸福为准则，假如此人的状况纵然在家人的大力帮助之下也仍然和侯爵夫人不相般配的话，那父母也可反对这样一种婚姻。在这种情况下他们决定，侯爵夫人还像以前那样住在他们这里，孩子要过继出去。而侯爵夫人的意愿似乎是：不管怎样都要实践她的诺言，只要此人不是过分卑劣，无论付出怎样的代价，都要为孩子找个父亲。晚上母亲提出如何接待这人的问题，司令官说，到十一点钟的时候最好让侯爵夫人独自留下来，侯爵夫人则坚持，父母双亲，还有哥哥都要在场，她不愿和那人共享任何秘密。她还说，这一愿望甚至在此人的答复中似乎就已实现，他不是建议在司令官家里见面吗？所以这一答复正中她的下怀，她坦白地这样说。可母亲觉得父兄在场不那么相宜，她请女儿叫男人们离开，而她应女儿的要求在接待那人时愿意在场。女儿思忖了一下终于接受了这个建议。大家都怀着极其紧张的期待之情度过了一夜。到了三号的早上，十一点敲过，两位妇女就像去定亲一样在会客室里盛装以待，心儿怦怦直跳，要是日间的噪声停下来的话，人们就会听到那种心跳的声音。十一点的钟声尚未敲完，父亲从蒂奥尔带来的马弁莱奥帕尔多便走了进来，见此情况两个女人的面色唰地一下煞白。"F伯爵已到，"他说，"他等着求见。""F伯爵！"她们俩不约而同地喊道，不胜惊惶。侯爵夫人大声说："把门关上，我们不要见他。"说着便站起身来，立即要去把门闩上，并要站在当路的马弁出去。这时F伯爵已向她走来，还是一身攻下要塞时的戎装，挂满奖章，佩带着武器。侯爵夫人只觉得心慌意乱，就要摔倒在地。她去抓留在椅子上的手帕，想去厢房。可G夫人抓住她的手不放，叫了声"尤丽叶塔"，然后就像窒息了一般，一下子说不出话来。她目不转睛地盯着F伯爵，重复刚才的话头："我求求你，尤丽叶塔！"一面把她拉到自己的跟前，"我们等待的究竟是谁啊？"侯爵夫人突然转过身来大声说："唔，不就是他吗？"她目光犹如雷电一闪，直射F伯爵，这时后者的面色就像死人似的苍白，立时向她单膝跪倒，右手扪心，微微低着头，眼睛朝地上看着，脸涨得通红，一声不响。"除了他还有谁，把我们搞得六神无主？"侯爵夫人呆呆地站在他的身前："我要疯了，我的母亲！""你这个傻瓜！"母亲回答说，并把她拉到自己的身边，对她耳语了一阵。侯爵夫人转过身来，双手遮住面孔，一下子坐到了沙发上。母亲大声说："不幸的人儿！你生病了吗？对所发生的事难道你没有想到吗？"F伯爵不离上校夫人的左右，一直跪着，抓着她的衣边吻着："亲爱的人，仁慈的人，最高尚的人！"他轻声诉说着，泪流满面。上校夫人说："请起，伯爵先生，请起来！请您安慰安慰那一个，这样大家言归于好，这一切都会过去，一切都会忘记。"F伯爵哭着站起身来，他又重新跪倒在侯爵夫人的面前，轻轻去抓她的手，仿佛那手是金子铸的，他手上的汗气会使其失去光泽。可她却说："您出去！您出去！您出去！"她边叫边站了起来，"我原想是一个缺德鬼，可没料到是一个魔鬼。"她像躲避一个鼠疫病患者一样地打他跟前走过，拉开房门喊道："叫上校来！""尤丽叶塔！"上校夫人吃惊地喊道。侯爵夫人桀骜不驯地一会儿盯着F伯爵，一会儿看着母亲。她的胸脯起伏着，面容像火炭似的红，复仇女神的目光也没有她的目光可怕。上校和林务官来了，"就是这个男人，父亲！"当他俩还在过道的时候，她就说道。"我不嫁！"她的手抓住固定在门后盛放圣水的容器，一摔，洒了父兄和母亲一身，她趁机溜掉了。

司令官觉得好生奇怪，于是就问发生了什么事。就在这时他看见了房子里的F伯爵，他立时面色苍白。母亲拉着F伯爵的手说："别问了，这个年轻人打心眼里懊悔所发生的一切。祝福吧，祝吧，祝吧！这样会皆大欢喜。"F伯爵站在那里，像泥塑木雕一般。司令官将手按在他的头上，眉毛颤动着，嘴唇像粉笔一样白。"愿上帝宽恕这个人！"他大声说，"您想何时举行婚礼？""明天。"母亲替他回答，因为他已说不出话来。"明天今天，随你的便。伯爵先生曾尽过很大的努力来弥补自己的过失，下一个时刻将永远是你大喜的时刻。""我很高兴明天十一点钟能在奥古斯丁大教堂见到您。"司令官说道，他对F伯爵鞠了一躬便把妻儿叫走，一起去探望侯爵夫人，房间里只剩他一个。

为了探知侯爵夫人采取这种奇怪态度的原因，大家费了很多口舌。她发着高烧躺在那里，对结婚的事她听也不要听，她求大家走开。至于她为何突然改变了初衷，是什么原因使她觉得F伯爵比另外一个别的人更为丑恶，对于这样的问题她只是睁大眼睛失神地望着父亲，一言不发。上校夫人说："她是不是忘了她是母亲？"侯爵夫人回答说，在这种情况下母亲肯定为自己比为孩子想得多，她再次要天使和圣徒作证，她不要结婚。父亲看到，她显然正处于受到极度刺激的状态，他说，她必须信守诺言，于是就离开她。司令官和F伯爵换帖之后便开始安排婚礼。他给了F伯爵一份婚约，婚约规定，F伯爵要放弃作为丈夫的所有权利，而要承认所有向他要求的义务。F伯爵签了字，就把这一浸着他泪水的契约送了回来。第二天司令官便将这张婚约拿给侯爵夫人看，这使她心神稍定了些。她坐在床上读了很多遍，折起又展开来看。她表示，十一点钟她将到奥古斯丁大教堂。她起来穿上衣服，钟声敲响之时，便一言不发地和家人上了车，朝着教堂而去。

只是到了教堂的门口，F伯爵才被允许加入家庭的行列。在仪式进行期间，侯爵夫人望着祭坛画像出神，对与之交换戒指的那位男子瞧也不瞧一眼。在受洗结束时，F伯爵向她伸出了臂膊，他们一走出教堂，伯爵夫人便向他鞠了一躬算是道别。司令官问F伯爵，他会不会时常到他女儿那里去，他结结巴巴地说了些令人难解其意的话，然后就对大家脱帽致敬，匆匆离去。他在M市找了一处住所，一连几个月都没有迈进伯爵夫人所留居的司令官的家门。凡和这个家庭打交道，他总是那么文雅庄重，堪称楷模。正由于此，在伯爵夫人生下一个男孩之后，他被邀参加儿子的洗礼。伯爵夫人身裹毛毯，坐在床上，当他进来时只看了他一眼，而F伯爵则是老远就怀着敬畏之情向她致意。他在客人们送给新生儿的礼品里面的摇篮里放下两张纸头。他走后人们看到，一张是送给这个男孩的二万卢布的支票，另一张是他的遗嘱：他要是身故，这孩子的母亲便是他整个财产的继承人。从这天起他便成了 G 夫人家的常客，大门向他敞开着，没有一天他不到这里来。这时他感到自己已为各方面所谅解：世上的安排本来就有不当之处，他又开始向伯爵夫人，他的夫人重新求婚。一年之后他才得到她第二次的许诺，并且也举行了第二次的婚礼，这比第一次要欢快得多。婚礼过后，全家搬往 V 地，在第一个小俄国人诞生之后，又接连好几个小俄国人来到了世间。伯爵很是幸福，有次他问妻子，在那可怕的三号她本来对任何缺德鬼都有所准备，为什么对他却唯恐避之不及，就像逃避魔鬼一般？伯爵夫人一面投向他的怀抱，一面回答道：假如他给她的第一印象不是一个天使的话，那么那时她也不会觉得他是一个魔鬼。

智利地震

1647年智利王国首府圣地亚哥发生了一场大地震，数以千计的人丧生。就在地震初发的那一刻，一个被控有罪的西班牙青年站在囚禁他的监狱的廊柱旁意欲悬梁自尽，青年名叫荷罗尼莫·鲁格拉。他曾受雇于全城最富有的贵族之一唐·亨利科·阿斯特隆，担任家庭教师，一年前被东家辞退。之所以如此，是因为他和东家的唯一女儿多唐娜·约瑟菲情投意合，心心相印。年迈的唐曾严厉告诫女儿不要再和鲁格拉来往，可两人还是秘密约会。告知他这个消息的是他趾高气扬的儿子，他报告时的神气很有些幸灾乐祸的味道。老头子怒不可遏，将女儿送进山上的卡尔默罗会女子修道院。

荷罗尼莫连忙抓住这个求之不得的机会，与约瑟菲重新建立了联系。在一个幽静的夜晚，他把修道院的花园变成了洋溢着幸福的场所。这天是基督圣体节，修女游行刚刚开始，见习修女紧随其后，就在圣钟敲响的当儿，不幸的约瑟菲却倒在教堂的台阶上，临产前的疼痛阵阵袭来。

这一事件引起了震动，这个少女罪人立即被送进监狱。不管她的状况如何，她刚出月子，便遵从大主教之命，接受最最严酷的审判。丑闻引起街谈巷议，大家义愤填膺，纷纷予以谴责。出事的修道院成了围攻的对象，人们将按照修道院教规对少女严惩不贷。无论是阿斯特隆家族的请求，还是院长所表达的愿望，都不能减轻将要施诸的惩罚。少女平日品行端庄，表现良好，博得修道院长的好感，但想方设法也不管用，最终只是在总督的干预下把火刑改判为斩首，这一改判还是招致了女士小姐的不满。

行刑队伍所要经过的大街两边的住户，或将沿街的窗户出租，或把房顶揭开缺口；城里那些善妇信女邀请城外的女友，在自己身边共同观赏上天报应的场面。

荷罗尼莫已被投入监狱，当他听到事情竟有这样难以想象的转折，几乎要晕过去。他想尽办法越狱，结果都是徒劳：不管他乘着想象的翅膀如何飞翔，到头来他所碰到的都是紧闭的大门和高墙。他试图锉断窗户的铁栅栏，结果被人发现，受到更加严格的看管。他双膝跪倒在圣母马利亚的像前，无限虔诚地向她求告，他觉得现在只有圣母才能拯救他。

可怕的日子还是来到了，他对自己的处境完全绝望了。伴随着约瑟菲走向刑场的钟声响起，他的心仿佛沉入万劫不复的深渊。生命于他已是面目可憎，于是他决定用偶然得之的绳子结束它。如前面所说，他正站在墙柱前，要把绳子套到墙壁突出部分的铁钩上，准备逃脱这苦海般的人世。可是突然间一声巨响，天崩地裂，大半个城市陷入地下，一切呼吸着的活物也都被埋葬于废墟中。

荷罗尼莫目瞪口呆，惊恐不已，整个意识仿佛全部消失；他紧紧地抱住本想用来自尽的柱子，以免跌到。脚下的大地在颤动，监狱的墙壁在崩裂，整个建筑都在摇摇欲坠地向街面倒去。

只是因为坍倒得不那么快,对面建筑也倒向这面,从而形成了一个令人意想不到的拱形通道,才没有使整个监狱坍塌在地。荷罗尼莫浑身发抖,头发直竖,双膝疼痛欲裂,身体越过倾斜的地板,向两房相撞而在监狱正面墙壁上形成的洞口滑动。

他刚到外面,大地突然又是一颤,本来已经震动过的街道现在全部塌陷了。他处于失魂落魄的状态中,不知如何从这场浩劫中逃脱出去。他惊慌失措,匆匆踏过瓦砾和断木,在死神从四面八方向他袭来的当儿,向离他最近的城门奔跑。这里正好也有一所房屋倒了下来,砖头瓦块四处飞溅,使他不由得拐向另外一条街道;而这儿从一面面山墙蹿出冲天火焰,浓烟滚滚,吓得他躲进旁边的街道;那儿马波绍河水漫出河岸,咆哮着向他奔涌而来,驱使他来到第三条街道。在这条街道上,这儿是一堆死尸,那儿还听到废墟下有人在呻吟;这儿有人在燃烧的房顶上大呼救命,那儿人畜在和波涛搏斗;这儿有人奋不顾身地救人,那儿有人面如死灰,向上苍伸出颤抖的双手,无声地抽噎。荷罗尼莫终于来到了城门外,他爬到一个土丘上,继而晕倒在地。

他人事不省地躺了约莫一刻钟,苏醒过来后背对着城,半支起身子。他摸了摸额头,又摸了摸胸膛,不知眼下何去何从。从西边的海面上吹来一阵风,他精神为之一振;环顾四周,圣地亚哥城郊一片葱茏,心中有种难以言表的欣喜。目光所及,都是惊慌不安的人群,只有这点使他感到闹心。他弄不清楚,他和他们何以来到这里。回头看到圣地亚哥城已经完全塌陷,他这才回忆起他所经历的那可怖的一瞬间。他俯下身来,额头触地,感谢上苍奇迹般的救命之恩。那可怖的经历给他的心胸留下不可磨灭的印象，好似将过去的一切全都排除净尽，他为能在这大千世界里继续享受美好的生活喜极而泣。

他蓦地发觉了手上的戒指，这使他想起了约瑟菲；继而想起关押他的监狱，想起那钟声，想起监狱倒塌的那一瞬间。他重又心事重重，为他所进行的祈祷感到懊悔。他觉得端坐于云端、主宰一切的万物之主很是可怕。他挤入从城门涌出的人流，大家都忙着抢救自己的财物。他大着胆子打听阿斯特隆家女儿的下落，关于她是否已经行刑，谁也说不清楚。

一个女人扛着沉重的行李，胸前挂着两个孩子，弓着腰在他面前走过。她说得像亲眼见到一样：那姑娘已被杀头。荷罗尼莫转过身去，计算了一下时间，也不再怀疑约瑟菲已被处决的事实，他坐在孤寂的树林里，大声痛哭起来。此时他倒希望，大自然的暴虐再次降临到头上。他怎么也弄不明白，他悲苦的心在渴望死亡之际，死神却从四方走来善罢甘休地让他摆脱死亡。他下定决心，眼下即使橡树连根拔起，整个树身向他砸来，他也不会动弹一下。恸哭了一场，经过热泪涤荡后，似乎重新生发出希望来。他站起身，在田野间转来转去。每个聚集着人群的山丘他都要上去探望一下，每条熙来攘往、涌动着逃难人流的道路他都要跑去察看一番，一见女人的裙子在风中猎猎飘舞，他便抖抖擞擞地将双脚往那里移动；可是哪里都找不到阿斯特隆那可爱的千金。

已是夕阳西下，他的希望也随之破灭。这时他来到巉岩边上，眼前是一个开阔的山谷，这儿人迹罕至。他穿过稀稀拉拉的人群，茫然不知何求，正准备拐到另一边去时，突然在灌溉谷地的山泉边看到一位年轻的女子,她正在用泉水为一个孩子冲洗。此情此景使他万分欣喜,一股幸福的情感不由涌上了心头,于是便连蹦带跳地越过乱石,一边大声呼唤:"圣母啊圣母!"那女子听到这叫声,似乎有些胆怯,四下张望着。荷罗尼莫见该女子果然是约瑟菲!他们欣喜若狂地拥抱在一起,老天的奇迹拯救了这一对不幸的人。

原来,约瑟菲在走向死亡的途中,眼看就要到刑场了,突然之间墙倒屋塌,行刑的队伍也被冲散,人们向四处逃离而去。约瑟菲惊恐异常,不由自主地向眼前的一个门洞走去,但她很快便醒悟过来,转身又向修道院飞奔,孤苦无助的男孩还留在院里呀。她看到整个修道院已成为一片火海,女修道院长此刻正站在门口大呼救命,约瑟菲在最后的时刻曾将孩子托付给她。这时她不顾迎面扑来的滚滚浓烟,也不顾开始倾覆的房舍迎面倒来,无畏地冲进门去,犹如得到天使相助,竟然抱着婴儿毫发无损地冲出了修道院。她正想去救双手抱头的修道院长之时,一面山墙轰然倒下,院长和所有修女全都惨死在墙下。面对如此惨景她吓得浑身发抖,不由后退了几步,匆匆帮院长合上了眼睛后,便惊惶地离开了。她定要将上天再次恩赐给她的宝贝孩子救出这场劫难。

没走几步,她看到人们抬着大主教的尸体迎面走来。尸体从大教堂的废墟中拖出来时,已是血肉模糊了。总督的官邸已经倒塌,对她宣布判决的最高法院现在也是火海一片。她父亲的宅院现在成了水塘,还呼呼地冒着淡红色的水泡。约瑟菲竭尽全力坚持着,强压着胸中的悲伤,怀抱着宝贝儿子踏过一条又一条的街道，眼看就要到达城门口了，看到荷罗尼莫所呆的监狱也成了一片废墟。他曾在这里愁肠百结，悲叹连连。想到这些，她再也无法自持，差一点晕倒在街角上。就在这一刹那，身后一座已经遭到多次震动并已完全散开的房屋倒下了，她又吓了一跳。她吻了吻孩子，强忍着眼泪，不顾周围世界的恐怖，朝城门直奔而去。到了郊外，她很快便断定，原本住在倒塌的房舍里的人并非都粉身碎骨了。

于是，走到一个十字路口时，她站住不动了。她要看看，除了小菲利普外，那个她世界上最为珍爱的人会不会出现。结果他并没有出现，她只好继续往前走。这时人越来越多，她往前走了一段路，然后转过身来又等了下。她泪流满面地走着，最后独自走进这满是松树的幽暗山谷，她想为她可能已死去的爱人的灵魂祷告。没想到在这好似伊甸园般美妙的山谷里两人居然相遇了。

约瑟菲一五一十地讲述了遭遇的一切，然后把孩子递给了荷罗尼莫，让他亲吻。荷罗尼莫接过孩子，百般爱抚，享受着无以言表的为父之乐。孩子看到陌生面孔受了惊吓，竟哭了起来。他没完没了地亲吻孩子，想止住他的哭声。

美丽的夜幕降临了，夜色充溢着奇妙的温馨，大地洒满了银辉，一切都归于静寂，只有诗人才能做如是的梦。谷中溪水两边，皎洁的月光下，人们安营扎寨，将苔藓和树叶铺成松软的地铺，以便在备受灾难的一天后充分休憩。仍有一些遭逢劫难的人在哭泣不止，他们有的哭房舍被毁，有的哭失去妻小，有的哭整个家园化为灰烬。为了避免他们内心的欢欣给他人带来不快，两人带着孩子悄悄地溜进了茂密的树林。林中有棵石榴树，枝叶葱笼，馥郁甜美的果实挂满枝头。一只夜莺在枝头上唱着情意绵绵的歌，荷罗尼莫靠着树干坐了下来，约瑟菲坐在荷罗尼莫的怀里，小菲利普则坐在约瑟菲的怀中。三个人就是这样静静坐着，大衣盖在身上。婆娑的树影在移动，从树叶中透进斑斑光点；晨曦初现，月亮变得苍白了，他们进入了梦乡。他们有说不完的话儿，说到修道院的花园，说到监狱里的生活，说到彼此为对方所受的苦。他们想到，两人历尽劫难才得到今日的幸福，不禁感慨良多。

两人决定，地震一旦停止，便到康塞普西翁①去，那里有约瑟菲的一个密友，从她那儿也许可以借到一笔钱，然后乘船去西班牙。荷罗尼莫母亲的一些亲眷在西班牙，两人打算在那儿度过幸福的一生。两人这样说着，一边又热烈地亲吻起来，随后便睡着了。

他们醒来时，太阳已高高升起；附近有些人家开始生火做早饭。荷罗尼莫在想，怎样才能给妻儿弄到些吃的。这时一位衣饰整洁的青年男子抱着孩子向约瑟菲走来，十分谦恭地问道，能否给这个可怜的小家伙喂一下奶，其母受重伤躺在树下。约瑟菲认出此人是以前的一个熟人，起初她有些慌乱，青年误解了她的慌乱，说道："唐娜·约瑟菲，只需喂片刻，自遭难以来，这孩子什么也没吃过。"

约瑟菲说："哦，我没有马上应允，是另有原因的，唐·费尔南多。碰上这可怕的灾难，谁都不会拒绝把自己的东西与别人

---

① 智利中部城市。

分享的。"说着便把自己的孩子递给他的父亲，把那孩子接过来喂起奶来。

唐·费尔南多对约瑟菲的善举很是感谢，于是问道，要不要加入他家人的队伍，他们也正要生火做饭。约瑟菲欣然接受，荷罗尼莫也没表示异议，便跟着唐·费尔南多来到他家人这里。他的两个表姐妹极其热诚亲切地接待了她，约瑟菲也早就认识这两位可敬的年轻的女士。

唐·费尔南多的夫人唐娜·艾尔维拉脚部受重伤，躺在地上。看见给她饿坏的孩子喂奶的约瑟菲，便亲热地拉她坐在自己身旁。还有肩部受伤的唐·佩德罗，唐·费尔南多的岳父，也冲她慈爱地点头。

荷罗尼莫和约瑟菲的心中涌起一种奇异的感觉：现在大家对他们如此亲切友好，可对过去又当如何理解呢？刑场，监狱，还有那钟声，难道就是噩梦一场？经历了天塌地陷的可怕地震的打击之后，人心好像变得宽容了。人们的回忆停留在地震那一刻，不复回到往昔。只有唐娜·伊丽莎白那迷幻般的目光还不时瞥向约瑟菲。昨天早晨她的女友邀请她前来观看行刑的场面，不过她拒绝了。她的心灵刚刚逃离了眼前的现实，只是在说到新的巨大的灾祸时，她的心才又回复到现实中。

有人说，第一次震后城里竟成了女人的天下，她们当着男人的面生起了孩子；修道士手执耶稣塑像十字架满世界奔走，口中高喊："世界末日来了！世界末日来了！"总督卫队要人腾出一座教堂来，可得到的回答是，现在智利不再有什么总督！在震后最可怕的时刻，总督下令竖起绞刑架，以防止有人趁火打劫；但一个清白无辜之人只因从一家后院穿过熊熊燃烧的房子，便被主人不由分说地抓了起来，并立即套上了绞索。大家热烈地谈论着这场地震，而约瑟菲则一直照看着唐娜·艾尔维拉的脚伤，后者找了个机会问她，那可怕的一天她是怎么过来的？约瑟菲的心一下子揪紧了，讲了一下大致情况。她发现，这位夫人眼眶里已经充盈着泪水，这令约瑟菲极为欣慰。唐娜·艾尔维拉抓着她的手紧握不放，示意她不要再讲下去。约瑟菲只觉得自己置身于善良人的中间。她心中油然生起一个想法，怎么也无法驱散它：逝去的一天虽然给人类带来了那么多的苦难，可上苍也赐予了世间前所未有的恩惠。在人的尘世财富全都毁于一旦，整个自然界就要倾覆的恐怖时刻，人类精神自身却像一朵美丽的鲜花盛开。一片片田野上，极目四望，各个等级的人混杂地躺卧着。王侯和乞丐，贵妇人和农家女，国家官员和临时工，修士和修女，相互同情，彼此帮助，他们都乐于将抢救出来、赖以活命之物与他人分享。这场浩劫似乎将所有幸免于难者变成了一家人。以前，大家茶余饭后都在闲聊，尽说一些无关紧要的见闻，而现在所言都是英雄壮举。平日里不显山露水的人而今却表现出罗马男子汉的伟大，无所畏惧，见义勇为，舍己救人，视死如归，仿佛舍弃的生命随时可以召回；在这一天，没有谁没经历过一桩令人感动的事迹，没有人没做过一件行侠仗义的事。因此，大家心里的痛苦也带有些许甘甜；在此情景下，人的幸福总量是增加了还是减少了呢？没人能说得清。

荷罗尼莫和约瑟菲思来想去，谁都不发一言；之后他挽着她的手臂在石榴树林的浓荫下来回踱步，心中怀有难以言表的振奋。他对她说，现在人心思善，原有的情势已大有改变，他要放弃乘船前往欧洲的打算。总督一直向他表现出善意，要是他还活着，他想跪求他的宽恕。他希望能和她一起——说到这里，他吻了她一下——留在智利。约瑟菲回答说，这可是和她不谋而合；要是父亲幸免于难的话，她毫不怀疑他会和荷罗尼莫和解的。不过她认为，与其现在跪求总督，还不如前往康塞普西翁，从那里再写个书面材料给总督，那里离港口毕竟很近。如果一切顺利，出现了他们想望的转折，再回圣地亚哥也不迟。荷罗尼莫考虑了片刻，觉得这是一个明智的办法，便欣然同意了。他们憧憬着美好的未来，在甬道上继续散步，又过了一会儿后才回到唐·费尔南多一家子所在的地方。

到了下午，余震渐渐平息，一拨拨的难民心情也开始平静下来。可是忽然有消息传来，在城里唯一未遭破坏的多明我会大教堂由修道院院长亲自主持一次隆重的弥撒，祈求上苍不要再给城市降临灾难。

各地的难民都已启程，潮水般涌进城市。唐·费尔南多一家也面临着这样的问题，是不是也为参加隆重的弥撒而随大家一道进城？唐娜·伊丽莎白不无担心地提醒大家说，昨天教堂还遭到了那么大的劫难，再说感恩的活动还会不断地举行；等以后危险完全过去，那不是可以更加高兴、更加安心地去感恩吗？约瑟菲立即站起身来，有些激动地说，正是造物主施展它不可思议的、高深莫测的威力的现在，她觉得自己比任何时候都更加渴望埋首跪在主的面前。唐娜·艾尔维拉热烈赞成约瑟菲的意见，坚决要参加弥撒，要唐·费尔南多带领大家前往。这时大家发现，唐娜·伊丽莎白胸部强烈地起伏着,准备上路时有些犹豫不决。问她有什么不舒服,她回答说,不知为什么,她有种不祥的预感。唐娜·艾尔维拉就要她留下,陪伴她和受伤的父亲。

约瑟菲对唐娜·伊丽莎白说:"那您就帮我照看一下我这小家伙吧,您瞧,他现在又缠着我不放。"

"没问题。"唐娜·伊丽莎白回答说,一边要去接孩子,可孩子委屈得大哭大叫起来,怎么哄也哄不好。约瑟菲微笑着说:"那还是我自己带吧。"她不停地亲吻孩子,重又使他安静下来。

约瑟菲庄重优雅的举止深得唐·费尔南多的欢心,他伸出手臂让她挽着;荷罗尼莫则抱着孩子和唐娜·康斯坦岑走在一起,其他人紧随其后。大家就以这样的队形向城里进发。

队伍还没有走出五十步,便听到唐娜·伊丽莎白在后面大声叫喊:"唐·费尔南多!"随即她便慌慌张张追赶上来;在大家出发时她曾和唐娜·艾尔维拉激动地悄悄说过什么。唐·费尔南多停下了脚步,转过身来,等她走近,手仍挽着约瑟菲。可她却在远处站住了,似乎等待唐·费尔南多走过去。后者问唐娜·伊丽莎白究竟有什么事儿。她颇不情愿地向前走了几步,附耳向他悄声说了几句话,声音低得约瑟菲根本无法听清。

"还有什么事?"唐·费尔南多问,"还会有什么灾难发生呢?"

唐娜·伊丽莎白有些慌乱地靠近他的耳朵又说了些什么,唐·费尔南多气得面孔发红,回答说:"唐娜·艾尔维拉尽可以放心。"说完便带着约瑟菲继续前进。

当他们一行人来到多明我会大教堂时,那儿已响起美妙悦耳的管风琴声。里面人头攒动，十分拥挤，参加弥撒的人一直排到教堂大门外的宽阔的场地上。男孩子们爬到墙头上，攀到巨幅画像的画框上，手里拿着自己的帽子，眼里放射出期待的光芒。教堂里枝形吊灯大放光明，在苍茫的暮色中使立柱投下神秘的阴影；用彩色玻璃镶嵌成的巨大的玫瑰在夕阳的照射下呈现一片血红。这时管风琴声戛然而止，教堂里顿时寂静一片，大家的心也仿佛停止了跳动。在任何一个基督教的大教堂里，对上苍还从来没有像在圣地亚哥多明我会教堂里这样燃烧起如此炽热的火焰；在任何人的心中也没有像在荷罗尼莫和约瑟菲这样对上苍燃烧起如此炽热的火焰！

  盛大的弥撒以布道开始，年迈男子唱诗班中的一个身着炫目的唱诗服饰闪亮登场，站在布道坛开始布道。他首先向上苍举起颤抖的、为宽大袖口所笼着的双手，发出赞美、褒扬和感谢："在世界化为废墟之地之时，还有人群能对高踞于天的上帝满怀敬畏地吐露几句心声。"他描述着在全能上帝的指示下所发生的一切，末日审判也不会比此次地震更可怕。他指着教堂墙上的裂缝说，昨天的地震仅是一次预警而已。大家听到这话，一个个不寒而栗。紧接着他又巧舌如簧地说起本城伤风败俗之事。即使所多玛和蛾摩拉①也没有我们这座城市的罪孽深重，上帝是在惩罚它。它没有完全从地球上被消灭掉，那是上帝有着无比耐心的缘故。

  听着这样的布道，两位不幸的人儿本已心碎，可演讲者逮住

---

① 因居民罪孽深重而被上帝毁灭的两座古城，事见基督教《圣经·旧约·创世记》。

这个机会仍不厌其烦地大谈在加尔默罗会修道院所发生的罪行，这更似尖刀一般插进他俩的心头。演讲者说世人姑息养奸，目无上帝；对当事人指名道姓，连声诅咒，诅咒他们下地狱，受诸多魔王的审判。

听到这里，唐娜·康斯坦岑失声叫道："唐·费尔南多！"同时拉了拉荷罗尼莫的胳臂。费尔南多的回答坚定有力，而声音低得只有他们两人才能听清："不要出声，唐娜，你要目不转睛，装作晕倒的样子，随后我们便可溜出教堂。"

唐娜·康斯坦岑还没有来得及实施这一脱身妙计，便有人大叫一声，打断了唱诗班教士的布道："快闪开啊，圣地亚哥的市民们，两个目无上帝的家伙就站在这里！"这时有人惊恐地问道："在哪里？"他周围一片骚动。

"在这里呢！"第三个声音回答道，回话间有人怀着神圣的恶毒一把抓住约瑟菲的头发，使抱着唐·费尔南多儿子的她一个趔趄，要不是唐·费尔南多扶着，两人定会摔倒在地。

"你们疯了？！"费尔南多大声喝道，用手臂围护着约瑟菲，"我是唐·费尔南多·欧梅兹，城防司令的儿子，城防司令你们可都认识啊。"

"唐·费尔南多·欧梅兹？"一个鞋匠一下子站到他面前，大声质疑，他曾给约瑟菲修过鞋，熟悉她就像熟悉她那双小脚一样，"那么谁又是这个孩子的父亲呢？"他又放肆地转向阿斯特隆的女儿。

听到鞋匠如此发问，唐·费尔南多的脸色唰的一下白了，他不无羞愧地看看荷罗尼莫，又扫视教堂里的人，看看有没有认识他的人。

眼前的情况使得约瑟菲惊怖异常,她大声叫道:"这不是我的孩子,佩德里罗师傅。"她感到万分恐怖,望着唐·费尔南多说:"这位少爷是唐·费尔南多·欧梅兹,他是城防司令的公子,城防司令你们都是认识的!"

鞋匠问:"我说各位,这是谁家的少爷,你们有谁知道?"

站在周遭的人反复问:"谁认识荷罗尼莫·鲁格拉?认识的请站出来!"

正是在这个当口,小胡安被喧嚷声给吓着了,竭力挣脱约瑟菲的怀抱要他父亲唐·费尔南多来抱。随后就有人喊:"他就是父亲!"

"他就是荷罗尼莫·鲁格拉!"另一个人喊道。

"他们两个就是亵渎上帝的人!"

"用石头砸死他们!用石头砸死他们!"大厅内所有的基督徒都这样喊叫。

这时荷罗尼莫说话了:"住手!你们这些没有人性的家伙!你们找的是荷罗尼莫·鲁格拉,他在这里呢!放开这个人,他是无辜的!"

听到荷罗尼莫如是讲,愤怒的人群有点莫名其妙,全都愣住了,不少人松开了手,放开了费尔南多。恰巧此时一位军阶相当高的海军军官挤了过来:"唐·费尔南多·欧梅兹,你这是怎么了?"

唐·费尔南多已完全被放开了,他不无豪气,镇静自若地回答道:"唐·阿隆索,您瞧瞧这帮暴徒!要不是这位侠义青年挺身而出，冒充荷罗尼莫·鲁格拉，我可真要命丧黄泉了。请您发发善心，把他，还有这位太太逮捕，保护起来。还有这个无赖，"说着便一把抓住佩德里罗鞋匠，"这事全是他闹起来的！"

鞋匠大叫起来："唐·阿隆索·欧诺雷亚，您说句良心话，她是不是约瑟菲·阿斯特隆？"

唐·阿隆索清楚地认出，那是约瑟菲，迟疑了一下，没有立即回答。这时几个声音愤怒地喊叫开了："就是她，就是她！"

"处死她！"

约瑟菲从荷罗尼莫手里接过小菲利普，连同小胡安一起交给了唐·费尔南多："快走吧，唐·费尔南多，救下您这两个孩子，别管我们了，我们认命了。"

唐·费尔南多接过孩子，说他宁可丧命，也不让他的伙伴受到伤害。他借来海军军官的佩剑，将手臂伸向约瑟菲，要后面两个人紧紧跟上。众人看到这种架势，便恭恭敬敬闪开了道，让他们走出教堂，他们也自以为得救了。他们刚刚来到同样拥挤着人群的广场，尾随着他们怒火中烧的人中便有一个放声高叫："大伙听清了，这就是荷罗尼莫·鲁格拉，因为我就是他的亲生父亲！"说着就将走在唐娜·康斯坦岑身旁的荷罗尼莫一棍子打倒在地。

"圣母马利亚！"唐娜·康斯坦岑一声惨叫，向她姐夫那边逃去。

"你这修道院的娼妇！"骂声未了，从另一边又飞来第二棍子，把唐娜撂倒在荷罗尼莫身旁，她立即断了气。

"发疯了?!"有人大叫,"这可是唐娜·康斯坦岑·哈蕾丝!"

"谁让她骗我们了!"鞋匠回答说,"快去找真货,结果她!"

唐·费尔南多看到康斯坦岑的尸体,怒火万丈,抽出佩剑,拼杀起来。那个煽动这场惨剧的狂热的杀人凶犯,要不是躲闪得快,也早已被他劈成两半,成为剑下之鬼。然而寡不敌众,他们慢慢逼近了费尔南多。这时只听到约瑟菲一声叫喊:"永别了,费尔南多,孩子们!"说着便冲进人群,"你们来吧,你们这群嗜血的虎狼,来杀死我吧!"她要尽早结束这场凶杀。

鞋匠佩德里罗一棍子把她打翻在地,身上溅满了她的鲜血,继而大叫:"让她的小杂种一起进地狱吧!"鞋匠杀红了眼,号叫着又冲杀起来。

唐·费尔南多,这位高尚的英雄,背靠教堂的墙壁,左臂抱着两个孩子,右手挥动着宝剑,只见一片刀光剑影,他一剑下去,就挑翻一个,他勇过自卫的雄狮,已有七条嗜血的恶狗倒在他的脚下。那个撒旦的头领,鞋匠佩德里罗自己也受了伤,可他并不罢手,最终拽着一个孩子的腿,将他从费尔南多的怀里拽了出来。他把孩子举过头顶,旋转了一圈将孩子摔向廊柱的棱角,孩子被摔得粉身碎骨。

接下来一片静寂,人们纷纷离去。唐·费尔南多看着躺在他面前的小胡安的尸体,脑浆迸裂,惨不忍睹;他怀着无以名状的悲愤,仰望天空。

这时海军军官来到他的身边,想要安慰他。他说惨剧发生,他毫无作为,虽然也有诸多客观原因,可他对此还是追悔莫及。唐·费尔南多说,他毫不怪他,只是请他相帮运走尸体。此时夜幕已经降临，趁着黑夜，所有尸体都被抬到唐·阿隆索的家里。唐·费尔南多也随同前往。一路上他泪水不止，不断地洒在小菲利普的脸上。当晚他也留宿在唐·阿隆索的家中，辗转反侧，无法入眠，不知该以什么话语来向自己的夫人讲述整个惨剧的经过。一则他夫人有病在身，再则他也估摸不透夫人对他在事件中的表现有何看法。没过多久，太太从一次来访中偶然得知事情发生的经过，这位贤妻良母暗地里大哭了一场，以宣泄作为母亲的哀痛。一天早晨她含着晶莹的眼泪一头扑向夫君的怀中，热烈地亲吻他。从此，唐·费尔南多和唐娜·艾尔维拉便把小菲利普收为养子。小菲利普深得养父母的欢心，有时，唐·费尔南多拿小菲利普和小胡安相比较，不由还感到有点儿欣慰呢。

圣多明各的婚约

本世纪初，在圣多明各岛法属部分的太子港黑人杀掠白人的时候，曾出了一个令人闻风丧胆的黑人。他本是来自纪尧姆·冯·维伦诺威老爷的庄园，名叫康果·胡安戈，已经上了年纪。此人出生在非洲的黄金海岸，年轻时也曾是一腔忠义，在乘船去古巴的航路上救过主人的命，因而主人对他是百般恩惠。纪尧姆当场给予他人身自由，回到圣多明各又将一处房产和园地划归给他。过了几年，甚至一反该地的惯例，主人将他提拔为他那大家业的总管。胡安戈妻子亡故，不愿再娶，纪尧姆老爷便做主将他庄园里一个上了岁数的黑白混血妇人赏给了他，算是妻室的替代。她名叫巴贝康，是他前妻的远亲。在这个黑人年满六十岁时，竟然还给他丰厚的年金，让他颐养天年。这还不算，在其立下的遗嘱中载明，把一部分财产赠送给他，真可谓恩惠厚重。然而，主人这种种念其救命之恩的回报，并没有平息这位愤懑之人的愤怒，使自己免遭不幸。

由于法国国民议会所采取的颇不明智的步骤，激起席卷全岛所有庄园的反抗怒火，康果·胡安戈是那些首先拿起枪来射穿自己主人脑壳的黑人中的一个。因为他一刻也不能忘记将他从其祖国强行抢来的暴虐。纪尧姆夫人及其三个孩子，还有其他白人逃进一所房舍，他一把火把这房舍烧成灰烬；他到处打砸，将整个种植园变成了一片废墟，使得纪尧姆在太子港的亲属再也无从继承到什么；他还将从属于庄园的所有设施都砸了个稀巴烂。随即便带领他所召集和武装起来的黑人在附近游来荡去，为的是声援正在与白人进行搏斗的黑人兄弟。他时而伏击成群结队招摇过路的武装分子，时而又在大白天向据守在自己宅院的庄园主发动进攻。谁要是落在他的手里，准没有好下场。在没有人性的复仇狂热的驱使下，他进而要年迈的巴贝康带着十五岁的女儿托妮——一个第二代的混血姑娘，也来参加这激烈的战斗。他本人精神焕发，仿佛年轻了许多。

胡安戈现在所住庄园的主楼，孤零零地坐落在大道边。在他外出时经常有白人逃难者前来讨些吃食或借宿，他吩咐母女二人，定要热情款待这些他所说的白狗子，稳住他们，等他回来再做计较。巴贝康年轻时曾遭受过一次严厉的惩罚，得过肺痨；她在白人上门时总给青春年少的托妮穿上最漂亮的衣服，加之她的皮肤呈淡黄色，特别适合实施这种美人计。母亲鼓励女儿对来人做出百般媚态，可有一样，决不可做那最后的事，否则就会将她处死。直待康果·胡安戈带领他的黑人部队巡逻回来，那些中计的可怜虫便横竖死到临头了。

众所周知，1803年德萨里内斯将军率领三万黑人兵向太子港发动进攻时，所有的白人都赶来，参加太子港的保卫战。大家都知道，这是法国军队在岛上的最后据点，一旦陷落，所有白人便会死无葬身之地。事情倒也凑巧，在一个风雨交加的漆黑之夜，胡安戈带领他手下的黑人穿过法军的防线，给德萨里内斯将军运送火药和铅弹,也就在此时,有人叩响了他家的后门。巴贝康已经上床睡下,于是只好爬起来,在腰间系了一条裙子,打开窗户,问来者何人。"圣母马利亚和圣者在上,"陌生人轻声回答道,并走到窗下,"请您先回答我一个问题,我才能告诉您我的来历,"说着他便伸出手来抓住老妇的手,然后又问道,"您是一个黑人吧?"巴贝康则说:"您肯定是个白人,宁愿在黑夜里乱闯也不愿看黑人的脸,请进来吧!"她接着说:"请不要怕,这里只有我们母女二人,一个是穆拉亭①,一个是麦斯提泽②,"说完,她便将窗户关上,像是下楼,要为他开门,实际上她另有盘算。她以一下子找不到钥匙为借口,飞快地从衣柜里取出几件衣服,又跑到楼上的卧室,去叫醒女儿。

"托妮!托妮!"她喊叫着。

"啥事啊,妈妈?"

"快,"巴贝康答道,"快起来穿好衣服!衣裙、白色内衣和长筒袜,全在这里了!门外有一个逃亡的白人,急于进来!"

"一个白人?"托妮坐起,接过母亲手捧的衣服,"就他一个人吗,母亲?要是放他进来,难道不怕吗?"

"不怕,没什么可怕的!"老妇点上灯,"他没带武器,独自一个,倒怕我们收拾他呢,他全身上下直发抖!"托妮起床,穿上裙子和长筒袜;老妇则将墙角的大提灯点燃,并按照当时时兴的式样把女儿的头发盘在了头顶,帮她束紧围裙的前胸部分,再给她戴上一顶帽子,然后把提灯给她,让她下楼把陌生人放

---

① 白人黑人混血儿。
② 白人印第安人混血儿,此处是指混血女人和白人的混血儿。

进来。

这时候几条看家护院的狗狂吠起来，一个名叫楠基的男孩被惊醒了，他是胡安戈与一个黑女人的私生子，与他的兄弟塞皮住在旁边的楼里。趁着明亮的月光，他一眼便看见一个男子独自一人站在主楼后门的台阶上。遇到这种情况，一如主人平时所关照的那样，他大步流星地向院子的大门走去，那陌生人就是从大门进来的，然后将大门锁上。陌生人弄不清他为何这样做，近前一看，认出是一个黑人男孩，不禁大吃一惊，忙问这里住着什么人，孩子回答说："这原是纪尧姆老爷的家产，他死后便归黑人胡安戈了。"听到这话，那人便想扑向孩子，夺走他手中院门的钥匙，打开大门逃出去。也正在此时，托妮提着灯走了出来。

"快，"她拉着陌生人的手就往屋里走，"你就进来吧！"她说着故意提起灯来，使得灯光照射到自己的脸上。

"你是什么人？"陌生人挣脱着，大声问道，并开始打量这个年轻优美的形体，种种状况使他惊愕不止，"你要我进去，这房子里究竟还住着什么人？"

"没有旁人，凭着上苍起誓，"女孩回答道，"只有我们母女二人！"说着还是拼命拽他进房。

"没有旁人？！"陌生人大声叫嚷，倒退一步，挣脱了女孩的手，"刚刚那个男孩不是还说，里面住着一个名叫胡安戈的黑人吗？"

"可我说没有！"女孩露出不高兴的样子，急得跺脚，"就算一个名叫胡安戈的坏蛋是房子的主人，可他眼下不在这里，而是在几十里开外的地方！"说着便用双手把陌生人拉进屋里，并关照男孩，不要将外人来的消息告诉任何人。进屋后她又领着陌生人上楼，直奔母亲的房间。

站在窗口的老妇对楼下所发生的事已经全部知悉，借着灯光看出来人是个军官，于是说道："哎呀，您腰间挂着剑，随时都可以用来刺杀，这算是怎么回事？"说着往上推了推鼻梁上的眼镜，"我们可是冒着生命危险，为您提供藏身之所。难道您进来就是为了按照您同胞的规矩，恩将仇报吗？！"

"上苍宽恕！"陌生人回答说，走到坐在圈椅里的老妇跟前，抓起她的手放在自己的胸口，环视了一下房间，然后解下腰间的佩剑，说道："站在您面前的是最可怜的人中的一个，而绝非忘恩负义的坏家伙！"

"那您到底是什么人？"老妇问道，并伸出脚来把一把椅子推给他，继而吩咐女儿赶快下厨为他准备晚餐。

"我是法军中的一名军官，您自己也许能看得出来，我本人并非法国人，我的祖国是瑞士。我的名字是古斯塔夫·冯·德尔·里德。我千不该万不该，离开我的祖国，来到这个该死的海岛。我来自道芬要塞，您知道，那里的白人全都给杀光了；我是想赶在德萨里内斯将军率领其部队把太子港包围并筑起工事之前，到达太子港。"

"您从道芬要塞来到这里？！"老妇叫道，"就凭您这样的面色，在一个黑人怒火中烧的国家里竟然能走这么远的路？"

"上帝和所有圣者都在保佑我，"陌生人回答道，"我也并非一个人，好心的阿婆；在我后面还有我舅父一家，舅父是位令人肃然起敬的老者；还有他的夫人及五个子女，还有属于这个家庭的男女仆人。这一行共有十二人，全由我来带领。这就难为了两头可怜的驴子，我们不敢白天走大路，夜路走得分外艰辛。"

"天哪！"老妇叫道，同情地摇着头，吸了口鼻烟，"您的旅伴而今在哪里呢？"

"对于您，"陌生人略加犹豫地说道，"对您我可以实话实说。您的面色折射出一丝我等肤色的光泽。您知道，离此地一英里有个海鸥池塘，我舅舅一家就在海鸥塘附近紧挨着山林的荒野里。前天到了那里，饥渴难耐，再也无法前进了。昨夜派遣仆人到当地人那里弄些面包和葡萄酒，结果一无所获。居民怕被抓被杀，不敢越雷池一步。所以我今天冒着生命危险，亲自出马，碰碰运气。看来，要是我没有看错的话，上苍将我引领到一个富有同情心的人家来了。"说着便紧握老妇的手，"你们不像岛上其他居民，为残暴的、无可名状的愤怒所俘虏。行行好吧，请给我装满几篮子食品和饮料，我会给您丰厚的报酬的。到太子港有五天的路程，要是给我们这五天所需要的饮食，我们会永远将你们看成是我们的救命恩人。"

"是啊，简直是疯了！"老妇言不由衷地说，"这还不是一个身躯两只手，一个嘴巴里的牙齿，因为彼此不同而相互争斗。每当太阳升起，我脸上的光彩便暗淡下来，我这个父亲来自古巴圣地亚哥的人能对此负什么责任呢？欧洲充足的阳光在我女儿的脸上反映了出来，这与孕育并诞生在那里的她又有什么关系？"

"难道说，"陌生人不禁叫道，"看面色您分明是一个黑白混血儿，祖先也来自非洲；还有那个领我进来的年轻可爱的麦斯提泽，难道说你们也像欧洲人那样遭到同样的灾难吗？"

"老天在上，"老妇叫道，一边摘下眼镜，"我们这份多年用双手辛苦挣下来的家业，怎会不引起那帮强盗的贪欲？他们可全都是从地狱里爬出来的家伙啊！我们施用计谋，使出弱者自保的全身解数，才算没有出事。要是单凭我们脸上显出的黑人形象，您要知道，是决不会确保我们无事的。"

"这怎么会呢?!"陌生人大声说，"在这个岛上还会有谁跟你们过不去？"

"还能有谁？还不是这家的黑人主人康果·胡安戈！"老妇回答说，"仇杀爆发，这家庄园的前主人纪尧姆老爷便惨死在他的手里。我们是他的亲眷，来替他管家，他对我们也是为所欲为，非打即骂。这里经常有逃难的白人路过，出于人道，我们常常送些吃喝给他们，他就对我们打骂虐待，把吃喝的费用算在我们的账上。他最最巴望的乃是煽起黑人对我们这些所谓黑白狗杂种的仇恨。一方面是因为我们指责他对白人太过残暴，另一方面是觊觎我们那份小小的财产。"

"你们也真是不幸！"陌生人说，"你们也真是可怜！可那个坏家伙眼下身在何地呢？"

"在德萨里内斯将军的部队里，"老妇回答说，"他带领这个庄园的黑人，给德萨里内斯运送所急需的火药和铅弹。他要是没有新的任务，十几天就会回来。那时他要是得知——上天保佑，千万不要出这样的事，我们曾保护和收留一个白人，而他此时正竭尽全力为将岛上所有白人赶尽杀绝而战斗——那我们大家，您要相信，只有死路一条。"

"上天也有不忍之心，"陌生人回说，"您如何对待一个不幸的人，上天也会以同样的方式对待您——它会护佑您的。"他向老妇身边靠拢，继续说道："这件事上您反正是得罪了那个黑人，您以后对他再百依百顺也无济于事。现在您能否当机立断，为我舅父一家提供避难之地，要多高的酬金我都在所不惜。他们已是精疲力竭，难以为继，只求在你们家里休整一两天。"

"先生！"老妇吃了一惊，"您怎能这样异想天开呢？这房舍靠近大路边，把你们这大队人马收留在家，能不被乡民知道吗？！"

"怎么不可能，"陌生人急切地说，"我现在立马去海鸥塘，天亮前把他们带到这里来。所有人，不分主仆，全都安排在一个房间里，为防万一，把所有的门窗全都严严实实地关起来，这还有什么可怕的呢？"

老妇对这个主意考虑良久，说道："您要是今天夜里把他们从山谷里领到这里来，您在返回的路上定会碰到埋伏在路边的黑人狙击手，他们又会招来大队的武装黑人。"

"那好！"陌生人回答说，"当下所能做的只有一件事：给那些饥寒交迫的人带一篮子吃食去。领他们到这里来，那是明天晚上的事，您觉得这样行吗，亲爱的阿婆？"

老妇那瘦骨嶙峋的手不停地被陌生人亲吻着，她答道："看在女儿生身之父也是欧洲人的分上，我愿帮一下您那身陷困境的同胞。您先坐下来，写封信，天亮之前要把信写好，叫那个小男孩，您刚刚在院子里见过他的，替你送信。信里邀请您那帮亲眷来我家；并让那孩子捎去一些吃食。为安全起见，夜里大家在山谷里按兵不动。要是大家接受邀请，那就由这个男孩做向导，明天天亮前将他们带到家里来。"

说话间托妮在厨房备好了一份晚餐,回到房中。她一面给餐桌铺上台布,一面向陌生人瞟了一眼,有些戏谑地对母亲说:"妈妈,你说说看。这位先生刚进来时胆战心惊,现在惊魂初定了吧?他不会再认为,这里等着他的是毒药和匕首,胡安戈也正候着吧?"

母亲叹了一口气说:"我的孩子,俗话说得好,被火烧伤的人总是怕火。这位先生在弄清这所房子的住户属于哪个族类之前,就闯进来,岂不是太过冒失了吗?"

托妮站在母亲旁边,讲述她刚刚如何将提灯高高举起,好让光亮完全照在她的脸上的情景;可他满脑子想的只是摩尔人和黑人,即便为他开门的是一位来自巴黎的女士抑或马赛的夫人,他也会将人家当成是黑种女人的。

陌生人轻柔地用胳膊拢起女孩的腰身,有些尴尬地说,她戴的帽子使他无法看清女孩的面孔。"当时我要是像现在这样看清你的眼睛,"说着把女子热烈地搂到胸前,"即便你全身都是黑色的,我也心甘情愿与你共饮一杯毒酒。"

说这话间,他羞得满脸通红。母亲强拉着他坐下,托妮也在他身边靠着餐桌坐下了。她双手托腮,望着正在进餐的男子。男子问她的年龄,故乡在哪里。

母亲抢先说,十五年前她曾陪同先前主人维伦诺威的夫人前往欧洲旅行,在法国巴黎怀上她并生下她的。她后来嫁给了黑人科马尔,科马尔虽说接受她为女儿,但托妮的生父可是马赛一个富有的商人呐。那人姓贝尔特朗,所以女儿全称为托妮·贝尔特朗。

托妮问陌生人,是否知道法国有这样一位先生。后者回答说不知道。法国那么大,他只是乘船去西印度群岛时在那里短暂停留,不曾碰到一个姓贝尔特朗的人。

老妇插嘴说,据她所得可靠消息,他已经不在法国了。此人雄心勃勃,勤奋上进,在市民圈子里不招人喜欢,在大革命爆发时参与公共事务。1795年他带领一个公使团出使土耳其王室,据她所知,至今未归。

客人抓着托妮的手,微笑着说:"如此说来,你还真是一位高贵而富有的小姐。"他鼓励托妮,发挥优势,借助父亲的一臂之力,过上荣华富贵的生活,远远超出现在的日子。

"谈何容易,"老妇抑郁地说,"我在巴黎怀孕期间,贝尔特朗先生在法庭上公开否认他是孩子的父亲,他生怕在他有钱的未婚妻面前丢脸。他竟然当着我的面发伪誓,随后还让人鞭答我六十下,结果我得了胆囊炎,后来又得了肺痨,这毛病至今还在折磨着我。"

托妮用手托着腮,沉思着问客人,他是什么人,来自何方,要到哪里去。客人听完老妇的诉苦后,有些不安,随后回答道,他是跟舅舅施特吕姆里一家从道芬要塞来。眼下他们都待在海鸥塘附近的山林里,两位表兄弟护卫着他们。在托妮的请求下他详细讲述了道芬骚乱的情况:半夜三更,大家都在熟睡,一个奸细发出信号,黑人马上展开了对白人的屠杀。黑人的头目曾是法国工兵团的中士,此人诡计多端。他下令烧毁停泊在码头的所有船只,切断白人逃往欧洲的航路。他们一家匆忙间带了一些财物逃出了城门，在黑人杀掠的怒火中只找到了两头驴子。靠着两头驴子横穿全岛，向太子港进发。那里是唯一有强大的法国军队驻守的地方，暂时还能抗得住占优势的黑人的进攻。

托妮发问，为什么白人这样遭人恨？

陌生客人对于这样一个问题颇觉讶异，回答道："白人是这个岛上的主人，他们对待黑人的态度，说实在话，我也很不赞成。可是，数百年来都是这样。获取自由的狂热席卷所有种植园，黑人和土生白人都纷纷起来挣脱强加在他们身上的枷锁，并对白人进行报复，这都是白人中那些害群之马对黑人百般施加虐待所造成的恶果啊！有一个女孩很特别，"他停顿了一下，继续说道，"她的做法令我不解，令我不寒而栗。骚乱爆发的同时又流行起黄热病，真可说祸不单行。我说的那个黑种少女也染上了黄热病。三年前她是一家白人庄园的女奴，由于主人在她身上没能称心如意，所以就受到残酷的虐待，并将她转卖给土生白人庄园主。在骚乱爆发的那天，她听说，那位曾是她主人的庄园主，在愤怒的黑人的追逐下逃到堆放木头的栈房。往日所受虐待的旧仇使她不能自已，等天黑下来后便差她的弟弟去那个白人，请他来家过夜。这个倒霉蛋对她身体不适、身患重病的事全然不知，兴冲冲地来了，还以为自己得救了呢。一进门便满怀感激地搂抱起她来，他们在床上亲热温存刚刚半个小时，那女子便一骨碌爬了起来，一脸的冷酷和愤怒，说道：'你已经和一个快要死的人亲热过了，现在就滚你的吧，把黄热病传给你的同类去吧！'"

老妇大声说她厌恶这种做法。陌生军官问托妮，她是否也会干这样的事？托妮回答说："不会！"随后便有些慌乱地低下头来。陌生人折叠着台布说,凭我的良心来说,白人再怎么专横,也不应该以这样下流、卑劣的背弃信义的行为来报复他们。他激动地站起身来,这样一来,上苍就不会相帮复仇,而被激怒的天使自身也会站在曾行不义的一方,以此来维护人和神的秩序。说这话的当儿,青年走到窗前,眺望夜空,只见乌云汹涌,遮盖了月亮和星星。他忽然似乎看到,母女二人对视了一会儿,虽不能说两人在相互示意,但他心中油然生起一股反感和疑虑的情绪。于是转身问他今晚睡在哪个房间。

老妇看了看墙上的挂钟,说确实已经是半夜时分;于是手持一盏灯,要客人跟随她,穿过长长的过道,来到为他准备的房间。托妮抱着客人脱下的外套和其他物品。老妇对客人说,这张铺着软垫的令人舒适的床便是为他备下的。她还吩咐托妮,为客人准备洗脚水,随即道了声晚安便走了。

陌生军官将剑置放于墙角,把从腰带上解下的两把手枪放在桌子上。托妮拉下床罩,将洁白的床单铺上。这当儿那青年环顾四周,仔细打量了一下房间。房间陈设布置豪华高雅,他断定,这肯定是前种植园主的卧室。此时他隐隐地不安起来,真像如饥似渴而来,现在却巴望着能尽早回到山林亲人身边去。

这期间女孩从厨房里端来了一盆热水,这洗脚水充溢着药草的清香。她唤靠窗而立的军官过来洗脚,以消除疲劳。军官一声不响地坐到椅子上,解下领结,脱掉背心,正要脱掉鞋袜时,看到女孩蹲在自己面前,忙个不停,他禁不住观察起她那迷人的身姿来。一头黑发,蓬蓬松松的,蹲下时垂挂在洋溢着青春活力的胸脯上。她的嘴唇,她那低垂的双目之上的长长的眼睫毛,那样的楚楚动人；只是她的肤色有些令人反感，除此之外，他敢打赌，他还从来没有见过如此美丽的姑娘。再就是，他还隐隐约约地觉得，她和某个人长得有点像，具体何人，他又说不上来。踏进这家的门槛时，他就发觉了这一点，这使他整个心儿都为之震颤。女孩干完活儿，站起身来，他抓住她的手，将她拉到他的怀中。他认为，考验她是否还有心肝，也只此一法。他问她："订婚了没有？"

"没有，"女孩低声回答道，她那双黑色的大眼睛娇羞地看着地面。她在青年军官的怀中一动不动，接着说道："三个月前，一个名叫康奈利的黑人青年，他是我们的邻居，曾托人向我提过亲，可我回绝了，我年龄还太小。"客人双手搂着她那曼妙的身躯，说："我们家乡有句俗语：女孩十四春，可算长成人；再加七礼拜，嫁人不足怪。"客人胸前挂着一枚金十字架，引起女孩的注意，这时客人问她："多大了？"托妮回说："十五了！"

"啊，已经十五了！"客人问，"莫非是因为他财产不够，无法成家立业，像你所希望的那样？"托妮仍然低垂着头："不，不是！还不如说他财产太多了，"她放下手里的十字架，"这个事情发生后，康奈利可一下子阔起来了：以前属于庄园主的整个庄园都是他父亲的了。"

"那你为何拒绝他的求婚呢？"客人问，同时友爱地抚弄着她额前的头发，"你不中意他这个人？"

女孩摇了摇头，笑了。客人附耳轻声问她，是不是只有白人才能博得她的青睐？少女迷醉般地沉吟了一下，黑黑的脸上泛起红云，突如其来地靠紧客人的胸口。青年军官为她的柔美可爱所陶醉，称她为可爱的女孩；他将她搂抱着，心中的疑云像是被上帝之手一扫而光。他绝不会相信，她所做的令他动情的一切仅仅是阴谋诡计的卑鄙伪装。曾使他坐立不安的思绪就像是受惊的鸟儿一样飞去；他颇为自责，曾有那么一会儿，错怪了她的心。他把她抱在膝头，轻轻地摇，呼吸着她所发出的甜美的气息；像是求得和解，像是求她原谅，他在她额头亲了一下。正在这时，女孩却令人不无诧异地突然侧耳谛听，像是有人穿过过道向房间走来。她一下子坐直了身子，若有所思，又像梦醒，将掩盖着胸部、已经滑落在地的床单拉拉好。后来她弄清，这只是一个错觉，才又有些兴奋地将脸转向客人，提醒他说，快去洗脚，不然水就凉了。

"这是怎么了？"她发现客人默默地沉思着盯着她看，便有些慌乱地问，"怎么没完没了地看着我？"她抚弄着身上的围裙，以掩饰心中的不安，"你这位先生真是奇怪，我面孔上有什么东西值得你这样注意？"

客人摸了一下额头，叹了口气，将少女从胸前推开，说道："你和我的一个女友真是太像了！"

女孩突然发觉，他那热烈的劲头一下子消散殆尽，于是友好关切地拉住他的手，问道："怎样的一个女朋友呢？"

青年稍作思考，说："她叫玛丽雅娜·康格雷福，家在斯特拉斯堡，父亲是商人，革命爆发前我在那座城市结识了她。我向她求婚，得到了她的承诺，我真是幸福极了，也曾得到她母亲的同意。她可是太阳底下最为忠心的女子。我看着你，想起了她，我失去她时那可怕而又痛彻心扉的一幕还历历在目，我难过得不禁又要落下泪来。"

"怎么,"托妮真诚亲切地靠紧他,"难道说她已经不在了吗?"

"她死了,"客人答道,"她的死才使我认识到,什么叫善良,什么叫高贵;只有上帝知道。"他难受地把头靠在女孩的肩上,"我竟然如此的轻率没头脑,在大庭广众之下议论起刚刚建立起的革命法庭来,说它可怕。我被人控告,被通缉,侥幸逃到了郊区。追捕我的人抓不到我,便发疯般地来找替罪羊,于是扑到我未婚妻的家里。她保证说,她不知道我身在何处。他们气急败坏,便给她安上个与我合谋的罪名,将她押送刑场处死,以此来替代我。这样的做法真是骇人听闻!得知这个可怕的消息,我立即从藏身之地奔跑到刑场,冲进人群,大声疾呼:'嗨,你们这些丧尽天良的家伙,我在这儿呐!'此时她已经上了断头台,法官显然不认得我,问她是不是我;只见她看了我一眼,她那目光真令我刻骨铭心,永世也不会忘记,掉头说:'这人我不认识!'紧接着便是鼓声阵阵,人声鼎沸,那帮嗜血成性的刽子手大喊大叫着,几秒钟后,刀起头落,她身首分离,各置一处了。

"我也弄不明白,我是怎样被救的。一刻钟以后,我到了一个朋友家里,一会儿醒过来又晕过去,晕过去又醒过来,到了黄昏时分,我甚至已到半癫狂的状态。人们把我抬上一辆马车,驶到莱茵河的对岸。"

说到这里,客人离开少女,来到窗前。她见他痛不欲生,以手帕掩面,顿生恻隐之心,人性似被唤起。女孩跟着过去,突然拥抱青年,两人相拥而泣。

接下来的事情无须多说，读者诸君读到这里，自会明白。

青年军官重新振作，尚不得知，他做的这件事会导致何种结果。不过他确切意识到，他得救了。在他当下所待的房舍里，用不着担心少女对他心怀叵测。他看见少女双臂交叉，趴在床上哭个不停，便想尽办法来安慰她。他把金十字架——这是业已长眠的玛丽雅娜送给他的定情之物，从项间取下，戴在少女项间，说是给她的订婚信物。军官还弯下身躯，对她百般爱抚劝解。可女孩哭得如同泪人一般，劝也没用。青年坐在她的旁边，一会儿抚摩她的手，一会儿又亲吻她，并对她说，明天一早就向她的母亲提亲。他还说，他在阿尔河畔拥有一份田产，一切都是独立自主，日子过得自由自在；还有一所房舍，舒适宽敞，足够她们母女居住，如果老母身体健康，能够远行的话。他还有田地、果园、草地和葡萄园；还有一位年迈的慈父，他会充满慈爱和感激地接待她，因她救了他儿子的命。

少女还是哭个不停，泪水一滴滴落在枕头上。青年抱起她来，激动地问她，他在什么地方伤害了她，她还能原谅他吗？他对她信誓旦旦，他爱她，海枯石烂，永不变心。他也是一时迷乱，在恐惧和欲火共同引诱下，才干了那事。末了，他提醒她说，启明星已经发亮，她母亲就要过来，要是老在床上趴着，让老母看到，她会大为惊讶的。为她健康起见，他要她赶快起来，回到自己房间，再睡几个钟头。他着实为她的状况担心，问她，要不要让他把她抱回她的卧室。可女孩对他所说的一切没有任何的回应，只是趴在床上，一动不动，埋头哭泣。

天已经蒙蒙亮，光线从两扇窗户射进来，他已无计可施，于是便不管她是否同意，从床上将她抱起，像扛口袋似的将她扛在肩上，登上楼梯，进了她的房间，把她放倒在床。他对她百般爱抚，同时又将刚刚说过的话儿重复了一遍。他称她为亲爱的未婚妻，吻了吻她的面颊，然后急匆匆地回到了自己的房间。

天刚一大亮，老妇巴贝康便来到女儿房间，坐在女儿床边，向她讲明对付这个陌生人及其一伙的计划。她说，康果·胡安戈两天之后才能回来，所以这期间要千方百计将这个青年留在家中；而他的那伙人由于人数众多，有一定的危险性，断不能让他们进门。为此她已想好了计策：向青年客人谎称，根据刚接到的消息，德萨里内斯将军将率部转战此地。只有等他们走后，才能按照客人愿望将其舅舅一家接来，过早前来，那危险可就大了。为了使青年的亲戚不致逃往他处，她决定这期间为他们提供饮食；让他们保持这样的幻想：这里可是他们的安全藏身之地，以后再来整治他们。

她还强调说，此事关系重大，因为这户人家可能还带着不少细软财宝。她要托妮竭尽全力，配合实施这项计划。托妮在床上坐起，满脸绯红，极为反感地说："把人家引诱到家里，又不把人家当客人待承，真是无耻下作。"她认为，一个走投无路的人，来寻求她们的保护，理应让他备感安全才是。她明白无误地对老妇说，如果不取消这个刚刚透露给她的带有血腥味的阴谋，她立马就去告诉客人，让他知道他原以为能使他得救的这所房子，原来是个杀人越货的魔窟。

"好你个托妮！"老妇喝道，双手叉腰，对托妮怒目而视。

"就这样，没商量！"托妮压低声音道，"这个小伙子根本就不是法国人，他明明是瑞士人。他从没有伤害过我们，为何我们一定要像强盗那样坑害他，杀他，抢他呢?！我们的怨恨是针对这里的庄园主的，这跟从海岛来的他又有什么干系呢？看得出来，他是一个高尚优秀的青年，黑人同胞所遭到的不公，和他毫不相干。"

老妇看到女儿一反常态，嘴唇颤抖着说，这可出了怪事了。她问道，前不久有个葡萄牙青年路过这里，被人乱棍打死，他有什么错？她又问，三个礼拜前，两个荷兰人被黑人的子弹打死，他们有什么错？她要知道，自动乱以来，在这所房舍用枪、矛和匕首曾杀死过三个法国人和为数众多的单行人，只因为他们是白人，除此而外，他们又有什么罪过？

"上苍在上，"女儿发疯一般地从床上跳下来，"你千不该万不该，不该再提起这些令人发指的暴行！你们强迫我也参与这些那些灭绝人性的事，我心里早已厌恶透了。为了减轻上帝对我的惩罚，我现在就对你起誓，只要这个青年待在我们家，我宁肯死上十次，也绝不允许动他一根头发。"

"那好，"老妇突然做出让步的样子，"那就让这个白人青年离开这里吧。不过，"她站起身来，准备离开房间，"要是胡安戈回来，知道有个白人曾在我们家过夜，你很同情他，不计任何后果地放他走了，那他能轻饶了你？"

她说这话时语调虽然和缓，却流露出内心的怨恨。托妮听后，呆呆地站在房间里，一动也不动。她深切知道母亲对白人的仇恨，无法相信母亲会白白放过这次报仇的机会。少女怕母亲马上会派人喊附近庄园的黑人来收拾这个白人，于是便穿好衣服赶到楼下,来到起居室。老妇在食橱前似乎在搞什么名堂,见她来了,便慌忙离开。她在绕线杆前坐下,正好面对房门,门上贴着一张告示。告示警告所有黑人,不得庇护和收留任何白人,违者处死。她似乎意识到自己犯了大错,惊恐之余,突然转身,扑倒在母亲的脚下;她知道,母亲正在背后观察着她。

她抱着母亲的大腿,请求母亲原谅她为那位年轻人求情而胡言乱语。她说,母亲来给她透露整治白人的计划时,她还睡在床上,半睡半醒,母亲那么一讲,真把她吓坏了。她还说,既然按当地法令他必死无疑,也只能让他在黑人的复仇中死去。

老妇盯着女儿看了半天,继而说:"天呐!你这么一说,今天也算是救他一命了。你说你要庇护他,因而我在给他的吃食里下了毒,按照胡安戈的命令,对白人,生要见人,死要见尸,这样至少可将陌生人的尸体交到他的手里。"说着老妇站起身来,把桌子上一锅子牛奶泼到窗外。托妮惊恐不已,几乎不敢相信自己的眼睛,怔怔地望着母亲出神。

老妇扶起仍跪在地板上的女儿,然后坐下来,问道:"一夜之间怎么就完全改变了想法?昨晚你给那客人送去洗脚水后,是不是又在他那里待了很久?是不是又和他聊了很久?"托妮异常激动,胸脯剧烈起伏,对母亲的问题要么避而不答,要么闪烁其词。她眼睛看着地板,手抱着头,站在那里,说是做了一个梦。她迅速弯下腰来,吻了吻母亲的手说,只要看一眼不幸母亲的胸部,就回想起白种人那灭绝人性的罪恶。她转过身来,用围裙掩着脸,下定决心说,等到胡安戈回来,母亲就会看到,她有一个怎样的女儿。

巴贝康坐在那里，苦苦思索，女儿先前怎么会那样激动。这时，年轻的客人手里拿着一张纸条走进房间。纸条是他在卧室里写好的，写明邀请他舅舅一家来黑人胡安戈庄园里住上几天。他高高兴兴地向母女二人道了早安，将字条递给老妇，请她马上差人到山林，就像向他承诺的那样，把他们接来，加以照顾。老妇像是慌了神，立即站起身来，把纸条放进壁橱，说道："先生，我们不得不请您立即回到您的房间去，满街都是一股股的黑人武装。他们路过这里，并告诉我们说，德萨里内斯将军已经率部向这里开拔。赶快回到您临着院子的房间去，门窗都要关紧了，要不然，这所人人都可进来的房舍对您就太不安全了。"

"怎么？"客人惊异不已，"德萨里内斯将军要来？"

"这您就别问了！"老妇打断他，并用手杖连敲三下地板，"回您的卧房去，我随后就来，再给您细说。"

青年客人惊慌地被老妇硬推出门外，到门口他又转身大声说："至少要差个人给我舅舅一家送个信吧，他们正迫切等待着我的消息呢！"

"请放心，全都会安排的！"老妇急急地说，一边用手杖敲了敲门，一个前面已经出现过的混血儿应声而来；同时她吩咐已来至镜子前面背对青年客人的托妮，提起摆在屋角、已装满食物的篮子；随后母女二人，还有男孩和客人一起来到楼上的卧室。

老妇一屁股坐在圈椅上，对客人说，昨天一整夜对面一溜的山坡都闪动着火光，那肯定是德萨里内斯将军的部队在移动。这支部队正往西南方向太子港进发，尽管说人们在这个地区还没有看到其中任何一个黑人士兵。她这么一说，那年轻军官又陷于惶惶不安的境地。不过老妇向他保证说，她将竭尽全力来搭救他，最最糟糕的情况下他也能在这所房舍里获取一个藏身之地。如此这般，客人也就心定了。青年客人一再提出，情况虽然如此，也得给舅舅一家送些吃的去。老妇从女儿手中接过篮子，把它递给男孩，要他把篮子送到海鸥塘附近的山林，将其交给这青年军官的家属。还要男孩对他们说：军官本人在这里很好；不少白人的朋友也都在自己家中满怀同情地招待过他；这些白人朋友自身，由于所采取的立场，也受到黑人的打击。老妇还说，马路上一旦没有了一股股的黑人武装，就马上作出安排，将青年客人一家全都接来。

"你可明白了？"老妇最后问。

那男孩将篮子置放于头顶上，回答说，那海鸥塘他十分熟悉，他常常和伙伴在那里钓鱼。他定会把老妇所嘱托的话转告给暂时栖身于那里的军官的家人。老妇问青年客人还有什么要说的，青年把戒指从手指上捋下来，交给男孩，让他转交给那一家的家长施特吕姆里先生，算是男孩所转告信息正确无误的证物。

接着，老妇便采取种种举措，如她所说，为确保客人的安全，她吩咐托妮关上百叶窗。这时，房间里一下子变得漆黑一片。为了得到亮光，老妇费劲地用壁炉上的打火器点燃火绒，再用火绒点起一支蜡烛。客人趁机轻柔地搂起托妮的腰，附耳低声问她，睡得可好；要不要把发生的事儿告诉她的母亲。对于第一个问题托妮没有作答；对于第二个问题，她一边挣脱青年的臂膀，一边回说："你要是真爱我，就什么也别说了！"

母亲种种骗人的花招在她心中引起莫名的恐惧，她便以准备早饭为名，一溜烟跑到楼下去了。

她从壁橱里取出那封信，青年在信中天真地邀请舅舅一家跟随男孩一起前来这家庄园。不管母亲发没发现信已丢失，反正她决心已下：大不了和青年同归于尽。她飞奔追赶已经上了大道的男孩。凭着上帝和良心起誓，托妮现在不仅仅把青年看成是她要予以庇护的客人，而且也看作是她的未婚夫，她的丈夫。一旦他的家人来到，他在这座房舍人多势众，她就会将一切向母亲和盘托出，把母亲推至无比惊愕的境地也在所不惜。

"楠基，"她在大道上上气不接下气地奔跑，终于追上了男孩，"母亲对于施特吕姆里先生一家的处理，现在有了新的计划。请你带上这封信，它是写给这一家之长施特吕姆里先生的。信里邀请他们一家来庄园住上几天。你要动动脑筋，尽最大努力来实现这一计划。黑人康果·胡安戈回来会重重赏你的！"

"好的，好的，托妮姐姐。"男孩回答道，并十分小心地把信放进口袋里，随即又问："他们来这里的时候，要不要我来当向导呀？"

"这个自然，"托妮回说，"他们对这里不熟。大道上常有部队开过，为了避免碰到他们，你们半夜以前不要动身。一旦上路，就要飞快地走，拂晓前赶到这里。你不会让我失望的，是吗？"托妮问。

"包在我楠基身上了！我知道，你们为啥把这些逃命的白人引到庄园里来。黑人胡安戈会满意我的！"

之后，托妮把早餐给客人送去了，饭后收拾好餐桌，母女二人回到楼下起居室，做起了家务。过了一会儿，老妇自然要去开壁橱门，这时却发现那封信不见了。她用手摸着自己的脑袋想了一会，对自己的记忆力产生了怀疑，于是便问托妮，她把客人交来的那封信放在哪了。托妮先是低头不语，过了一会儿才回答说，她记得客人当时又把信放进自己的口袋里，上楼后当着她俩的面把信撕了。母亲睁大眼睛看着女儿，明明是她本人接过那封信，亲手把它放进壁橱的，这一点她记得非常清楚。可是，她把整个壁橱都翻遍了，也没有找到这封信。不过她转念一想，以前她也有过类似记错的事情，于是便又怀疑起自己的记性来。最终，她别无他法，也只好相信女儿说的话了。

老妇一整天都为此事郁郁不乐，她觉得这封信对胡安戈来说非常重要，因为它能将青年一家人引诱到庄园来。午餐和晚餐时，都是由托妮伺候着客人，老妇则坐在桌子的一角和客人聊天。她总是在寻找机会问那封信的事，可托妮反应也十分敏捷，每当谈到这个关节点时，她便会把话题转移开，或者从中搅局，这样一来，母亲就始终无法从客人的谈话中了解到事情的所以然，也弄不明白那封信后来的真正下落了。白天就这样过去，晚餐后老妇把客人锁在他的房间里，说这样做是为了他的安全。接着她和托妮商量了半天，看用什么办法明天再弄到这样一封信，之后她便想睡觉去了，同时也吩咐托妮尽早上床休息。

托妮正盼望这一时刻的到来。她回到自己的卧房，确信母亲已经进入黑甜之乡，便取下挂在床边的圣母像，把它放到圈椅上，然后跪在地上，双手合十，无比虔诚地求告救苦救难的圣子，赐予她大无畏的勇气和决心，向她以身相许的青年客人坦白交代那罪恶的阴谋，这阴谋压抑着她年轻的心胸，使她如坐针毯。她发誓把全部实情都对他说出来，不做一丝一毫的隐瞒，这使她痛心疾首，但她顾不了这些了；连同昨天诱骗他到这所房舍的意图也说出来，不管它是多么的可恶而又可怖。另外，对于如何搭救他，她也已胸有成竹；她希望能够得到他的谅解，把她看成是忠心耿耿的妻子，携她前往欧洲。

祷告过后，她仿佛得了神助；她站起身来，取出能打开所有房间的总钥匙，缓缓地穿过狭窄的过道，这过道把整个楼房一分为二。她向客人的卧房走来，轻轻地将房门打开，站到他的床前，客人正酣睡着。皎洁的月光照射在他那生气勃勃的面庞上，习习夜风从开启的窗户间吹进屋，抚弄着他额前的发丝。她轻轻地俯下身，呼吸着他发出的甜蜜的气息，并呼唤着他的名字。可他正沉酣在美梦中，梦中见到的人仿佛就是托妮，因为从他那炽热的、微微翕动的嘴唇间，正在不断地发出轻轻的呼唤："托妮，托妮！"她不由得悲从中来，实在不忍心将他从美妙的天堂拉回到俗常而又悲凉的人间。她想，他早晚会醒来的。于是她便跪在他的床边，不住地亲吻他高贵的手。

稍后，只听到院子里响起了人喊马嘶和刀枪碰撞声，从中还可以清楚地辨别出黑人康果·胡安戈的声音。他是出其不意地带领他的人马从德萨里内斯将军的营盘回来了。托妮惊恐万状的样子，任谁也无法描述其一二。她避开有可能使她暴露的月光，躲到窗帘后面，听到母亲正一五一十地向胡安戈报告这期间所发生的事情，包括家里来了一个逃命的欧洲人。老黑人压低嗓音命令手下在院子里保持安静，又问那个欧洲人现在何处。老妇指了指楼上的房间，随即又抓紧时机把她和女儿间的谈话说给他听，说她们谈到这个白人逃亡者时,托妮的言行颇为奇怪。最后她对胡安戈说,女儿变心了,整治白人逃亡者的计划可能有前功尽弃的危险。她发觉,一入夜,小妮子就偷偷爬到那白人的床上,直到现在还静静地待在那里。如果眼下白人还没有逃走的话,那他定会得到托妮的提醒,两人也许正在谋划如何出逃呢。在这方面胡安戈曾考验过女儿的忠诚,所以他问道:"难道真会发生这种事?"

胡安戈想想不对,便吼叫道:"基里,奥姆拉!把你们的枪带上!"然后,他带领那几个黑人悄没声儿地上了楼,直奔那个白人的卧室。

这几分钟里所发生的一切,托妮尽收眼底,她像被雷殛了一般,站在那里一动不动。她曾动过将青年客人唤醒的念头,可是整个院子都被黑人占据,他是插翅难飞;他要是拿起武器抵抗的话,肯定也是寡不敌众,必死无疑。托妮还有一个可怕的顾虑:如果这位不幸的人醒来,突然发现她在他的床边,他也许会把她看成是一个背信弃义的人;他不但不会听从她的劝告,反而有可能会失去理智,胡乱行事,结果糊里糊涂地落到胡安戈的手里。正处于这难以言状的恐惧之中时,她忽地发现,墙边的横竿上挂着一根绳子,真是老天有眼啊。她连忙将绳子扯下来,觉得这绳子是上帝专门送来解救她和她男友的礼物。她把客人的手脚结结实实捆绑起来,还打了死结。那青年人拼命地挣扎和抗拒,可这又有什么用呢,最后还是被她收紧绳子,牢牢地拴在床架上。她手脚麻利地干完了这一切,喜不自胜地在青年的嘴唇上吻了一下。这时,胡安戈等人已经顺着楼梯蹬蹬地上来了,托妮迎了上去。

胡安戈本来对老妇关于托妮的说法是有所怀疑的，可现在亲眼看到托妮从客人的房里跑出来，不由得大吃一惊，并呆呆地站在那里，他那几个手擎火把、提着武器的手下也像他那样，站在过道里一动不动。

过了一会儿他才回过神来，大喊大叫道："你这个叛徒，你这个内奸！"这时巴贝康也已急匆匆地跑到了房门前，胡安戈便转身对着她喊道："那个家伙逃走了没有？"

巴贝康见房门洞开，没朝里面看一下就怒吼起来："这个骗子，她把那个家伙给放跑了！快，去把守住所有道口，千万不能让他逃到野外去！"

"这是怎么啦？"托妮一边看着老胡安戈和簇拥着他的那些黑人，一边问道，脸上显露出惊讶的神情。

"怎么啦？"胡安戈一把揪住她的衣襟，拽着她朝客人的房间走去。

"你们是不是疯了？"托妮大叫道，一边将胡安戈推开，而这个老黑人也立刻被眼前的一切惊呆了。托妮接着说："他不是躺在床上吗？我把他牢牢地捆住了。老天在上，但愿这是我一生中所干的最坏的事！"说完她转过身去，靠在桌子边坐下，似乎要哭了。

老黑人转过身，对站在一旁迷惑不解的老太婆说道："嘿，瞧你对我说的那些，不全都是胡编乱造么！"

"谢天谢地！"巴贝康检查了一下捆绑白人的绳子，有些不好意思地说，"这个白人居然还在，我也弄不清楚，这到底是怎么回事。"

胡安戈把剑插入鞘中,走到客人床前,问他是何人,来自何方,要前往何地。

年轻人拼命挣扎,不予回答,只是一个劲地惨叫着:"托妮啊托妮!托妮啊托妮!"

老妇接过话头,回答丈夫说,他是个瑞士人,名叫古斯塔夫·冯·德尔·里德,和一个欧洲狗家庭从道芬码头而来;那欧洲狗一家眼下还待在海鸥塘附近的山林里。

胡安戈见托妮两手支腮,生气地坐在那里,便走上前去,叫了一声乖女儿,一边用手拍了拍她的面颊,请她原谅他没有问清楚事情的原由就怀疑她,错怪了她。这时老妇也走到托妮跟前,两手叉腰,摇头晃脑地问,这个人并不知道他所面临的危险,为什么要把他绑在床上呢?

托妮痛苦而又气愤地哭了起来,然后一下子转过身来回答母亲道:"因为你眼睛瞎了,耳朵聋了!他对自己面临的危险知道得一清二楚!他要逃走,他还求过我帮他来着!他甚至还想出一个谋害你老命的计策!要是我不趁他熟睡时把他捆绑起来,他的计谋就实现了!"

老黑人对托妮安慰了一番,责令老妇不要再提此事,然后叫来几个全副武装的部下,命令他们按照当地法令立即处决这个白人青年。这时巴贝康附在老头子耳边,悄悄地说:"先别这样,看在上苍的分上,胡安戈!"然后她把他拉到一边,向他解释说:在这个白人被处决前得让他写封信,邀请那一家前来庄园。要是在山林里解决他们,风险太大。

胡安戈考虑到，这家人为了防身，可能身边带有武器，便欣然同意老妇的建议。现在让这个白人写信，时间也许太晚了，于是他就派了两个岗哨，看守这个被拘的青年。为保险起见，胡安戈又检查了一遍绳子，发现捆得太松，便又叫几个人过来捆捆紧。随后他带领一干人离开了房间，一切渐渐又重归沉寂。

这时，老黑人又和托妮握了握手，她也向他道了晚安，然后准备上床睡觉。不过，这一切仅仅是做给人看的，一等发现房间里安静了下来，她又连忙从床上爬了起来，穿过后门，来到野外，以无比绝望的心情朝着与大路相交叉的、施特吕姆里的家人来这里的必经之路奔去。

年轻客人从床上向她投去鄙视的目光，这目光就像利刃一般，刺透了她的胸膛。可她对年轻人充满着爱，其中也夹杂着深深的苦痛。一想到能为搭救他而死，她又感到无限的快慰。她担心路上与施特吕姆里一家走岔，便站在一棵伞松下等着，只要这一家接受邀请，前来庄园，那么肯定会从树前路过。一抹曙光出现在地平线上，男孩楠基的声音像约定的那样从林子里传过来，他是给这一家人做向导的。

这一行人中有施特吕姆里先生和他的太太，太太骑着驴子。他们有五个孩子，两个大的，一个叫阿德尔贝尔特，十八岁；另一个叫戈特弗里德，十七岁，他们傍着驴子走着。还有三个男仆，两个女佣。其中一个女佣怀抱着一个婴儿，也骑着驴子，一共十二个人。这一行人在满是盘根错节的松树的小路上缓缓而行，眼看就要到伞松前了，为了不使他们受到惊吓，托妮悄没声儿地从树荫下走出来，对着他们喊道："站住！"

楠基立刻认出了托妮，托妮问他，施特吕姆里先生现在何处。楠基高兴地把她领到那一家之长面前，这时这一行男女老少也都围拢上来。

"尊敬的先生！"老先生想与托妮寒暄几句，但被托妮坚定的声音打断了，"没想到，黑人胡安戈果不其然，带着他的队伍回来了。你们现在进去，会有生命危险。不幸的是，您那可敬的外甥就在庄园里，胡安戈已经把他关起来了，你们如果不马上拿起武器，跟着我去救他，那他肯定就完了！"

"天哪！上帝啊！"这户人家所有的人都惊叫起来。母亲本来就有病，长途跋涉又使她筋疲力尽，于是惊恐间便从驴背上摔了下来，顿时晕过去了。施特吕姆里先生赶快叫来女佣，将夫人扶起。托妮被年轻人簇拥着，问题一个接一个。这时她故意避开男孩楠基，将施特吕姆里先生和其他男子拉到一边。她羞愧难当、声泪俱下地对他们讲述了所发生的一切，讲老先生的外甥初到她家的情况；他俩如何单独交谈，结果使情况发生了奇妙的变化；老黑人率部突然而至时她又如何被吓得快要精神崩溃；现在她如何下定九死一生的决心，来解救她亲手捆绑的爱人。

"我的武器在哪里?!"施特吕姆里先生大声叫道，一边跑到妻子的坐骑旁，摘下了他的枪。他的两个身强力壮的儿子阿德尔贝尔特和戈特弗里德，以及三个强悍的男仆也都各自武装起来了，这时他说："你们古斯塔夫表兄救过你们当中人的命，现在该是我们救他的时候了。"说着，他把已经恢复过来的妻子抱上驴背；为防万一，又把男孩楠基捆绑起来，作为人质。他的十三岁的儿子斐迪南也同样全身披挂，武装起来，妇孺就在他的保护下，重返海鸥塘。托妮取了一顶头盔，拿了一杆长矛，将自己武装起来后，回答了施特吕姆里所提有关黑人兵力和部署的问题。老人答应她，这次行动决不会伤及她的母亲和胡安戈。一切准备停当后，老人怀着一颗对上帝的虔诚之心，在托妮的带领下，一马当先，率领这支小小的队伍斗志昂扬地向庄园进发了。

他们从后门悄悄地进入院内，托妮把母亲和胡安戈所住的房间指给施特吕姆里先生。施特吕姆里先生带领手下的人悄无声息地进入了房门开着的屋内，先把集中在这里的黑人的全部武器都控制住了，而托妮则溜到旁边的厩舍里，楠基的异母弟弟塞皮睡在那里。两人都是老胡安戈的私生子，老黑人非常疼爱他们，特别是对塞皮，因为他母亲刚去世不久，更是爱护备至。托妮想，如果能救出被拘的古斯塔夫，撤至海鸥塘，然后从那里出发前往太子港，一定会遇到不少困难，不管怎么样，她决心已定，一定要一同前往。若是把这两个男孩当作手中的人质，遇上黑人追击的话，那他们便会处于有利的地位，应该说，这是托妮所作出的十分正确的决定。她把男孩从床上抱起，所幸没被人看到。男孩睡得迷迷糊糊的，托妮把他抱到主楼。这当儿施特吕姆里一行人已经摸进胡安戈的卧室，可是没想到，胡安戈和巴贝康都不在床上。原来他俩已经听到动静，一骨碌从床上跳了起来，近乎赤条条地站在了房间中央，很是狼狈。施特吕姆里持枪喝令他们二人投降，不然就开枪。胡安戈一声不响，伸手从墙上取下手枪便向施特吕姆里射击，子弹擦过施特吕姆里的头皮落在人群里。施特吕姆里的人听到枪响，全都扑向了胡安戈。紧接着胡安戈又开了第二枪，这次打中了一个仆人的肩膀。这时胡安戈的手也被马刀砍伤了，他和巴贝康立即被人按倒，并被结结实实地绑在一张大桌子的桌腿上。

枪声把胡安戈手下的黑人惊醒了，他们纷纷从厩房里冲出来，大约有二十多人。他们听到了巴贝康的喊叫声，疯狂地冲了上来，并想夺回他们的武器。施特吕姆里先生伤得并不重，他把手下人布置到主楼各房间的窗口，可是效果不大。于是他下令向人群开枪，想压制住这些亡命之徒。然而，这些人不顾两个同伴已被射中，躺倒在院子里，仍手持斧头和铁钎，妄想砸开或捅开被施特吕姆里锁住的主楼房门。在这关键时刻，托妮浑身发抖地抱着塞皮来到胡安戈的房间，这对施特吕姆里先生来说真是一个天赐良机，他一把将孩子从托妮手里夺过来，然后拔出腰刀，走到老黑人跟前，赌咒发誓似地命令他，要他的手下立马停止砸门，否则就立即杀死孩子。胡安戈刚被砍掉三个手指，这时已经精疲力竭，再拒绝的话，恐怕自己性命也难保了。考虑了一会儿，他便答道："我愿意从命。"随后他被施特吕姆里带到窗前，左手拿着手帕，一边朝院子里的黑人挥舞，一边大声喊道："你们不要再砸门了，我不需要你们来解救！你们各自回到厩房里去吧！"此后，他们的进攻缓和了一些，但并没有停止。应施特吕姆里先生的要求，胡安戈派了一个被俘的黑人，向还停留在院子里七嘴八舌地商量着对策的黑人再次传达了他的命令。那些黑人虽然不大明白其中的缘由，但还是听从了这位颇为正式的使者的传话，放弃了业已准备停当的攻击；尽管大家怨气冲天，骂声不断，可还是各自回自己的厩房里去了。

施特吕姆里先生让人当着胡安戈的面把塞皮的手捆绑起来，

他说，他这样干，只是为了救出被拘的青年军官，他的外甥；另外，如果他们前往太子港途中没有遇到什么阻拦，他胡安戈就用不着为他本人及两个孩子的性命担忧，他会把两个孩子交还给他的。这时托妮走近巴贝康，想和她告别，她情绪十分激动，无法自制。她想握一下母亲的手，可母亲却猛地将她的手推开，还骂她是贱货，是叛徒。巴贝康仍被捆绑在桌子旁，她只能扭转身去；她诅咒着女儿，诅咒她在享受可耻的快乐之前，上帝的惩罚就会降临到她的头上。

托妮回答说："我并没有背叛你们。我是一个白人，我和那个被你们拘禁起来的白人青年已经订了婚。我属于和你们公开交战的那个族类，所以我完全明白，我应该如何在上帝面前为自己站在他们那一边而进行辩解。"

为安全起见，施特吕姆里先生让人把胡安戈绑在门柱上，还派人看着他。他又让人把一个因肩胛骨被打碎而晕倒在地的仆人架走。然后他对胡安戈说，几天后他便可以在法军驻守的前沿阵地圣吕茨领回自己的两个孩子，塞皮和楠基。安排好这一切后，他才牵着失声痛哭、万分悲伤的托妮的手，在巴贝康和老胡安戈的诅咒声中离开了他俩的卧室。

主楼前的战斗结束后，施特吕姆里的两个儿子阿德尔贝尔特和戈特弗里德，便按照父亲的指示匆匆赶到表兄住的房间。他俩十分幸运，很快就解决了两个看守的黑人，一个被打死，另一个被打成重伤，重伤者费尽全力才逃到了过道里。兄弟当中的老大腿上受了点轻伤。他俩给亲爱的表兄解开了绳索，又是拥抱，又是亲吻；战斗取得了胜利，大家喜笑颜开。他们给表兄递上刀枪,并要带他一起到前面的房间去,因为施特吕姆里先生要在那里安排撤退事宜。可表兄古斯塔夫从床上坐了起来,只是亲热地握着他们的手,没有动身的意思,一副心神不宁的神情,也不接递来的刀枪;他举起右手,摸了摸自己的额头,其恼恨之情无法言表。

兄弟二人在他身旁坐下,问他哪儿不对劲儿。他一声不吭,只是抱住他们,把头靠在小表弟的肩上。阿德尔贝尔特以为他头晕,站起身来准备给他倒点儿水喝。就在这时候,托妮抱着男孩塞皮由施特吕姆里搀着走了进来。一见托妮,古斯塔夫脸色突变,一下子站起身来,可又差一点儿摔倒,不由得连忙抱住表兄弟的身子。紧接着,他从表弟手中一把夺过手枪,没等兄弟二人料想到他要干什么时,他已经一咬牙,扣动了扳机。这一枪不偏不倚,正好打穿了托妮的胸膛,只听到托妮痛苦地大叫一声,踉跄着向前挪动了几步,把男孩交到施特吕姆里先生的手中,然后栽倒在他的身边。他却把手枪扔到她的身上,并踢了她一下,一边还骂她是婊子贱货,随即自己也栽倒在床上。

"你发疯了?!"施特吕姆里先生和两个表弟齐声大叫起来。两个表弟一起扑到托妮身边,扶她起来,一边大声唤着一个年迈的男仆的名字。这个男仆懂点医术,这一路过来遇到类似棘手的情况时,都是由他来救治病人的。这时女孩一只手抽搐着按着伤口,另一只手推开两个年轻人,指着开枪射向她的那个人,断断续续、气喘吁吁地反复说着:

"告—告—告诉他,告—告—告诉他……"

"告诉他什么?"施特吕姆里先生问,女孩就要死了,已经说不清话了。

阿德尔贝尔特和戈特弗里德站起身来，对凶恶的刽子手大声质问，他知不知道女孩是他的救命恩人；她爱他，并决定牺牲一切，包括父母和财产；她还想和他一起逃往太子港！他们对着他的耳朵大声怒吼："古斯塔夫！"接着他们又问，他是不是什么都听不见。他们摇他的身体，揪他的头发，可他对这一切毫无反应。他躺在床上，似乎已失去了知觉。他突然坐了起来，对在血泊中挣扎的女孩瞟了一眼，促使他开枪的狂怒渐渐为怜悯之情所取代。施特吕姆里先生一边用手帕擦拭着如雨而下的热泪，一边问道："你为什么要这样干呀？你这个可怜虫！"

古斯塔夫从床上爬下来，一边擦着额头上的汗水，一边看着女孩，回答道："她无耻之极，她深更半夜把我绑起来，把我交给黑人胡安戈。"

"咳！"托妮叹息道，一边把手伸向古斯塔夫，眼睛里透出一种无可奈何的神色，"我……最亲爱的朋友，我绑你，是……为了……"她再也无法说下去了，手也够不着他，刹那间气断力竭，倒在了施特吕姆里的怀里。

"因为什么？"古斯塔夫在她的面前跪下，脸色变得苍白，问道。

托妮气喘吁吁，停了很长时间也没能作答。施特吕姆里先生这才接过话头，说道："因为胡安戈突然回来了，她为了救你这个不幸的人，别无他法；因为要避免一场你必定不能参与的战斗；因为要争取时间，等待我们的到来；在她的带领下我们已经朝这里趱行，准备用武力解救你。"

"天哪!"古斯塔夫大叫一声,双手掩面,低下头来,他只觉得脚下的大地在塌陷,"您所说的一切,都是真的吗?"

古斯塔夫上前抱住了托妮的身子,凝望着她的面孔,肝肠寸断。

"咳!"托妮长叹了一声,说出最后的话语,"你不该不相信我呀!"说罢,便永远闭上了眼睛。

古斯塔夫扯着自己的头发:"说的是啊!"表弟把他从女孩的尸体旁拉开,"我不该不相信你啊!你已经和我盟誓,做我的未婚妻,尽管我们还没来得及把这件事说清楚!"

施特吕姆里先生悲叹着,解下托妮身上的围裙,不断鼓励那个站在一旁手持简单急救器械的男仆,取出她胸膛里的子弹。然而,种种努力都归于徒劳,铅弹几乎把她胸腔穿透,她的灵魂已飞到美丽的天国。

这期间古斯塔夫踱到了窗前,当施特吕姆里先生和儿子默默垂着泪,商量着如何处置托妮的遗体,该不该把她的母亲叫来时,古斯塔夫突然拿起另外一把子弹已上膛的手枪,开枪射穿了自己的脑袋。这一突如其来的可怕事件把所有亲属吓得不知所措,现在大家转而又去救他。可是他的头盖骨已被打得粉碎,迸发出的脑浆溅到四周的墙壁上,这个可怜的家伙把枪管伸到嘴里扣动了扳机。

窗外天色已经大亮,首先镇静下来的是施特吕姆里先生,有人报告,黑人又在院子里出现了,鉴于这种情况,应该赶快撤退才对。他们不想将尸体留下,落到黑人的暴戾恣睢中。他们把两具尸体抬到木板上,把枪装上子弹后,这支悲壮的队伍便开始向海鸥塘进发。

施特吕姆里先生抱着男孩走在前面,紧随其后的是两个身强力壮的男仆,他们抬着两具尸体,接下来是那个伤者,一瘸一拐的,策杖而行。阿德尔贝尔特和戈特弗里德提着上了膛的枪分别走在运尸队的两边,缓缓而行。那些黑人见这支老弱病残的队伍上路了,便手持长矛和铁叉从房舍里冲出来,想发起攻击。预先被解了绳索的胡安戈这时站到台阶上,向他们摆摆手,让大家不要轻举妄动。

"在圣吕茨?"他向施特吕姆里先生大声喊道。

"对,在圣吕茨!"施特吕姆里先生回答道。

就这样,这一行人在没有受到追击的情况下来到了郊外,进入树林,到了海鸥塘,找到了留守在这里的家属。他们流着眼泪,为尸体挖着墓坑。他们先将那对死去的恋人手上的戒指互相交换了一下,接着低声祈祷,最后把他们送进了永远宁静的居所。

五天后,施特吕姆里先生携家带口,顺利抵达圣吕茨。他遵照诺言,把两个黑人孩子留在那里。他赶在围城前进了太子港,在城头上参加了白人的保卫战。虽经顽强抵抗,太子港还是被德萨里内斯将军攻陷了。他们一家跟随法军上了英国的军舰,来到了欧洲;继而又平安顺利地回到自己的祖国瑞士。后来施特吕姆里先生在里基这个地方用其剩余的一份为数不多的财产购置了一处居所。直到 1807 年,在他家花园的树林里还可以看到一个屹立着的纪念碑;它是纪念他的外甥古斯塔夫和他的未婚妻——忠贞的托妮。

洛迦诺的女丐

在阿尔卑斯山脚下，在上意大利的洛迦诺城，有一座古老的侯爵府第，它是去圣哥特哈德关隘的必经之地，而今却是废墟一片了。府第的屋宇一间间高大宽敞，其中一间曾住有一个多病的老妇：她有次行乞来到门口，使女见她可怜便将她收留下来，抱了一堆禾草给她当床铺。一天侯爵打猎回来，正巧来到这个房间，他通常在此卸下猎枪。侯爵声色俱厉地喝令老妇从她所躺的角落里站起来，要她回避到炉子后面去。老妇撑着拐杖站起身来，一下子摔倒在溜滑的地板上，腰伤得很厉害。她极力挣扎着再度站起来，按照命令穿越房间来到炉子后面，接着便呻吟着栽倒在地，一命呜呼。

许多年过去了，由于战争和灾荒，侯爵的经济陷入了困境。这时有个佛罗伦萨的骑士来到他家，想向侯爵购买这座府第，因为它环境幽美，很合骑士的心意。侯爵对这桩交易极感兴趣，便让他夫人将这位异乡人安置在上面提到的空房间里，房间布置得富丽堂皇。可是夜来时分骑士惊惶失措、面色苍白地从楼上下来，极其庄重地说道："房间里闹鬼！有个什么东西没看清楚，听声音像是躺在房间角落的草堆里，它站起身来，脚步声清晰可辨，缓慢而蹒跚，穿过房间到了炉子后面，呻吟着跌倒在地。"

夫妻两人听了不觉大吃一惊。

侯爵很是骇然，他自己也不清楚这是怎么回事；他装出乐呵呵的样子嘲笑起骑士来。他说他要马上起床，为了给骑士壮胆，他要和骑士一起到那房间里过夜。可骑士请求侯爵允许他在侯爵卧房里过夜，睡在躺椅上就行了。天一亮，骑士便让人备好车马，向侯爵告别驱车上路了。

这件事引起极大的轰动，吓走了许多个有意购屋的人，这使得侯爵很是烦恼。令他诧异和不解的是，在他自己的女仆当中也传说着夜来闹鬼的事。为了彻底消除这种流言，他决计亲自在夜间调查此事。夜幕降临之际，他便让人在那个房间里为自己收拾好床铺，他躺在上面警醒地等待着夜晚的到来。夜半钟声一响，他真的听到了那奇怪的声响，这使他惊恐万分。好像有个人从草堆里站起身来，发出窸窸窣窣的声音，然后穿过房间来到炉子后面，并呻吟着跌倒在地。翌日一早，侯爵夫人见他走下楼来，便问他调查的情况。他惊魂不定地看看四周，闩上门说道，闹鬼的事是真的。侯爵夫人吓得魂飞魄散，惊魂稍定，便要求在事情张扬开来之前，他们一道拼着性命再考察一次，然而他俩，连同带来的忠心耿耿的仆人在第二天夜里也都听到了那奇怪的闹鬼的声音。侯爵夫人心急如焚，不管卖价几何都要将这座房舍出手。正是这一紧迫的愿望才使她当着仆人的面强自镇定下来，并将这一事件归之于某一无足轻重的偶然原因（这定要查清）。第三天晚上，为了弄清事实真相，夫妻两人又心惊胆战地走进那个房间，这时一条被解开锁链的家犬正好出现在门口。也不知为什么，可能是不由自主地想着在他们之外能再有个第三者，有个有生命的东西留在身边会好一些，于是便将狗带进了房间。夫妻两人，女的没有宽衣，男的手持利剑和从柜子里取出的手枪，到了十一点钟双双坐在各自的床上，桌子上有两支明亮的蜡烛照耀着。他们尽量找些话题来说，这时那条家犬头尾相联地躺在房间中央，并很快入睡了。到了夜半时分，那令人不寒而栗的声音又响起来了。有个人——用眼睛却无法看到——撑着拐杖正在房间的角落里站起身来，发出窸窸窣窣的声音。听，迈步了，哒！哒！哒！狗醒了，支起耳朵，陡然间站起来，呜呜呜……继而又汪汪汪地叫了起来，像是有个人向狗走来，又往后躲避着向炉子走去。侯爵夫人头发直竖，一下子冲出房间。侯爵手执利剑厉声问道："谁?!"可无人答话，他像疯子一样挥剑乱刺起来。侯爵夫人让人备好车马，即刻进城，可在她还没有将细软收拾停当，冲出大门去时，只见府邸四周已是烈焰腾空。侯爵拿了支蜡烛，他方寸已乱，拼着性命将全都镶着壁板的房间四角点燃起来。侯爵夫人派人去将这个不幸的人救出，可他已悲惨地死于非命。他的尸骸被乡亲们埋葬了，就葬于他曾命令那位洛迦诺的丐妇起来的角落，至今他的白骨还埋在那里。

一

养子

安东尼奥·皮亚基是罗马一个有钱的商人，他有时要去巡视他的商店，所花时间甚长，因此他往往将他年轻的妻子埃尔维蕾一人留在家中，由她的亲戚看顾。一次他带他前妻所生的十一岁的儿子保洛去拉古萨，正巧这里有时疫流行，使得该城附近地区的居民极为恐慌。皮亚基在路上才得知这一消息，到了城郊他便停下来打听疫病情况，闻知时疫愈益肆虐，为防止进一步蔓延，连城门都被封锁了，对儿子的担心使他无法顾及一切商业利益，便要马车走上归程。

来到田野，他看到车旁有个少年，正伸出双手向他苦苦哀求，样子极为可怜；皮亚基命令车夫停下车，问少年有何要求，少年回答说：他染上了时疫，警探正到处捉他，要将他押送至医院；他的双亲就是在医院里死去的。他请求，看在一切圣神面上将他带走，不要让他死在城里，说着他便抓起老人的手，紧紧握住并亲吻着，继而号咷大哭起来。皮亚基闻之甚是骇然，要将他远远甩掉，可是就在此时少年面如土色，并倒在地上晕了过去。善良的老人怜悯之心油然而起，便和儿子一道下车把少年抬进车中，带他上路，虽说他尚不知晓到底该将他怎样安置。

正当他在第一站和旅店主人商议用什么办法摆脱少年时，风闻此事的警察局却下令将他拘捕了,还将他、他的儿子和尼科洛(那病孩的名字)押回拉古萨。皮亚基指出这种做法是残酷的,可无论他怎样说都无济于事。到了拉古萨他们三人便被一名警探押送至医院,皮亚基身健如常,尼科洛也病愈复元,可他十一岁的儿子保洛却感染上时疫,并在三天后死去了。

这时城门开放了,皮亚基埋葬了自己的儿子,经警察局批准后离开了。他怀着深切的悲痛上了马车,看到旁边空空的座位,便拿出手绢,擦去那扑簌簌流下的泪水。尼科洛手持帽子,走近马车为他送行,并祝他一路平安。皮亚基从车门里俯下身来,大声抽泣着用断断续续的声音问他,是否愿意和他一道走,少年懂得老人的意思,立即点头说道:"当然!很高兴跟您去。"皮亚基又问医院的院长,少年能否上他的车;他们都微笑着说:他是上帝赐给他的儿子,无人会来找他;于是皮亚基心情激动,将少年拉上马车,让他坐在他儿子的座位上,便驱车驶向罗马。

快到罗马城门时,商人才仔细地观察了这少年:他有种特殊的并不生动的美,一头黑发,老老实实的刘海披在额前,笼罩着深沉而聪慧的面庞,他的表情从没有变化过,老人向他提了很多问题,可他的回答总是很简短。他沉默着,两手插在裤袋里,坐在角落里想着心事,以一种若有所思的怯生生的目光,凝视着车外飞驰而过的景物。在皮亚基擦泪的当儿,他不时悄没声儿地从口袋里掏出一把核桃来,放在嘴里,将其嗑开。

到了罗马,他把事情的经过向他那年轻能干的妻子简述了一遍,便将少年介绍给她。想到她所爱的小继子保洛,她禁不住痛哭了一场,虽说这样,她还是拥抱了怯生生地僵直站在她面前的尼科洛，让他睡保洛睡过的床铺，并将保洛所有的衣服收起送给了他。皮亚基送他上学，他在学校学会读书、写字和算术。不难理解，皮亚基渐渐喜爱上了那少年，觉得他很是宝贵，于是几个星期后便收他为养子，善良的埃尔维蕾看他年事已高，不再期望他能生养，也表示同意。后来他解雇了一个出于某些原因他所不满的伙计，把尼科洛安插在账房代替他。皮亚基高兴地看到，庞杂纠结的业务在尼科洛的管理下井井有条，生意蒸蒸日上。做父亲的是个反对种种迷信的人，他在养子身上挑不出毛病，只是不满他和卡美尔教派教士的交往，后者因为老人身后将给养子留下巨额财富而特别奉承他；母亲所不满的是觉得这少年胸中对女性有种早熟的欲望，因为他十五岁那年有次到教士那里去，就被一个名叫克萨维拉·塔尔蒂妮的主教的姘头给迷住了，在老人的坚决要求下他不得不与之断绝了关系。可埃尔维蕾有理由认为，他在这一危险领域内的自制力并不强。尼科洛二十岁时和埃尔维蕾的侄女，一个可爱的热那亚年轻姑娘康士坦察·帕尔奎特结了婚，她是在埃尔维蕾的监护下在罗马接受的教育。这样一来至少消除了他后一种毛病的根源。父母双双对他很是满意，为了表明这一点，给他置办了一整套奢华的结婚用品，并将他们漂亮宽敞住房的一部分让给他住。不久，皮亚基在度过他六十岁生日时，就干脆做出了他所能做的最后的最为重大的决定：除了一小部分资本外，将他赖以经商的全部财产通过法律手续移交给了尼科洛，而他则和他那忠实而出色的、与世无争的妻子埃尔维蕾一道告老退休。

埃尔维蕾总有一种淡淡的哀愁，这要从一个事件、从她童年时代的一个故事说起。她的父亲菲利普·帕尔奎特是热那亚一个有钱的染坊主,他家的房子正如这种行业所要求的那样,其后墙紧靠着用方石块垒砌起来的海岸。固于山墙屋脊之上的用来晾晒染好布匹的横木有好多埃莱①长,延伸于海面之上。有一天,这是一个不幸的夜晚,这所房子起火了,说也奇怪,房子就像由沥青和硫磺建成的一般,所有的房间都同时着了火,火势蔓延得很快,不一会儿到处都烧着了,在这一片火海中,十三岁的埃尔维蕾吓得魂飞魄散,从一个楼梯奔上另一个楼梯,她自己也不知道怎么会来到横木上的。可怜的孩子悬浮于天地之间,不知如何才能得救。她身后横木在燃烧,风助火势,眼看横木就为大火所吞噬;下面是无边无际、令人恐怖的大海。她已决计告别这个世界,在两害之间择其小者,要纵身跳进大海的波涛。正在这时,一个热那亚的贵族青年出现在后门口,说时迟,那时快,他将自己的外套甩在横木上,一跃而上将女孩一把抱起,英勇机智地抓着一块湿布和她一道坠入海中,在港口游弋的划艇将他们捞起,在众人的欢呼声中他们被带到了岸边。上岸以后年轻的英雄忽然昏倒在地,原来在他刚才穿过房舍之间时,一块石头从檐板落下正好砸在他的头上,严重的伤势使他很快失去了知觉,他那身为侯爵的父亲将他带往他们所下榻的旅馆,青年的伤势一时不见好转,侯爵便请来了意大利各地的名医为其诊治。医生们多次为他施行穿颅术,从他的大脑取出了好多碎骨,但因不可理解的天命所致,所有的疗治方法都无济于事。他的母亲把埃尔维蕾叫去照

---

① 德国古时长度单位,约等于三分之二米。

料他，青年卧床三年，在她搀扶下，他难得起床几次，她始终留在他身边，最后有一次他亲切地跟她握了握手，然后便溘然而逝。

皮亚基和青年一家有着商业上的联系，因埃尔维蕾照看这家的小主人，所以他也认识了埃尔维蕾，在那青年去世两年之后便和她结了婚。皮亚基总是极其当心，避免在她面前提起那青年的名字，或使她想起他。因为他知道，在她的胸中激荡着美好而痛苦的感情，哪怕是一点点因头，或者间接地使她想起那青年为她受苦、为她而死的日子，都会使她泪流不止，如果这样，那么无论怎样劝慰也无法使她安静下来；无论她在哪里，她都会起身走开，暗自痛苦一场。没人跟着她，因为大家都试过，什么办法都没用，只有让她独自一人哭个够，她的痛楚方能慢慢平息。除皮亚基之外，没人知道她这种奇怪的经常发作的顽症的病因，因为她平生从没有说过一句有关那件事的话。一般都认为，她之所以如此，是神经系统受到过分刺激而致；她成婚之后立时发了一次高热，那次高热乃是病根，发热的原因则无人再去追究。

再说尼科洛虽遭父亲禁止，可他并没有完全断绝和那个克萨维拉·塔尔蒂妮的关系。有一次，他瞒着自己的妻子，诡称到一个朋友家里去做客，实际却偷偷地和她一道去参加狂欢节，并戴着他无意中选取的一个热那亚骑士的面具，深夜才回到家里，这时全家人都睡了。说也凑巧，老人突然之间有种不适之感，女仆不在，埃尔维蕾为了照料他，起来到饭厅去为他取醋。她打开角落里的食橱，站在椅子角上，在瓶瓶罐罐中间找来找去，这时正好尼科洛轻手轻脚地打开门，掌着他在走廊里点亮的灯烛，头戴羽饰帽，身穿大衣，腰佩利剑，穿过大厅走来，漫不经心地走到他卧室的门前，没有看见埃尔维蕾；使他吃惊的是房门已锁，在他后面的埃尔维蕾手里拿着醋瓶和杯子，看见他，像被雷殛一般，一下子从矮凳摔到了地板上。尼科洛吓得面如土色，回过身来，想将这个不幸的养母扶起，可是转念一想，她摔倒的响声必定会被老人听见，结果对老人训斥的担心胜过了一切其他的考虑，于是他慌慌张张扯破她的衣衫从其腰部取下一串她所带的钥匙，找到他房门上的一把，打开房门，便将其余钥匙扔在大厅内，自己溜进房间去了。皮亚基虽说病了，但仍从床上跳起，进入餐厅，将埃尔维蕾从地上扶起，成群的女仆被他按铃召来，他们都在一片灯烛之中。接着尼科洛也穿着睡衣走了出来，并问发生了什么事，可是埃尔维蕾由于惊骇不能说出话来。除她之外也只有尼科洛才能对此作出解答，这样，这件事的前因后果就成了永久的秘密。埃尔维蕾四肢发抖，于是有人将她抱到床上，她卧床高烧几天才退。幸而她平日健康，凭借自身的力量才转危为安，虽然留下了一种奇异的抑郁症，不过她毕竟算是康复了。

一年后，尼科洛的妻子康士坦察死了，连同她刚生下几周的孩子也死了。这位有高尚道德和良好教养的人的逝去，使人们感到双重的痛惜，因为这样一来，就为尼科洛的虚伪与好色这两种性格特点打开了方便之门。在寻找自我慰藉的借口下，他又整天整日地和卡美尔派的教士鬼混在一起。人所共知，就是在他妻子活着的时候他也并不那么爱她，那么忠实于她。康士坦察安葬前夕，这天黄昏时分，埃尔维蕾为即将到来的葬仪之事来到他的房间，发现他那里有个束着围裙、涂脂抹粉的姑娘，她知道这是克萨维拉·塔尔蒂妮的使女。面对这种情形埃尔维蕾装作没有看见，二话没说转身离开了房间；埃尔维蕾没有去找皮亚基或别的什么人诉说，她只是怀着沉重的心情，面对着康士坦察的尸体。想起康士坦察是那么爱尼科洛，她双膝跪倒，大哭一场。也是无巧不成书，从城里回来的皮亚基碰到了那位姑娘，老人大约瞧出了她此来的奥妙，于是疾步向前，半是智取、半是威吓地从她身上搞到一封她所携带的信。他回到房间来看信的内容，果然不出他所料，是尼科洛为他所渴望的约会急切请求克萨维拉定个时间和地点。皮亚基立即坐下来，模仿克萨维拉的笔迹，以她的名义回信说："就在今夜，在马格达莲娜修道院相会。"然后，将这张盖有陌生纹章的纸条封好，像刚从那位女人处送来一样，派人投入尼科洛的房间。计谋完全成功；尼科洛立即披起斗篷，丢下陈尸于棺椁中的康士坦察，走出了家门。紧接着感到深受侮弄的皮亚基便取消了定于次日隆重举行的葬礼，只是叫几个工夫将尸体抬起，就像是被遗弃的人一般，只有埃尔维蕾、他本人和几个亲眷陪着悄悄地来到了在马格达莲娜修道院准备好的墓穴，将其埋葬。身裹斗篷的尼科洛正站在修道院的地下室中，看到他十分熟悉的送葬行列，大惑不解，他问跟在棺柩后面的老人这是怎么回事？抬来的是谁？老人手持祈祷书，头也没抬地回答说：克萨维拉·塔尔蒂妮。继而便再次开棺，就像尼科洛根本不在一样；所有在场的人都行了祝福礼，然后盖棺埋葬并将墓门封了起来。

这一使他丢人现眼的事件在他这个自认晦气的人的心中引起了对埃尔维蕾的刻骨仇恨；他认为老人对他当众开涮是她在作怪。很多天皮亚基不和他讲话，虽则由于康士坦察的过世他独居难耐，而他却感到很有必要做这样的事：在一个晚上抓起老人的手，脸上现出懊悔的表情，发誓立即并永远和克萨维拉一刀两断。然而他并不打算信守他的诺言，他对家人对他的抵制更反感了，他正想方设法避开那位朴实老人的注意。同时他觉得埃尔维蕾自那次她打开他的房间（那位使女正好在）并关上房门之后，比任何时候都更加美丽了，她的不悦使她的两颊泛起了两朵柔美的红云，这为她那温柔而一直平静的面庞平添了无限的魅力。使他难以相信的是，她这样妩媚动人竟一直洁身自守，他自己拈花惹草也受到她的严惩，使他脸面丢尽。他的内心燃烧着这样的欲望：他要是抓到她的把柄，也像她那样去向老人告发。他现在需要并寻找机会，以求一逞。

有一次，皮亚基正巧不在家，他路过埃尔维蕾的房间，听到里面有说话的声音，感到十分惊奇，便怀着不可告人的目的立即蹲下，把眼睛凑近门锁一瞧。天哪！他看到了什么？她跪在某个人的脚下，全身抽搐着。他虽没有看清那人的模样，可极其清晰地听到了以爱的音调轻轻说出来的字眼：科利诺。他的心怦怦跳动，身子紧贴在靠走廊的窗前，从这里可以看到房间的出口，而自己不致暴露；这时，他听到门闩轻轻的响声，他自信那千载难逢的时刻就要到来：他可以揭露这个假正经了。然而走出来的并不是他所期望的陌生男子，而是埃尔维蕾自己，没有任何人陪伴，并从远处向他投以冷漠而平静的目光。在她的腋下挟着一块她自己织的亚麻布。她取下腰间的钥匙将门锁好，便扶着栏杆极其从容地走下楼梯。这样的装腔作势，这样的假作正经，在他看来简直是无耻、奸猾到无以复加的地步。埃尔维蕾在他面前刚一消失，他便冲上前去，拿出一把钥匙，胆怯地看看四周，便打开了房门。然而令他难以置信的是，房间里竟空无一人，所有角落他都仔细寻遍，可连个人影也没有，只有一幅年轻骑士的画像，和真人一样大小，悬挂于红绸帷幕后面的壁龛之中，闪耀着一种特殊的光辉。尼科洛不知道自己为何那样害怕，面对盯着他看的那双大眼睛，心乱如麻。在他尚未镇定下来、思绪尚未理顺之时，一种新的恐惧重又攫住了他：唯恐为埃尔维蕾发现，受到她的惩罚。于是慌慌张张地又把门锁上，溜走了。

后来这件事他越思忖，越觉得所发现的那张画像对他关系重大，他的好奇心也越使他难受和难耐，他要知道：到底是何人的画像。因他清楚地看到埃尔维蕾下跪的景象，因而他确信，她下跪的对象肯定是那个画布上的青年骑士。他极其忐忑不安，于是便去找克萨维拉·塔尔蒂妮，向她讲述了他的这一亲身经历的奇事。后者很有兴趣将埃尔维蕾剪除，因为和尼科洛约会的一切障碍都是由她引起的。她说她很想亲眼见识一下埃尔维蕾房间里的那幅画像，她自称，意大利所有的贵族人士她差不多都认识，这人只要在罗马待过，并小有名气，她就会知道的。很快机会来了：皮亚基夫妇要去探望一个亲眷，星期天就到乡下去。尼科洛觉得机不可失，于是奔到克萨维拉那里，后者还带了一个她和主教妍生的女儿，借口观赏绘画和刺绣，作为客人被尼科洛引到埃尔维蕾的房间。谁知尼科洛一掀起帷幕，小克拉拉（小女孩的名字）便惊叫起来："啊，上帝！我的父亲！这不是您又是谁呢？"尼科洛一下子呆住了，克萨维拉默声不语；她把画像看得越久，越觉得的确和尼科洛有着明显的相似：特别是当她回忆起，几个月前他和她偷偷参加狂欢节，他在骑士队列中的模样，就更是如此。尼科洛的面孔一下子涨得通红，为了摆脱自己尴尬的处境，便一边吻着小女孩，一边解嘲似的说："一点儿也不假，我的小亲亲克拉拉，画像像我，正如你像那个认为是你父亲的人一样！"克萨维拉妒火中烧，看了他一眼，一边趋前照着镜子，一边说：这人管他是谁呢！说完便冷冷地向他告别，离开了房间。

克萨维拉一走，尼科洛便对这件事思前想后，不能自已。他高兴地回忆起，那天夜里他那套神奇的装束曾给埃尔维蕾以异常的震动。唤起这位坚贞自守、堪称道德楷模女子情欲的想法，就如同向她报复的欲念一样，使他无法控制自己。在他面前展现出这样的情景：一举可使两种欲望都得到满足。他迫不急待地等着埃尔维蕾归来，瞧一下她的眼睛，他那摇摆不定的信念便可坚定起来。他如醉似痴，一个劲儿地回忆着那次他在钥匙洞里所看到的情景：埃尔维蕾双膝跪倒在那幅画像前，喊着科利诺的名字。他觉得这一国内不那么常见的名字的发音会有某种意义。不知怎的，这种回忆使他的心进入了甜蜜的梦境；是他的眼睛看错了呢，还是他的耳朵听错了，如果二者必居其一的话，那他当然宁愿相信对其欲望更具诱惑力的眼睛。

好多天之后埃尔维蕾才从乡下回来，她是去看望她的表兄，从他家里带回来一个小亲眷，她要在罗马玩玩。埃尔维蕾一直忙着照看这位少女，所以见了尼科洛只是毫无表情地匆匆打量了一眼，后者极其亲切地扶女客下车。对小女客的款待大约持续几个星期的时间，这期间家中笼罩着少有的平静气氛。凡是一个充满着青春活力的少女所感兴趣的地方，他们都去了，跑遍了罗马城的里里外外。由于尼科洛忙于营业,没有请他一块出去。埃尔维蕾这样做,使他重又陷入极其恶劣的心境;他又开始十分痛苦、十分烦恼地想起那位使埃尔维蕾所暗暗倾心的陌生男子;特别是在女客离开后的那个久已盼望的晚上,那种感情几乎撕碎了他那寂寞的心:埃尔维蕾坐在饭桌旁,手里忙着女红,整整一个小时没有和他讲一句话,一直沉默着。事又有凑巧:几天前皮亚基问起一盒象牙做的字母,尼科洛小时候就是用它们来识字的,而今没人用了,老人想起要将其送给邻人的小孩;使女受命在一大堆旧东西中寻找,可只找到了组成 Nicolo(尼科洛)的六个字母,大概是因为其他的字母和少年时代的他没有多大关系而被忽略,有次便失落了。六个字母在桌子上放了好几天,有一天他拿在手里,一条胳膊支在桌上,一边想着他那见不得人的心事,一边玩着字母;真怪,他平生还没有如此惊奇过,竟有这样的一个组合:Colino(科利诺)。对他名字的字谜感到奇怪的尼科洛重又充满强烈的希望,他对坐在他旁边的埃尔维蕾慌乱胆怯地瞟了一眼,六个字母的排列使这两个名字统一了,这在他看来不仅仅是一种巧合;他抑制着内心的喜悦,思考着这一奇妙发现的意义。他从桌子上将双手放下,心跳得厉害,等待埃尔维蕾抬起头来看到这个摆在那里的名字的时刻将会怎样。果然不出他之所料:埃尔维蕾稍作休息,抬头看了看字母的排列,然而没有看清,因她有点近视,她又漫不经心地靠近来看。她极其悲苦地扫视了尼科洛一眼,后者装出毫不在意的样子低下头来;埃尔维蕾重又拿起她的活计,那忧伤的神情真是难以形容。她面色微红,一颗又一颗的泪珠不由自主地落在怀里。尼科洛没去仔细端详她,而她所有这些内心活动他都看在眼里，于是不再怀疑：她所说的科利诺正是意在他自己的名字，他看她将字母轻轻地推了一下，站起身来，放下手中的活计，向自己的卧室走去。这时他那疯狂的希望已达到自信的顶点，他就想起来跟在她后面，恰恰这时皮亚基进来了，问女仆埃尔维蕾哪里去了，回说："她不舒服，上床去睡了。"皮亚基沉静地转过身来，进去看看她在干什么。一刻钟后回来说：她不吃饭了。继而皮亚基转身又回到房间，一句话也没讲。这时尼科洛自以为掌握了他所经历的整个秘密的关键。

翌日，他正怀着可鄙的目的乐滋滋地想着如何利用他的发现时，他收到克萨维拉一张便条，请他到她那里去一下，说她能为他解开他所感兴趣的有关埃尔维蕾的事。克萨维拉通过和她有交往的主教而和卡美尔派教士保持着密切的联系。埃尔维蕾常去这个修道院忏悔，所以尼科洛毫不怀疑，克萨维拉收集到了有关这个女人秘密感情的情况，这些消息会证明他那异常的希望是持之有故的。一见面克萨维拉对他戏耍了一阵，之后便一把将他拉到她所坐的长沙发上，笑嘻嘻地向他讲道：埃尔维蕾所爱的对象乃是十二年前就已安眠于地下的死人，即阿洛伊西乌斯·蒙特费拉特侯爵。他在巴黎的一个舅舅（他就是在他舅舅那里受的教育）为他起了一个叫做科林诺的名字，后来在意大利人家开玩笑似的将他改称科利诺。尼科洛在埃尔维蕾房间的红绸帷幕后面的壁龛里所发现的画像就是这人的画像。这位热那亚的骑士见义勇为，将童年时代的埃尔维蕾从烈火中救出，而他自己却受伤而死。尼科洛听了这些如梦初醒，很是泄气。她又关照说，请他不要把这个秘密张扬开去。至于那个在修道院中向她泄露这秘密的神父也是在她赌咒发誓后才告诉她的,因为他也没权利向她透露。尼科洛脸上红一阵,白一阵,向她保证说,请她不必过虑。面对克萨维拉那凶恶的目光,为了掩饰自己的窘态,他抽动了一下上唇,一反常态,借口商行里有事,便拿起帽子告辞了。

羞愧之感,淫欲之心,报仇之念现在一齐迸发了出来,促使他要干那最可鄙的勾当。他觉得,只有假手欺骗才能获得纯洁的埃尔维蕾。正好皮亚基要到乡下几天,从而给他留下可乘之机;皮亚基刚走,他便着手实现他所策划的阴谋诡计。他弄到一套和他数月前从狂欢节偷偷回来出现在埃尔维蕾面前时所穿的完全一样的服装:上衣、大氅、羽饰帽,完全是画像上的热那亚款式。在快要上床安睡的时刻他溜进埃尔维蕾的房间,在挂着画像的壁龛之前蒙上一块黑布,他手持节杖,做出画像中的年轻贵族的姿势,等待着埃尔维蕾的膜拜。在可鄙情欲的支配下他算计得不错:埃尔维蕾紧接着就进来了,像平时那样悄悄地从容脱掉了衣服。她将遮盖着壁龛的丝绸帷幕拉开,一眼便看见了他,失声叫了起来:科利诺!我亲爱的!继而便晕倒在地板上。尼科洛从壁龛中走出,为她的美丽所惊呆,看着她那温柔的、受到死亡威胁而一下变得苍白的躯体;事不宜迟,他将她抱了起来,撕下那块黑布,将她放在房间角落里的床上,便去闩门,可他发现门已经锁起来了。他料想,即使埃尔维蕾恢复了知觉,也不会对他那奇妙的、天神一般的形象稍加反抗的。这时他回到床边,拼命亲吻她的胸部和嘴唇,以期将其唤醒。可是司因果报应的女神内美西斯却对恶行不加放过,安排皮亚基正在此时出乎意外地回到家来。那个可悲的家伙原以为他会在外边多待几天的。皮亚基心想埃尔维蕾已经入睡，便轻手轻脚地穿过走廊，来到门边，因他带着钥匙，所以没有发出任何响声而突如其来地打开了房门，尼科洛站在那里，像被雷殛了一般。他这种穷凶极恶的行径再也无法掩饰，便一下子跪倒在老人的脚下，指天誓日：以后对他的妻子不敢再瞧一眼，以请求宽恕。老人也倾向将此事悄悄了结，埃尔维蕾这时在老人的怀抱里已经苏醒过来，向他说了几句话，并对那可悲的家伙投去可怕的一瞥。皮亚基一句话也没说，将埃尔维蕾休息的床上的帐幔拉起，从墙上取下一条鞭子，给尼科洛打开门，示意他立即滚出去。可这个家伙是个地地道道的伪君子，他很快就看到，他如出走将两手空空，一无所获。于是他猛然从地板上站起来，声称他这个老家伙才应离开这所房子，因为自己通过完全有效的文件已成了这所房子的主人，要是世界上有谁胆敢侵犯的话，他有权保卫它！老人几乎不相信自己的耳朵，这种无以复加的厚颜无耻的行径简直要使他昏厥过去。他放下鞭子，拿起帽子和手杖，立即去找他的法律界老友瓦拉里奥博士。一位女仆应门铃声而来，为他开了门。他一进房间，连一句话也没讲出，便昏倒在床边，于是瓦拉里奥博士将他收留在家，后来也把埃尔维蕾接了来。第二天便急忙赶去，想使有关那个万恶无赖的法律规定停止执行，但无赖已取得了法律上的优势。正当皮亚基竭尽全力将尼科洛手中的产业（他曾将此赋予尼科洛）重新夺回来时，后者却带着家产的所有文契逃到他的那些卡美尔派教士朋友那里去了。他要求他们保护他，对付那个企图将他赶跑的老混蛋。他已答应，和主教想与之断绝关系的克萨维拉结婚，于是恶棍很快便取得胜利：在这位神职主教大人的疏通下，政府便颁布一项谕令，确认尼科洛的所有权，并责令皮亚基不得干扰。

皮亚基正好在几天前埋葬了不幸的埃尔维蕾，她是由于上次事件导致高烧不退而身亡的。他在这双重痛苦的刺激下，口袋里装着政府的谕令来到家中。狂怒使他力大无穷，一下子便把先天不足的尼科洛摔倒在地，并将他的头按向墙根。这时候家中的仆人才看到皮亚基，他正将尼科洛夹在两膝之间，把谕令塞进他的嘴巴。干完这一切之后，他便把所有的凶器扔下，站起身来，继而便锒铛入狱，受审，被判绞刑。

在这个教皇统治的国家里有这样一条法律：犯人若不接受赦罪便不能执行死刑。棍棒打折了，皮亚基还是顽固地拒绝接受赦罪，为了使他知罪，教会将其所拥有的全部手段都用上了，然而都归无效。于是有人便提议以其死后情景来威吓他，以期他能悔罪。这样又将他押到绞架前面，神父站在那里，哇啦哇啦地宣讲地狱的可怕；如不悔罪，他的灵魂将沉沦于地狱之中。另一个神父给他讲上帝，讲赎罪的办法，并向他描绘永远太平的天堂情景。"你想不想忏悔以求得解脱？"两个神父这样问他，"你要不要接受最后的晚餐？""不"，皮亚基回答道。"为什么不呢？""我不要升天，我要沦入地狱的最底层。我要寻着那个不得升天的尼科洛，我要继续报仇，在这里我还太便宜了他！"——于是他登上绞架，要刽子手将他绞死。无须多说，大家看到有必要停止行刑，将这个由法律保全性命的人重新投入监狱。接连三天都对他进行同样的劝说，可还是毫无结果。第三天他上了绞架，又没被绞死而从绞架下来时，他高举双手，表情凶恶，对这种不让他进地狱的非人的法律大加诅咒，他呼唤大群魔鬼来将他架走，并发誓他唯一的愿望乃是被处死。为了在地狱里捉到尼科洛，他要掐死任何一个走近他的神父。人们将这些情况报告给了教皇，教皇下令在没赦罪的情况下将其处决。没有任何神父为他送终，他被悄悄地绞死于鲜花广场。

决斗

威廉·冯·布雷萨赫公爵和门第低于他的古老的许宁根家族的卡塔琳娜·冯·贺尔斯布鲁克伯爵夫人悄悄结婚之后，便和他同父异母的兄弟红胡子雅可布伯爵闹起了对立。卡塔琳娜婚后为公爵生下的几个孩子都不幸夭亡，公爵便前往窝尔姆斯觐见德意志皇帝，恳请皇帝恩准将其爵位传于他与卡塔琳娜婚前所生的私生子菲利普·冯·许宁根伯爵。14世纪最后一年的圣雷米基乌斯节，已是暮色四合，他还匆匆赶路，返回领地。眼看就要到达宫殿后面的御苑，他喜不自胜，心情之好要胜过在治理公国时对前途瞻念的心情。突然之间，从黑暗的灌木丛中嗖地飞出一支箭，从他胸骨下面穿进躯体。他的侍卫长弗里德利希·特洛塔大惊失色，和其他几个侍卫一起将他送进宫中。

公爵夫人火速把各路领主封臣召集来，召开御前会议。公爵在自己心神不安的夫人怀中，使出最后一点气力，向众人宣读皇帝有关爵位继承的文书。按照法律，公爵之王位应由他同父异母之弟红胡子雅可布伯爵来继承，不少臣属对现在的安排持反对意见。鉴于皇帝业已恩准，加之公爵的坚决意愿，还是同意菲利普伯爵来继承爵位。菲利普伯爵尚未成年，众人议决，由其母监护并摄政。听到这个结果，公爵身体一仰，命归黄泉。

公爵夫人当即登上摄政宝座，派遣几位使臣向红胡子雅可布伯爵送去一纸照会，说明此事。宫廷里几位骑士看透了这位城府很深的伯爵，算定他不会有什么大的动作，他们的预言看来是应验了：他明智地权衡了眼前的形势，强忍下兄长加诸自身的不公，没采取任何行动去推翻他的遗愿，反而对其年幼的侄子获取爵位表示热烈的祝贺。他欢天喜地地宴请各位使者，并向他们讲述，他妻子过世后，给他留下一笔巨大的财产，而今他在自己的城堡里过着自由自在无拘无束的日子；他喜欢四周高贵的芳邻，喜欢自己的美酒，也喜欢和情绪欢快的朋友交往，喜欢打猎。他还说，他有生之年还想再进行一次十字军东征，以赎年轻气盛时所犯下的罪过。遗憾的是，随着年龄的增长，他的罪孽也是与时俱增。

他的两个儿子所受的教育使其对爵位继承抱有一定的期待，看到父亲面对他们权利受到无法挽回的侵害竟然无动于衷，听之任之，便万分恼怒地埋怨起父亲来。父亲说他们"嘴上无毛，办事不牢"；恶狠狠地喝令他们住口。他还强令他们在举行隆重葬礼的那天跟随他进城去，在他身边行礼如仪，把老公爵——他们的伯父送到墓地落葬。随后他又来到宫廷殿堂，当着摄政公爵夫人的面，在众高官显宦的面前，对年幼的王子——他的侄子宣誓效忠。他对公爵夫人所封赏的官职和衔头一一辞谢，然后在民众的祝福下返回自己的城堡。由于他的豁达大度和行为有节，备受公国臣民的敬重。

公爵夫人不曾想摄政后的第一件大事办得如此顺利，接下来便办理第二件大事：调查谋害她夫君的凶手。据说那天晚上园圃林中黑影幢幢。于是，夫人便和她的首相歌德温·冯·赫尔塔尔一起查看那支结果丈夫性命的利箭。看来看去，也看不出箭的主人究为何人。使他们感到诧异的是，箭造得很是精巧华丽，箭杆上插有硬扎扎卷曲而又光彩夺目的羽毛；箭杆细长坚挺，由黑色的坚果木制成。箭端包裹着锃亮的黄铜，锋利似鱼刺的箭头用钢打制而成。

这支箭显然是某一位富有贵族的兵器库中之物，此人若非卷入争斗，那也是狩猎的爱好者。他们看来看去，发现箭端还刻有年号，由此可以断定，该箭是不久以前打造的。于是公爵夫人接受首相的建议，派人带着盖有公爵印鉴的公文遍访德意志境内弓箭作坊，找出打造该箭的弓箭师，要是找到了，就向他问询订购此箭的顾客。

首相歌德温被授命全权负责这一事件的调查任务，五个月过去了，从斯特拉斯堡传来了消息：这里的一位弓箭师三年前为红胡子雅可布伯爵打制了这批箭簇，还有一只与之相配的箭袋。这一消息使得首相错愕不已，将其封锁了好几个礼拜。这是因为他了解伯爵之为人：虽则生活上有些放荡，但他行侠仗义，绝不会干出谋杀兄长的卑劣勾当；再者，尽管摄政的公爵夫人有诸多优秀的品性，可他吃不准，在事关其死敌性命的事情上是否能保持公正之心，为此他不得不格外谨慎行事。

循着这一奇异的举报线索，首相私下又进行了一些调查，结果从城市地方官员的口中得知，伯爵平时不大离开自己的城堡，抑或说很少离开自己的城堡，可在老公爵遇害的那天晚上，红胡子伯爵不在城堡，不知他到哪里去了。事情到了这一步，首相才觉得揭开秘密乃是他职责之所在。在紧接着举行的廷前会议上，便将由两个疑点构成的对红胡子雅可布伯爵令人惊怖的怀疑一一向公爵夫人做了汇报。

能和小叔子和睦相处，公爵夫人深为庆幸。她最为担心的是，考虑不周的行动会对生性敏感的雅可布伯爵有所刺激。令首相感到惊异的是，当他说出两个疑点时，公爵夫人并没有显露出丝毫的喜悦之色。更使首相感到意外的是，在她对有关材料仔细阅读了两遍后，居然会不快地说，这样一件捉摸不定、关系重大的事不该在廷前会议上公开议论。她认为其间必有误会，也许是蓄意陷害。她严令，在法庭上不可使用这些检举材料。公爵夫人觉得，伯爵在主动放弃王位继承权之后深受全国民众爱戴，甚至是狂热的崇拜，在此之际，在廷前会议上提起此等之事，隐含着巨大的危险。她推断，流言蜚语会传到伯爵耳朵里，于是便主动派人把两件她称之为大大误会的举报材料、有关证据，连同一封表现出她高贵胸襟的亲笔信送到伯爵那里；她在信中说，她预先便坚信伯爵的清白，并恳请他务必不要前来申辩。

伯爵正和朋友聚会欢宴，见公爵夫人的信使骑士走进大厅，便彬彬有礼地站起身来。众人打量着不肯就座的气宇轩昂的使者，伯爵则到拱形窗下去阅读来件。阅读完毕，脸色大变，将函件交到朋友手中，说道："弟兄们，你们看，这是多么卑鄙无耻的指控，竟然指控我谋杀自己的兄长，这纯粹是对我的诬陷捏造！"

他从信使手中接过那支箭，目光炯然，竭力掩饰已乱的方寸。他对心急慌忙围拢上来的朋友们说，这支利箭的确是他的，圣雷米基乌斯之夜他不在城堡，这也符合事实！朋友们都为他抱不平，纷纷咒骂这卑鄙下作的举报；反过来怀疑那些无耻的举报者才是谋杀老公爵的凶手。这时信使骑士挺身而出，为其主公爵夫人辩护。大家义愤填膺，眼看就要对信使动粗，这当儿伯爵将函件又重读了一遍，突然来到朋友中间，大声说道："请安静，我的朋友们！"说着便取来置于墙角的宝剑，拱手递给信使骑士，说他情愿束手就擒。

信使被弄得摸不着头脑，问："此话当真？你是否承认，首相所提两个疑点确系事实？"伯爵连声答道："是的！是的！是的！"他说他希望，定要在公爵夫人按程序所建立的法庭上来证明自己无罪。朋友们对他的这一说法都表示不满，说在此种情况下除向皇帝本人申诉外，别无选择。可伯爵压根儿听不进去，他的想法一下子变得非常古怪，他坚信公爵夫人的公正，坚持到公国的法庭上接受审判。说着便从紧紧抱着他的朋友的怀抱里挣脱出来，走到窗口前高喊备马，扬言要让使者直接把他押解回去。这一帮骑士朋友最终还是强行拦住了他，并使他接受了这样的建议：大家以全体的名义写信给公爵夫人，要求她给予伯爵享有人身自由的权利，这也是每个骑士在此等情况下均可享有的；为此他们愿意向公爵夫人支付两万银币的担保金，保证伯爵到公爵夫人所建立的法庭接受审判，并服从法庭对他所作出的判决。

收到这样一封信是公爵夫人始料未及的，她有些迷惑不解。这时有关伯爵受到指控的谣言已传得纷纷扬扬，她觉得现在最得体的办法便是她本人全身而退，而把整个事端交由皇帝来处理。她听从首相的建议，派人将所有有关案件的卷宗送到皇帝那里，请求皇帝以神圣帝国元首的身份来调查这一案件；而她本人则是这一案件的当事人之一。

皇帝此时为瑞士联邦之事正好在巴塞尔停留，对公爵夫人所请表示同意。于是皇帝便建立起一个由三个伯爵、十二个骑士和三个陪审官组成的法庭；他还允准红胡子雅可布伯爵朋友的恳请，在交付两万银币担保金之后给伯爵以行动的自由；皇帝指令伯爵自行前来所提到之法庭听候审判，把两个疑点解释清楚：那支他承认为他所有的利箭怎么会落到凶手的手中；圣雷米基乌斯之夜他人在何处。

圣灵降临节后的礼拜一，红胡子雅可布伯爵遵从皇帝的指令，在盛装骑士扈从的簇拥下来到巴塞尔的法庭。他对第一个问题避而不谈，认为完全无法解释；至于第二个对弄清案情有决定意义的问题，他是如此回答的：

"尊贵的先生们！"他双手支撑在被告席前的栏杆上，那对在红色睫毛掩盖下的小眼睛忽闪着扫视了一下所有在座的人，"我一再表明我对王冠和权杖并不在意，可你们还是指控我犯下了最为可憎的罪行：谋杀了自己的兄长，那个我并无好感然而很是敬重的兄长。你们据此指控我的理由之一便是，在圣雷米基乌斯之夜，我一反多年的习惯不在自己的城堡里。我清楚地知道，一名骑士对于眷顾自己的女性的名誉该当负有多么大的责任，若非一场特大灾祸如同晴天霹雳降临到我的头上，那沉睡于我心中的秘密会和我一道埋葬于坟墓，和我一起灰飞烟灭，直到炸开墓穴的天使吹响最后审判的号角，这秘密才会与我一起复活。皇帝陛下通过诸位之口提出那个叩击我良心的问题，正如你们所看到的，会把任何的顾虑和担心变成耻辱。理由是我杀害兄长这不是真的，也不可能是真的，你们肯定想知道，我这样说的原因何在，那我告诉你们，在发生谋杀的圣雷米基乌斯之夜，我正在魏提菩·里特嘉德·冯·奥埃施坦因夫人的家中，和她幽会。她是地方首长魏弗里德·冯·布雷达的千金，她对我情深义重。"

读者诸君必定知道，魏提菩·里特嘉德·冯·奥埃施坦因夫人有着倾国之貌，在受到中伤的这一瞬间前也可说是操守高洁，道德完美。她丈夫是宫廷内臣，在他们婚后几个月便害寒热病撒手人寰。自此夫人回到父亲的城堡，过起深居简出的生活。父亲希望女儿再嫁夫婿，她勉为其难，时常在会猎和会餐中现身。这些活动都是邻近的骑士举办的，红胡子雅可布伯爵则是主要的举办者。

每逢这样的场合，公国出自最高贵最富有家族的伯爵和领主便纷纷赶来，百般殷勤，以博得她的欢心。侍卫长弗里德利希·冯·特洛塔则是这些人中最为忠心最为钟情的一个。有次打猎，一头受伤的公猪猛冲过来，他英勇无畏地拯救了她的性命。父亲经常催促，可她直至现在还没有下定决心与侍卫长再结丝萝。之所以如此，乃是因为她怕引起两位觊觎其财产的兄弟的不快。哥哥鲁道夫与邻近的一位富家小姐结婚三年终于生下子嗣，全家老少不禁大喜。而她在兄长明说暗示下，含泪给侍卫长弗里德利希写信，向他郑重道别。为了家庭的和睦，接受兄长的建议，去莱茵河畔离父亲城堡不远处的一家修道院出任院长。

斯特拉斯堡的主教对这一计划进行了审查，计划眼看就要被批准，正在此时地方首长魏弗里德·冯·布雷达却收到由皇帝召集的法庭所送达的传讯,指控他女儿里特嘉德犯下了伤风败俗之丑事;令她前往巴塞尔与雅可布伯爵对质。法庭传讯公文中详细举出伯爵所说的与她秘密约会的时间和地点;甚至还提到里特嘉德亡夫戒指一事;雅可布伯爵称,戒指是他良宵过后分别时分从里特嘉德手里得到的念想。

在巴塞尔法庭传讯到达之日,年老体弱的地区首长魏弗里德重病发作,焦躁不安,在女儿的搀扶下在房间里步履维艰地来回踱步,他心下清楚,生命的大限之日就要到了。一读完那可怕的指控,他果然当即中风,公文从指间滑落,肢体一瘫,倒在了地上。两个兄长惊愕不已,一起将老父扶起,叫来住在侧楼上专职护理他的医生,然经千方百计抢救,都无法回天。老父一命归天,里特嘉德在女仆怀中昏了过去。待她醒来时,已无法再给父亲一点虽苦犹甜的最后安慰,无法向老父说上一句为自己名誉辩解的话。两位兄长对于这无法挽回的事件的惊恐,对于别人指控妹妹的丑行的愤怒简直无法形容;而前者是后者引起的,遗憾的是后者很可能是真的。

他们二人都知道,去年整整一个夏天红胡子雅可布伯爵都在向妹妹大献殷勤,专门为她举办了多次游猎和宴会;他还当着所有他请来的女士的面突显她的地位,这种做法当时就引起人们的反感。他们还回忆起,就是在圣雷米基乌斯节前后,里特嘉德曾向他们说起,前夫留给她的戒指在一次散步中丢失了;而今却莫名其妙地在雅可夫伯爵的手上出现。所以兄弟二人完全相信雅可布伯爵法庭证言的真实性。其间家中女仆哀声连连地将父亲尸体抬了出去,里特嘉德抱着两位兄长膝头恳求,也听听她的申诉。

鲁道夫怒火中烧，转过身来问她，是否能找出人来证明她的清白。她抖抖颤颤地回答说，遗憾的是，除却一生的清白无瑕外，她再也找不出别的证明来了。正好那天晚上她的女仆回娘家探望父母去了，不在她的卧房里。鲁道夫听到这里，一脚把她踢开，从墙上取下剑来；他怒不可遏，暴跳如雷，将剑拔出剑鞘，唤来家狗和仆人，命她立即滚出家门和城堡！里特嘉德站起身来，忍气吞声，面如死灰，恳求兄长至少给她一点上路的准备时间；鲁道夫根本不予理睬，只是怒气冲冲连声叫嚷："滚！快给我滚出去！"

这时他老婆也看不下去了，出来劝说，请他手下留情。鲁道夫根本不听，反而用剑柄打她，致使妻子鲜血直流，倒在地上。可怜的里特嘉德就像死人一般离开了房间，在粗使女仆的围观下，跟跟跄跄穿过庭院向大门走去。鲁道夫让人给她一包换洗的衣服和一些钱，他在后面还不停地诅咒和谩骂，里特嘉德一出去，他便把大门关上。

从万里无云的幸福的空中一下子跌落至万般无奈、深不可测的不幸的谷底，这是一个弱女子所无法承受的。她茫然不知所往，只是木然地扶着栏杆沿着石头小路往下走去，想着在夜幕降临之前找到一个过夜之处。可她还没有走到坐落在山谷里的一个小村庄的村口，已是精疲力竭，倒卧在地上。忘却了一切的尘世之苦，昏睡了大约一个小时，她才苏醒了过来。此时大地已完全为夜幕笼罩，周围站着富有同情心的村民。

原来，山村的一个孩子在山坡玩耍，看见了她，于是回家把这件奇事告诉了父母，里特嘉德曾有恩于村民，看到她落到这般田地，大家都惊愕万分，立即竭尽全力，对她施以抢救。经过众人努力施救，她很快便恢复了过来。看见背后大门紧闭的城堡，她又回忆起先前发生的一切。有人建议找两个妇女陪同她回城堡，她拒绝了这一建议。她只请大家给她找一个向导，陪她继续赶路。众人说，她这种情形是无法继续赶路的，可她就是不听。里特嘉德声称自己有生命危险，必须尽快离开城堡区域。围拢来的村民越来越多，可大家又觉得难以对她施以援手。她甚至准备强行挣脱众人的阻拦，不顾夜色深沉，独自一人上路。大家无计可施，生怕她有所不测，不好向城堡里的老爷交代，只好按其意愿，为她搞来一辆马车，并一再问她前往何处，最后说去巴塞尔，车子便向巴塞尔驶去了。

马车驶出村口，她仔细权衡了一下目前的状况，又突然改变了主意，要车夫掉转车头，往离此地几里路的特洛塔家的城堡驶去。她觉得，面对红胡子雅可布伯爵这样的对手，若是没人施以援手，单枪匹马与他在巴塞尔法庭对质，那是没有任何获胜的希望的。而当下在她看来，除却英勇无畏的、她确信至今还对她一往情深、出类拔萃的侍卫长弗里德利希·冯·特洛塔外，再没有任何人值得她信任，值得她唤请来为捍卫其荣誉而战的了。

她精疲力竭地赶到城堡时，已是半夜时分，里面还亮着灯光。一个男仆向她走来，里特嘉德请他通报他的主人说她来了。可是仆人还没有来得及通报，弗里德利希的两个妹妹贝尔塔和库妮贡德已经来到大门前。她们两人正巧在城堡的前厅里操持家务。她俩是里特嘉德的闺中密友，她们将客人扶下车来，并快乐地向她问候。对她的黉夜来访，难免有些困惑，不过她俩还是领她到楼上哥哥的房间。侍卫长正坐在写字台前，埋首大堆卷宗中，忙于处理一个案子。他听到身后窸窣的衣裙声，扭转脸来，看到里特嘉德，脸色苍白，形容憔悴，一副失魂落魄、完全绝望的样子。她一见到他，便双膝跪倒在地，此时弗里德利希所感受到的惊愕简直无法言表。

"我最最心爱的里特嘉德！"他急切地站起身来，并连忙把她扶起，"你这是怎么啦?!"待她在椅子上落了座，便向他讲述了发生的一切。红胡子雅可布伯爵为了洗刷谋杀公爵的嫌疑，竟然在巴塞尔法庭上把她拉扯进去，对她进行卑劣的诬陷。身患重病的老父一听到这个消息，随即中风，几分钟后便死在儿子的怀抱里。两个哥哥怒火万丈，不容她进行丝毫辩解，对她施以种种暴行，最后就像对待罪犯一样将她逐出家门。她请求弗里德利希先生为她找一个靠得住的人陪她到巴塞尔，在那儿为她找一位律师；在她出现在皇帝所召集的法庭上时，请律师帮她辩解，并为她出谋划策。她说，就算是从从未见过的帕尔特①人或波斯人的口中说出那样的话，也不会比从红胡子雅可布口中说出那样的话更使她感到意外。此人声名狼藉，样子又丑，她打心眼里厌恶他。在去年夏天举办的宴会上红胡子对她大献殷勤，但每次都遭到她的拒斥。

"不要再说了，我最最珍爱的里特嘉德！"弗里德利希充满豪情地拿起她的手，在唇边吻着，高声说道，"别再为你的清白说辩解的话了！在我的心中有一个声音为你说话，它比所有的担

---

① 古代波斯东部一个部族。

保，甚至比你由于事态的牵连而准备在巴塞尔法庭上提出的所有的诉因和证明都更加清晰，更加雄辩。你那蛮横无理心胸狭窄的兄长既然弃你于不顾，那就请你把我当作你的朋友和兄长吧！让我来做你的辩护人吧，请你赐予我这样的荣誉吧！我一定要在巴塞尔的法庭上，在世人面前使你的名声重放光彩！"

这番高贵的话语使里特嘉德感动得热泪长流，弗里德利希领她上楼，到他已回到卧房的母亲海伦娜夫人那里，把她作为女客介绍给这位尊贵的老夫人，后者一见里特嘉德就很投缘。弗里德利希说客人家里发生了口角，所以希望能够在城堡里暂住一时。主人连夜在这宽敞的宅邸里为她腾出一个地方来，并从两位小姐的衣柜里拿出足够多的衣服和内衣放进里特嘉德房间的衣橱里；还按照她的身份给她指派了既正派又大方的男女仆人。第三天，弗里德利希·冯·特洛塔在众多骑士和侍从的陪同下沿着大道向巴塞尔进发。至于他将以何种方式向法庭提出证明，他没有透露一句。

这期间，两位布雷达先生，亦即里特嘉德的两个哥哥，所写的有关堡内所发生事件的信函已经到达巴塞尔法庭。信中把这个可怜的女子描绘成一个十足的罪人；不知是他们真的以为妹妹确实有罪呢还是出于什么别的动机，反正要使她身败名裂；要求法庭依照法律对她严惩不贷。他们卑鄙无耻地颠倒黑白，把将妹妹逐出城堡说成是她自己出逃；胡说他们对妹妹的行为义愤填膺，加以责备，而她竟然无言以对，然后逃离城堡；他们指天誓日，说他们四下寻找，她踪迹全无；于是兄弟二人认为，里特嘉德而今和第三个亡命徒混在了一起闯世界，全没了廉耻。他们提出这样的申请：为了挽救已遭到她玷污的家族的名誉，把她从布雷达族谱上除名；鉴于她所犯下难以言表的罪过，建议剥夺她继承高贵父亲遗产的权利，父亲也是为其丑事命归黄泉的，为此他们还深文周纳地推导出所谓的法律依据。

然而巴塞尔法庭的法官无法允其所请，因为这些根本不属于他们的职权范围。这当儿雅可布伯爵也得到了里特嘉德的消息，对她的遭遇表现出明确无误的、具有决定意义的关心。据说，他暗中派人找过她，想把她接到他的城堡里来。这样一来，法庭打消了对其供词的所有怀疑，并立即作出撤销对他谋杀公爵的指控的决定。这种对在危难时刻的不幸的里特嘉德的深切关怀，对公众舆论也发生了于他极为有利的影响。本来大家对他的好感已经发生了动摇，不认同出卖自己真挚情人的举动。而现在大家原谅了他，因为他是在生命和荣誉处于极端危急的时刻不得已才冒着遭致世人唾弃的风险供出圣雷米基乌斯之夜的事。

随后皇帝下达明确的旨意，传令红胡子雅可布伯爵再次前来法庭，为的是当众隆重宣示，他谋杀公爵的嫌疑已不复存在。之后宣谕官也朗声读完了两位布雷达先生的信函，正要遵从皇帝的旨意，为站在一旁的被告郑重恢复名誉之际，弗里德利希·冯·特洛塔先生突然来到法庭，请求法庭让他看一看信函；中立的听众都享有这样的权利，所以法庭允准了。所有在场人的目光都集中到他的身上，他匆匆看了两眼，便把信函一撕两半，并把它和一只手套卷在一起，扔到红胡子雅可布伯爵的脸上，骂他是一个卑鄙无耻极端下流的诽谤者，他已下定决心，为了证明里特嘉德夫人的清白，证明她和那件他所指责的事没有丝毫的关系，他要当众和他决斗，由上帝作出裁判！

红胡子雅可布伯爵面色苍白，捡起了手套，说道："在用武器决斗中我相信上帝会作出公正的判决，正如我确信在公正的骑士决斗中也会证明我不得已所讲的有关里特嘉德的话语完全是真实的！诸位尊贵的先生，"他转而面对法官，"请诸位将弗里德利希先生所提要求转致皇帝陛下，请他来决定我们决斗的时间和地点，以便我们用手中的剑来解决争端！"

于是法官只得宣布休庭，并派遣使节向皇帝禀明所发生的事件。由于弗里德利希以里特嘉德辩护人的身份出场，本来皇帝确信红胡子雅可布伯爵清白无辜，而现在他又迷惑起来。按照荣誉法的规定，他把里特嘉德也召来巴塞尔，让她也来观看决斗的场面，以便撩开这一奇异事件的神秘面纱。大家定下圣玛格莉达节那天为决斗的日子，巴塞尔王宫广场为决斗的地点。两人，弗里德利希·冯·特洛塔和红胡子雅可布伯爵，将当着里特嘉德夫人的面进行决斗。

圣玛格莉达节中午的骄阳照射着巴塞尔城钟楼的顶端，用支架和长凳搭建起来的看台上全都是人，可说是人山人海。随着裁判所在高台上的传令官的三声呼喊，两位决斗的骑士踏进比武场。他们，弗里德利希和雅可布伯爵，从头到脚穿着闪闪发光的护身甲，都为各自的目标决一雌雄。施瓦本和瑞士几乎所有的骑士都集中在王宫前面的石阶上；皇帝本人则坐在王宫的阳台上，皇后陪伴在侧，左右都是亲王公主、皇家子女；周遭是为数众多的廷臣。裁判正在为决斗双方确定所站方位，决斗就要开始，陪同里特嘉德来到巴塞尔的海伦娜夫人和她两个女儿贝尔塔和库妮贡德再次走到决斗场的栅门边，请求站在一旁的卫兵让她们进去，她们要和里特嘉德夫人再说句话。

这位女子平素的举止品行博得了人们充分的尊敬，她所说的话也让人完全相信那是真的，可雅可布伯爵拿出了那枚戒指；里特嘉德唯一的见证人——她的使女，却在那个圣雷米基乌斯之夜请假回了娘家，这怎能不让母女三人忧心忡忡。在这决定命运的紧急时刻，她们决计再来考验一下她内心的意识是否确定无疑；她们认为，若心灵确有罪责，凭借决斗所作出的神圣判决会使真相大白，这样一来，罪责非但得不到洗刷，反而会亵渎上帝。而里特嘉德对侍卫长为她所迈出的这一步，有种种理由思前想后。倘若上帝的无情裁决不是有利于他，而是有利于红胡子雅可布伯爵，由此表明他在法庭所言关于她的所有供词全是真实可信，那么不仅她本人，而且他——她的朋友——冯·特洛塔骑士也将被施以火刑。她看见母女三人来到她身边，立即从椅子里站起身来。她所特有的高贵，加之发散于全身心的痛苦使她的模样更加楚楚动人。她迎向前去，问道，在这万分紧急的时刻何事使她们来到她的身旁？

"我亲爱的孩子，"海伦娜夫人拉着她进一步说道，"你能不能免去一个母亲，一个把自己的儿子看成是唯一安慰的年老力衰的母亲，不得不到儿子的坟茔上大放悲声的痛苦呢？你愿不愿意在决斗开始前接受丰盛的馈赠，乘上一辆马车，去莱茵河彼岸我们的一处庄园呢？在那里你会得到盛情款待，你就成了这处庄园的新主人。"

里特嘉德立即明白了这些话的全部含义，脸色一下子变得煞白，呆呆地望着海伦娜夫人的面孔，过了好一会，单膝跪倒在她们的面前。

"最尊贵最卓越的夫人，在这生死攸关的时刻，上帝是否会宣示我清白无辜，这一担心是不是出自你高尚儿子的内心？"

"为何如此说话？"海伦娜夫人问。"因为即使在这种情况下我还是坚决请求他，与其用信任不够的手拿起利剑，倒不如压根儿就不去碰它；干脆现在就躲过对手，离开决斗场，用什么巧妙的借口都可以。至于我，无须什么怜悯和同情，我也不接受什么怜悯和同情，我把我这个晚到的听从者交给命运，交到上帝之手，我就听天由命了！"

"不！"海伦娜夫人不知所措地说，"我儿子对此一无所知！他在法庭上已千金一诺，为你的事拼搏奋战；在这决定命运的时刻，他绝不会提出这样的建议。他坚信你的清白无辜，你看，他已经直面对手雅可布伯爵，已经完全做好了战斗准备。这个建议是我们母女三人，在生死攸关的时刻，权衡利弊想出来的，为的是避免不幸。"

"那好，"里特嘉德夫人拿起海伦娜夫人的手热烈地吻着，感情激越，泪如雨下，"那就让他实践他的承诺好了；我的良心洁白无瑕。他即使不戴盔披甲，走向战场，上帝和众天使也会护佑他的！"说着她便站起身来，领着海伦娜夫人母女在其座椅后面的看台上落座。

在皇帝的示意下，传令官吹起决斗开始的号角，两位骑士手执盾牌和宝剑冲向对方。弗里德利希第一剑就刺中伯爵，用他那并不太长的宝剑的剑尖刺到对方手臂之间、甲胄与手接合的关节处，伯爵吃惊不小，后退了一步。看看伤口，虽然鲜血直流，但只不过是伤了点表皮。看台上的骑士对他的笨拙举止发出了抱怨声。伯爵鼓足勇气，如没有受伤一般，以前所未有的力量重新冲杀过去。只见眼前两位斗士挥舞着宝剑，如两股暴风相遇，两块乌云相逢，锵声阵阵，火光四溅，大战数十个回合都难分胜负。手执盾牌宝剑的弗里德利希稳稳地站在比武场上，好似双脚生了根一般。侍卫长掀开铺地石块，有意把泥土弄松，使身子一直陷到马刺处，乃至踝骨，最后到了小腿肚处；而矮小机灵的伯爵则阴险地对他四面同时出击，迫使弗里德利希不得不紧紧护卫着自己的头部和胸部予以反击。连同短暂的休息，决斗已进行了一个小时，这时看台上的观众骚动起来，看样子这次不是针对雅可布伯爵的，因为伯爵此时杀得正酣，急于斗出个胜负来。大家的不满是指向弗里德利希侍卫长的，抱怨他固守一处，更令人不解的是他竟然像被吓破了胆似的执意不展开进攻。

弗里德利希之所以采取这样的战术，当然有其充分的理由。可面对那些在此刻对其荣誉有着决定性影响的人的要求，他觉得还是放弃为好。他雄心勃勃地从一开始为自己选定的据点跳出来，离开在其脚边形成的天然堑壕，朝着对手的头部猛刺。伯爵虽则体力下降，可灵活依旧，机智地跳到一边，用盾牌抵挡侍卫长的攻击。侍卫长刚采用了这样的战术，不料主宰这场争斗的上苍丝毫没有暗示一下将发生的不幸，竟然使他的脚让马刺绊了一下，结果他一个踉跄摔了下去，穿着沉重盔甲的身体重重地栽倒在地，同时一只手支撑在地上。就在这一时刻，红胡子雅可布伯爵全然失去了骑士的高贵风度，乘人之危地向对方暴露出来的部位刺了一剑。弗里德利希疼痛难忍，大叫一声从地上跳起。他把头盔拉下遮住眼睛，又将面部迅疾转向对手，摆出了决一死战的架势。可他伤口疼得厉害，不得不弓起了身子，并用剑支撑着身躯，同时眼前一片昏暗。这时伯爵用其长剑朝着侍卫长的心脏下方又连刺两剑，侍卫长应声倒地，盔甲随之发出哗啦啦的声响，剑和盾牌掉落在了身旁。

雅可布伯爵这才将其兵器撂到了一边。喇叭声高起，三遍过后，他将一只脚踏在倒地者的胸口上。此时，以皇帝为首的所有观众都站起身来，发出同情的惊呼。海伦娜夫人，后边两个女儿紧紧相随，一下子扑向她那在尘土和血泊中疼得乱滚的亲爱的儿子："啊，我亲爱的弗里德利希！"她哭喊着，跪倒在儿子的头边。这边厢里特嘉德夫人昏厥了过去，两个差役把她从看台上架起来，抬进了监狱。

"这个没有廉耻的女人，"老夫人骂道，"这个该诅咒的人啊，明知自己罪责在身，却胆敢请她最亲密、最高贵的朋友披挂上阵，参加不义的决斗，为她争取上帝的判决！"这期间两个女儿已为兄长卸下甲胄，老夫人将爱子从地上扶起，连声悲叹，她想要止住从儿子高贵的胸膛里流出的鲜血。然而差役奉皇帝之命，要将弗里德利希也作为违法者予以拘留。他们把他抬上担架，几个医生在一旁看护着，在为数众多的民众的簇拥下，将其抬到了监狱。海伦娜母女三人获准进入监狱，可以陪伴他到死，大家都认定弗里德利希侍卫长是必死无疑了。

情况很快表明，侍卫长弗里德利希的伤口虽则危险，而且触及到危险部位，可也许是上天有眼，并非致命。几天过后，给他指派的医生就向家属保证说，弗里德利希不仅可以保全性命，而且几个礼拜后即可恢复健康，不留任何残疾，这完全得益于他原本健壮的体魄。长时间的疼痛曾使他失去了清醒的头脑，现在稍有意识，他便不停地问母亲，里特嘉德夫人情况如何？一想起她身陷囹圄，遭受着可怖的绝望和孤寂的煎熬，他就忍不住泪流满面。继而他抚摩妹妹的下巴，恳求她们去探望里特嘉德夫人，也给她些许安慰。海伦娜夫人对儿子的如此说法感到吃惊，她要儿子忘掉这个可耻而又下流的女人。她说，即使雅可布伯爵在法庭上所指出而又为决斗结果所证明的罪过可以原谅，但她明知自己有罪还不惜搭上她最高贵的朋友，像是清白无辜的人一样求得上帝的圣裁，这样的无耻和可恶是可忍孰不可忍？！

"哎呀，亲爱的妈妈，"侍卫长说，"谁能对这场决斗中上帝所作的神秘判决进行解释，假如他不是所有时代智慧化身的话？这样的人身在何处？"

"你说什么？"海伦娜夫人叫道，"上帝的这次判决难道你还没有弄清吗？难道你没有以一种令人遗憾的、明白无误的方式败在对手的剑下吗？"

"是又怎么样！"弗里德利希回答说，"我只是一时败北，可他真的把我降服了吗？我不是还活着吗？我不是像得到上苍仙气般，重又精神焕发、生气勃勃了吗？兴许几天之后，我会以双倍三倍的力量和他再次较量，上次仅仅是一个小小的意外事故。"

"你可真傻！"母亲高声说，"法律规定，一次决斗在裁判宣布结束之后，不可为同一事件再次举行决斗，这条规定你难道不知道吗？"

"随便它了！"儿子有些不高兴，"法律是人定的，我才不管这些毫无道理的法律呢。一次决斗还没有进行到一方丧命的地步，平心而论，这能算是结束吗？如若我重新获准进行决斗，我会避免上次所遭受的意外，用剑争得上帝一个全新的判决，一个与现在的判决完全不同的裁决，人们狭隘而短视才接受了现在的裁决。"

"说你可以这样说，"母亲忧心忡忡地说，"这些现行法律你不屑一顾，可它们还是主宰，威力无边。合不合理暂且不说，它们都按照上帝的章程在发挥作用呐！它们使你和她像一对被人唾弃的罪犯遭受到令人再难堪不过的司法惩罚。"

"是啊！"弗里德利希喊道，"这也正是我痛苦绝望的缘由！她像一个有罪之人一样受到谴责。我本想在世人面前证明她清白无辜，不料却给她带来了灾难。我被马刺皮带绊住了脚，这与她的事有什么相干？上帝也许是为了惩罚我身上的罪孽，却将她花样年华的身躯送上火堆，使她遭受永久的耻辱。"在他说这话的时候，痛苦的男子也弹出了热泪。他掏出手帕，转身面壁。海伦娜夫人母女三人深受感动，跪倒在他的床边，亲吻着他的手，让自己的泪水和他的热泪流淌在一起。

这当儿，看守给弗里德利希及家属送饭来了。侍卫长乘机向看守打听里特嘉德夫人的情形。看守断断续续地随口而说，说她躺在一堆干草里，进来后便不发一言。弗里德利希闻听此言，忧心如焚，请看守转告她，由于上苍的护佑，他的身体很快便可完全复原，请她务必放心，一旦身体康复，取得典狱长的允准，他便到狱中来探望她。谁知看守回来说，她就像个神经错乱的人一样躺在草堆上,什么也不听,什么也不看,摇了摇手臂后开口说:"只要我还活在世上,我什么人也不见。"据说在当天,她还亲手给典狱长写了一张字条,说她恕不会客,特别是侍卫长弗里德利希·冯·特洛塔,要典狱长更不可将他放进来。于是弗里德利希对她的状况更加忧心,他挑了一个自我感觉特别好的日子,取得典狱长的批准,在母亲和两个妹妹的陪同下,径直去看望她。弗里德利希没有预先打招呼,不过他认为她会谅解的。

听到门口的响动,里特嘉德半敞着胸衣,披头散发,从她坐卧于内的草堆上爬起,以为是牢房里的看守,不料却是侍卫长,她的高贵而杰出的朋友,由妹妹贝尔塔和库妮贡德搀扶着进来了,完全是一副大病初愈的样子,悲哀而又令人怜爱。面对此景,里特嘉德夫人的惊恐可真是难以描述啊!

"出去!"她大叫一声,双手掩面,仰面倒在草堆上,"如果你心中还有一星点儿怜悯,那就请你出去!"

"你怎么会说这样的话呢,我最亲爱的里特嘉德?"在母亲的扶持下他走到里特嘉德夫人的身边,无比激动地去拉她的手。

"快出去!"她依然大叫,一边抖抖缩缩地后退了几步,然后双膝跪倒在他的跟前,"请你不要碰我,不然我会疯的!你让我惊恐,你比熊熊大火还要使我害怕!"

"我会使你惊恐?"侍卫长弗里德利希惊诧莫名,"高贵的里特嘉德,你竟然这样对待你的弗里德利希,这难道是他罪有应得吗?"在他说话的当儿,母亲使了个眼色,库妮贡德搬了个凳子放在哥哥身边,让身体虚弱的他坐下来。

"啊,耶稣!"她匍匐在弗里德利希脚下,面孔贴着地面,样子极端恐怖,"快离开这个房间,我亲爱的,离开我!我以极大的热忱抱着你的膝头,我以我的热泪洗涤你的双足,我像一条蠕动于尘埃中的虫子一样哀求你,哀求你发发善心,我的主人,我的主宰,马上离开,离开我!"

弗里德利希站在她的面前,更加感到震撼:"我的样子难道让你如此厌恶吗,里特嘉德?"他神情肃然地俯首望着她。

"非常恐怖,根本受不了,简直是无法活了!"里特嘉德双手捂面,在他脚下绝望地回答说,"我宁肯下地狱,经历种种可怖可怕的景象,也不愿看你这可爱的青春焕发的面容,也不愿看你这对我脉脉含情、爱意殷殷的面容!"

"上苍啊!"侍卫长呼喊道,"你的心灵如此充满悔意,这让我如何想呢?难道说,不幸的人呐,上帝的裁决道出了真情,你确实犯过伯爵在法庭上所指出的罪过?"

"确实有罪。罪不可赦,道德败坏,永被诅咒,永世不得翻身!"里特嘉德捶胸顿足,大喊大叫,"上帝是真诚的,是无欺的,你走吧!我已是精疲力竭,让我一个人独自承受这痛苦和绝望吧!"

听到这话,弗里德利希昏了过去。里特嘉德用面纱包头,好似自绝于世,不管不顾地躺回到了草堆上,而库妮贡德和贝尔塔则哭喊着扑向失去知觉的兄长,竭力唤醒他。

"啊,你这个该死的女人!"侍卫长重又睁开眼睛,海伦娜夫人大声骂道,"在现世你将永远悔恨,直到你进入坟墓;在来世你也万劫不复!并非因为你犯了你刚才承认的罪过,而是因为你毫无心肝,毫无人性,在你毁掉我纯洁无瑕的儿子以前死不认罪。我也真傻！"她轻蔑地从里特嘉德面前背过身去，继续说道，"在决斗前我们要是听听附近奥古斯丁修道院院长的话就好了！雅可布伯爵在为生死攸关时刻的到来进行虔诚准备的当儿，曾去忏悔过。他也曾面对圣饼起过誓，他在法庭上所说的关于这个坏女人的一切都是真实可靠的。他说当夜幕降临时她如约将花园边门打开，来迎接他；继而他们避开了守夜的人，来到无人居住的城堡的一个厢房；接着便向修道院长描述他们毫无廉耻地进行鱼水之欢的床铺是多么的豪华舒适！在这样的时刻所作的忏悔是不会虚假的，我也真是糊涂，在决斗开始前的一瞬间，对儿子只要是提示一下，他也会睁开眼睛，悬崖勒马。来，"她温柔地拥抱儿子，在他额头上亲吻了一下，大声说，"犯不着跟她生气，跟她生气，反倒是抬举她了。咱们还是离开这儿的好，让她自我谴责吧，无须我们责骂，她是无可救药！"

"这个恶棍！"里特嘉德被海伦娜夫人的话激怒了，猛地坐了起来，痛苦地把头支在膝盖上，一行热泪流淌在手帕上，"我记得，在圣雷米基乌斯节的前三天晚上，我的两个哥哥和我曾去过他的城堡，他为我举行了一次盛宴，就像他通常所做的那样。我的父亲，喜欢看到别人欣赏我的青春美貌，一有邀请，总是说服我在两位兄长的陪同下应邀赴约。夜深舞会结束之后，我回到为我准备的房间，在桌子上发现一纸字条，字条不知是谁写的，没有签名，向我郑重求爱。因为要商量明天回去的事，两个哥哥也正好来到我的房间。我从没有隐瞒他们的习惯，于是在惊慌中一句话没讲便拿我所发现的那张怪异的字条给他们看。他们俩一眼就看出这是伯爵的笔迹，气得要命；大哥立马要手持字条去跟他算账，二哥拦住他，说伯爵很狡猾，没有签下自己的名字，这样就去找他，实在有些不妥。两个哥哥对这样的侮辱深感气愤，当夜就带我上了马车，回到父亲的城堡，并决计以后再也不进伯爵的城堡。这就是，"里特嘉德补充说，"我唯一一次跟那个无耻下流的家伙所发生的关系！"

"是吗？"侍卫长泪流满面地转向里特嘉德，问道，"你的这些话语就像是在我耳边鸣响的音乐，请再说一遍！"他双膝跪倒在她的面前，过了一会儿，拉着她的双手，继续说道，"这样说来，你没有为了那个家伙而背叛我，你没有任何的过错，你与他在法庭上所讲的事情没有任何的关联？"

"亲爱的！"里特嘉德拿他的手按到她的嘴唇上，轻声地说。

"你是清白的吗？"侍卫长大声问道，"你是清白的吗？"

"清白如新生儿的胸怀，清白如刚刚忏悔过的人的良心，清白如去世修女在圣器室穿衣入殓的遗体！"

"啊，万能的主啊！"弗里德利希搂抱着她的膝头，大声喊叫着，"请接受我的感谢！你的话使我获得了重生，在死亡面前我不再惧怕；展现在我面前的刚刚还是无边的苦海，而现在却是灿烂的天堂！"

"你这个不幸的人啊！"里特嘉德后退着问，"你怎么能相信从我嘴巴里说出的话呢？"

"怎么不能？"弗里德利希急切地问道。

"你简直是难以理喻，你真是疯了！"里特嘉德高声说，"上帝不是作出对我不利的神圣的判决了吗？你不是在那场多舛的决斗中败在伯爵的手下了吗？他不是以决斗证实了他在法庭上对我的指控是真实的吗？"

"啊，我最亲爱的里特嘉德，"弗里德利希说道，"在绝望中要保持信念，要使胸中的情感坚如磐石，高高矗立；心不动，志不移，哪怕是天塌地陷！搅乱我们情思的有两种念头，我们要的是易于理解、更为浅显的一种；不要老是觉得自己有什么罪责，而是要相信，我为你进行的决斗取得了胜利。上帝，我生命的主宰啊！"他用双手遮住他的面孔，继续说，"保佑我的灵魂，使它免遭迷失吧！我相信，我并没有为对手的剑所制服，正像我希望获得永生那样确信。尽管我倒在他脚下的尘土之中，可我现在不是复原了吗？显示并道出在虔诚祈求时刻的真理，需要上帝的崇高智慧，而今它在哪里呢？啊，里特嘉德！"说着他握着她的手，坚定地接着说，"让我们生生死死都毫不动摇地坚信，你是清白无辜的，我为你进行的决斗，总有一天会使真相大白于天下！"

正说着，典狱长走了进来，提醒坐在桌旁哭泣的海伦娜夫人，感情激动有害于儿子的健康。在母亲和妹妹的劝说下，弗里德利希回到了自己的牢房，自以为给里特嘉德带来了一些安慰，他自己也觉得好过了许多。

这期间，由皇帝召集的巴塞尔法庭对弗里德利希·冯·特洛塔侍卫长及其女友里特嘉德·冯·奥埃施坦因夫人提出控告，指控他们滥用上帝的裁决而犯下罪恶，并根据现行法律，判处在决斗场上对他们施以火刑。法庭委员会派出一名使者，向两名囚犯宣布了判决。等侍卫长康复，便要行刑。皇帝对红胡子雅可布伯爵总是有种怀疑，于是暗暗决定在行刑那天也要求雅可布伯爵到现场观看。

然而蹊跷的是，那天在决斗开始时弗里德利希侍卫长使雅可布伯爵所受的一点点微不足道的伤，竟使其一病不起，身体状态糟糕透顶；一日又一日，一周又一周，百般医治，就是不好；施瓦本和瑞士的名医请了个遍，全都回天无术。当时还不为整个医学界所知的脓疮像恶性肿瘤一样啃噬着他手上的全部组织，一直侵蚀至骨头。令其朋友大为震惊的是，最后不得已竟要将整个坏手割掉；可后来还是化脓不止，以致割掉了整条胳膊。这一当时被号称为根治的手术，如今天医生都知道的，非但对他没有什么助益，反而加重了病情。雅可布伯爵整个身体都在腐烂化脓，大夫都声言，他已经无可救药，说一周之后便必死无疑。

由于发生了这样的事儿，奥古斯丁修道院院长坚信自己看到了上帝的可怕的手，于是便要求伯爵讲出他和摄政的公爵夫人之间争执的真相；伯爵愈益受到震动，再次接受了圣礼，以保证所出之言都是真话。他还诚惶诚恐地表示，他对里特嘉德夫人的指控若是诽谤，他的灵魂会下地狱，永世不得翻身。伯爵虽则生活放荡，品行不端，可大家有双重的理由相信他所吐露的是真情：他身患重病，确实有种虔诚的样子；在这样的时刻作出伪誓似乎不大可能；再者，他声称，他曾用贿赂的手段收买过布雷达家的门房，以放他秘密进入城堡。后来对门房进行了审讯，门房说伯爵所说属实，说在圣雷米基乌斯节的晚上，伯爵的确在布雷达家的城堡里。到了这一步，修道院长只有相信伯爵是受到某个未知的第三人的欺骗。这个不幸的家伙，这个雅可布伯爵，得知侍卫长奇迹般地得以康复，自己也有了这种可怕的想法，并且在他的生命行将结束之时，疑心会被完全证实。

须知，伯爵在对里特嘉德夫人存有非分之想之前，早已和她的贴身侍女罗莎琳勾搭成奸。她主人每次在伯爵城堡做客，这个轻浮的水性杨花的女子总会到伯爵房间流连。在里特嘉德夫人及其兄长最后一次到伯爵城堡做客并收到伯爵情书之后，这个数月来一直受到冷落的女人又气又妒；在里特嘉德夫人马上就要回家而她也不得不陪同的当儿，她以女主人的名义给伯爵留了一张字条，宣称两位兄长对伯爵的作为很是恼怒，无法立即幽会了；可她诚邀伯爵在圣雷米基乌斯之夜来她父亲的城堡约会。雅可布伯爵喜出望外，自以为得计，立马给里特嘉德写了第二封信，说他在约定的夜里定会出现，但为了避免出现差错，请夫人为他找一个可靠的向导，把他直接领进她的房间。这个丫头乃是深谙此道的行家里手，早已料定会有这样的信函，因而她成功拦截了来信。她回话说，里特嘉德夫人会在花园的边门亲自迎接他。在约定幽会的前夜，侍女说她姐姐病了，她要前往探望，向里特嘉德请假去乡下。临近黄昏时，她腋下夹着一小包衣物离开了城堡，并且在众目睽睽之下，向着她姐姐所在之地的方向走去。

可这条路她并没有走到底，夜幕降临之际，她又回来了，这次的托词是，雷雨要来了。她又假称，为了不打搅女主人，明天一早又要出发，所以在来人不多的城堡里随便找一个空房间过一夜算了。

雅可布伯爵买通城堡的门房，溜进了城堡；夜半时分他如约来到花园的边门，一个蒙着面纱的女子迎接他，不言而喻，伯爵没有意识到这是一个骗局。那女子匆匆吻了他一下，便领着他到了冷清的侧院，爬上一层层的楼梯，走过一条条的甬道，最后走进一间极其豪华的卧室，卧室的窗户全都关得严严的。她拉着伯爵的手，故作神秘地贴门静听，压低声音告诉伯爵，一个哥哥的卧房就在附近，所以不可出声，随后两人便上了床。这丫头在床上风情万种，百般作态，伯爵飘飘欲仙，乐不可支；心想他偌大一把年纪还征服了这样一个美人，好不春风得意。破晓时分，罗莎琳要雅可布伯爵离开时，给他戴上了一枚戒指，以此为共度良宵的纪念。该戒指原是里特嘉德丈夫送给里特嘉德的，可在头天晚上被罗莎琳偷了来。雅可布伯爵答应，回去就把过世妻子的结婚戒指回赠给她。三天后伯爵果然信守诺言，秘密将戒指寄到了城堡，罗莎琳同样机智地拦截了戒指，可从此就不再理会伯爵，可能怕伯爵把事情搞大，所以她以种种借口拒绝与伯爵进行第二次的幽会。此后不久，这女子由于有偷窃的重大嫌疑，遭致开除，被遣送回了莱因河畔的娘家，九个月后，其放荡生活的后果逐渐显现，在母亲的严厉逼问下，她招供出红胡子雅可布伯爵乃是孩子的父亲，并说出了整个秘密的故事。幸而她将伯爵所赠的戒指拿出去变卖时很是谨慎小心，生怕别人拿她当小偷；因为这枚戒指太贵重了，结果也没找到对它感兴趣的买主。这样一来，大家才认为她所言不虚。事关孩子的抚养问题，她的父母便手持戒指作为现成的证物，将雅可布伯爵告上了法庭。法官对于在巴塞尔所审理的奇案已有所闻，所以他们便忙不迭地将这对整个案子有重大意义的发现通知皇上所召集的法庭。事有凑巧，一个议员因公出差去巴塞尔，于是大家便将罗莎琳的供词连同红胡子雅可布伯爵所送的戒指，全都附在信中，交他带给法庭，以解开震惊整个施瓦本和瑞士地区的可怕的谜团。

虽然皇帝心中升起的对伯爵的疑虑还不甚了然，但认为对弗里德利希侍卫长和里特嘉德夫人的处决不能再拖延下去了，于是确定了行刑的日子。正是在那一天那位议员带着那封信进了伯爵的房间，伯爵在痛苦的绝望中辗转反侧。

"这下可算功德圆满了！"他读过信，接过戒指，"我对尘世生活已感到厌倦！请给我，"他转身向着修道院长，"弄一副担架来，把我这个很快就归于尘土的可怜虫抬到刑场去，我可不能一件好事都不做就一命归西。"

院长听到此话不由震惊不已，立即按其要求，令四个奴仆将他架到担架上。这时行刑的钟声已经响起，在成千上万的人的围观下，弗里德利希和里特嘉德被捆绑在柴火堆上。这时院长带着雅可布伯爵赶到了刑场，后者手里捧着耶稣受难像。

"火下留人！"院长大声喊叫，一边命令把担架放在皇上看台的对面，"别点燃柴火堆，先请这个罪人开口说说吧！"

"怎么回事？"皇帝问道，同时面色煞白地站起身来，"上帝神圣的裁决不是已经证明正义在他一方，难道说在此事发生之后，还可以作如是想，里特嘉德是清白无辜的吗？"说这话时他无比诧异地从看台上走了下来，一千多骑士紧紧相随；其后又有从板凳和栅栏上翻越下来的为数更多的观众，把躺着病人的担架围个密不透风。

"她是清白无辜的，"雅可布伯爵在修道院长的扶持下坐起身来，"在那个凶险的日子里，当着巴塞尔所有民众的面，最高主宰所作的判决，就已经说明了这一点。他有三处受了致命伤，可他，正如诸位看到的，他还是生龙活虎地活着；而我，仅只是被他的剑划了一下,刚刚触及到我的表皮,可慢慢地可怕地危及到我生命的核心;我的精力已经完全耗尽,就像橡树被暴风刮倒一样。要是还有什么怀疑的话,这就是证明:在圣雷米基乌斯之夜,接待我的是她的使女罗莎琳。而我这个可怜虫,却是色迷心窍,把抱在怀里的使女误认为是对我的求爱每每予以轻蔑拒绝的她!"

皇上听到这里,就像石头一样呆住了,转过身去看实施火刑的柴火堆。他命令一名骑士沿着梯子爬上柴堆,给弗里德利希侍卫长和里特嘉德夫人松绑,然后把他们二人带到他跟前来。里特嘉德夫人这时已经晕倒在海伦娜夫人的怀抱里。

里特嘉德头发蓬乱,半敞着怀,双膝因奇迹般获救而颤抖,在其朋友的搀扶下,穿过敬畏和惊讶交织、不断向后退却的人群,向皇上走来。皇帝大声疾呼:"好啊,但愿你的每根头发都得到一名天使的保护!"

两人跪在皇上面前,皇上亲吻两个人的额头,并要皇后将银鼬皮披风给他,然后将其披在里特嘉德夫人的肩上。在所有聚集起来的骑士的注视之下,皇上挽起里特嘉德夫人的胳膊,准备带她去皇宫。在弗里德利希侍卫长脱下囚衣,戴上羽饰帽,换上骑士服的当儿,皇上回转身,看了看痛苦得在担架内打滚的雅可布伯爵,想到他之所以进行决斗也并非有意亵渎上帝,油然生出恻隐之心。他问站在一旁的大夫,这个不幸的人是否有救?

"无可救药!"红胡子雅可布伯爵自己回答说,他正经历着可怕的抽搐,大夫把他扶持在怀里,"我这样死也是罪有应得!虽然尘世的正义之手奈何我不得,可我是害死我兄长,高贵的威廉·冯·布雷萨赫公爵的凶手。那个用我兵器库里的箭射死他的刺客，原是我在六个礼拜之前花钱雇来的，本以为兄长一死，我就会黄袍加身！"说完这些话他便倒在担架里，他那黑色的灵魂化归一缕轻烟飞出躯体飘然而去。

"果然不出我夫君公爵本人之所料，"站在皇帝身边的摄政公爵夫人说，她也跟在皇后后面正从看台上下来，"临终时刻，他还断断续续地说出他的猜疑，可当时我还不能完全理解呐！"

皇帝十分恼怒："正义之手还能赶得上你的尸体！拖下去，"他对身边的士兵大声命令道，"马上把它交给刽子手，把它烧成灰，使其遗臭万年！就是因为他，刚才还差一点把两个无辜的人放在柴火堆里烧死！"

那个可怜虫的尸体在熊熊烈火中燃烧，噼啪作响，北风一吹，灰飞烟灭。同时皇帝带着里特嘉德夫人，在众骑士的簇拥下来到了皇宫。皇上通过决议恢复里特嘉德夫人被其贪婪的哥哥夺去的继承父亲财产的权利；三个礼拜后，在布雷萨赫宫中举行了这对优秀情侣的婚礼；公爵夫人对这样的结局喜不自禁，便把依法充公的雅可布伯爵财产的大部分，赠给里特嘉德夫人作为陪嫁。而皇帝则把一条金项链戴在弗里德利希侍卫长的项间，以示恩宠。在他结束了对瑞士的国事活动之后，便回到了窝尔姆斯。在有关以决斗来求得上帝裁决的规定里，在凡是通过决斗能直接辨明是非之处，都要加上这样一句话："如若这是上帝意旨的话。"

圣凯西丽或音乐的魔力

16世纪末圣像破坏运动在尼德兰（荷兰）如火如荼地开展着，三个在符腾堡就读的兄弟和第四个在安特卫普任助理牧师的弟弟相聚于亚琛。他们兄弟四人是要来收取一笔遗产，遗产是他们全都对其一无所知的一位年迈的舅舅留下的。兄弟四人在亚琛举目无亲，于是就相约来到一家旅店。在旅店，兄弟三人听身为助理牧师的弟弟讲述了所发生的惊人场面，这样过了几天后，正好位于亚琛城门外的圣凯茜丽修道院的修女要隆重庆祝圣体节。兄弟四人为狂热的幻想、青春的热情和尼德兰的榜样所鼓动，也想在亚琛搞它一次破坏圣像的运动。

这样的活动助理牧师发动领导过不止一次，在起事的前夜他召集了一大群年轻人，他们或是服膺于新教学说的商人之子，或是大学生。就在旅店的院子里他们大吃大喝，大声咒骂教皇的无道，折腾了一夜。当太阳升起，照射着城市的雉堞之时，他们全都抄起斧头和各种各样的破坏工具，干起撒气泄愤的勾当。他们欢呼着约定打砸画有圣经故事的玻璃窗户的信号。他们确信在民众中会找到很多拥护者；钟声响起，他们便向大教堂行进。在破晓时分就有朋友将修道院所面临的危险告知了修道院长，后者多次派遣卫兵前往皇家城防司令处，求他保护修道院，然而每次都归于徒劳。司令本身是教皇统治的反对派，至少私下里对新教心怀眷顾，于是玩弄政治手腕，说修道院长真是活见鬼了，修道院压根就没有什么危险，拒绝派兵保护。

说话间圣体节庆就要来了，那些修女在恐惧、祈祷和对就要降临的事端怀着惶惶不安的情绪中准备着弥撒。没有任何人来保护她们，只有一个年已七旬的老迈的修道院总管把几个男仆武装起来，把守着修道院的门口。在修道院，修女都在练习演奏各种各样的乐器；众所周知，修女自己要上演音乐节目。她们演奏起来音准精确，对乐曲理解深刻，并带有感情，男子组成的乐队（也许是因为这种神秘的艺术特别适于女性）往往缺少这种细腻的感觉。事有凑巧，演出的前几天，乐队队长、修女安东尼娅，她还经常担任乐队指挥，突如其来得了伤寒，且很严重，真可算是祸不单行。结果演奏的竟是时尚乐曲，除了四个身披大氅的亵渎神明的修士外，人们已经在修道院教堂的廊柱下面看到了他们，全都陷于万分尴尬的境地。院长在演出前夜就已命令上演一支古老的意大利弥撒曲，该曲目为一位无名大师所创作，很是感人。乐队将这支神圣而庄严的曲目排练了多次，已经能够演奏出最好的效果。院长坚持自己的意见，多次派接替安东尼娅职务的修女前往探视，看她病体如何。该修女回说，她卧病在床，处于昏迷状态；让她重操指挥棒来指挥计划上演的曲目想都不要想。

这期间，在大教堂里聚集起的手持斧头、铁撬棒的歹徒越来越多，最终达一百多人；他们是来自各个阶层各种年龄段的人，最为严重的骚乱已经在发生。人们对把守在门口的几个仆人大开下流玩笑，对进行虔诚作业或单个出现在大厅的修女说三道四，言辞极为下作极为无耻，以致修道院总管走进圣器室，双膝跪倒，发誓要院长停止节庆，立即进城寻求城防司令的保护。但是院长矢志不移地坚持，为维护上帝尊严的庆典定要举办。她提醒总管，他的职责是千方百计保护弥撒的举行和大教堂内的巡行。院长还命令那些围绕在她身边索索发抖的修女，找一出（以圣经故事为主题的）圣乐，不管是什么样的，也不管有没有价值，立即上演，因为钟声已经响起。

置身于摆放风琴的阳台上的修女们正准备着演出，分发着音乐的总乐谱，每次演出总乐谱总是有的；提琴、双簧管、低音乐器都要经过试音定音；正在这时，安东尼娅修女踏着台阶突然向大家走来，健康自信，生气勃勃，只是面色有些苍白。她腋下夹着古老的意大利弥撒曲的总乐谱，院长本来坚持上演这个弥撒曲的。

众修女很是吃惊，问道："你怎么来了？难道说你一下子复原了吗？"

她回答说："姐妹们，咱们闲话少说，言归正传！"说着便将带来的总谱分发给大家，然后激情满怀地在风琴边坐下来，为的是指挥这杰出乐曲的演奏。之后，在这些虔诚的妇女的心里似乎渗进了一丝无比奇妙、无比美妙的慰藉。她们手持乐器立即站在了乐谱架前；还有几分的忧郁，她们自身也处于忧郁之中，为的是引导她们的灵魂飞跃苍穹，通过美妙绝伦的乐声的洗礼；圣乐以最崇高最壮丽的音乐手段加以诠释。在演奏过程中，大家都屏息静气，整个大厅，所有的座位没有一丝一毫的响动；特别是在奏响《圣母经》和《荣归主颂》赞美诗时，教堂里更是静寂一片。尽管有四个亵渎上帝的家伙及其同伙的作怪,厅顶竟然没有任何的灰尘飘落。这座修道院一直保持到三十年战争①结束,后来根据维护威斯特法伦和平的有关条款,该修道院移作俗用。

六年过去了,这件事已为人忘却。四兄弟的母亲从海牙赶来,称四兄弟也许全都失踪,向市政厅提出申请,对当初他们失去踪影的那条街进行司法调查。母亲说,从他们四人所居住的尼德兰所得到的最后消息是,助理牧师老四在圣体节的前夜曾给他的一个朋友,在安特卫普的任教的一个老师写了一封信。信中所表现出来的情绪是兴高采烈、洋洋得意的,说他们将要对圣凯茜丽修道院采取行动。对于拟议中的这次行动的详情母亲不愿多加透露,老师说信密密麻麻写了四张纸,有关四个人的消息也暂时止于此。

愁肠百结的母亲所要寻找的四个儿子还是杳无踪影,任你怎样查询都归于徒劳。后来人们终于回忆起,已是很多年以前的事了,有那么四个青年人,与这位母亲所描述的有点吻合,他们的国籍和出身何处都无从查考,而今都在前不久由皇帝所捐造的疯人院里。他们四人病态地沉湎于一种宗教妄想,法院似乎听人说起,他们给人的印象是顾虑重重,忧心忡忡,这和他们母亲所熟悉的精神状态根本不相符合;有人还说,他们像是天主教徒。母亲对这样的说法不那么在意。虽然想从人们所描述的一些线索去寻找他们,可就是碰不上。有一天,母亲在法庭信差的陪同下,来到了疯人院,请求疯人院的领导准许她去看看那四个失常的男

---

① 三十年战争(1618—1648),是欧洲历史上第一次全欧大战。德意志诸侯、欧洲各个主要强国都不同程度地直接或间接参与其中。

子，因为他们四人被予以特别的看护，探望要经过审查。

这个可怜的女人刚踏进房门，不由得吃了一惊，她一眼便认出了她的儿子们。他们围桌而坐，身穿黑色的长袍；桌子上摆放着耶稣受难像，儿子们全都臂肘支撑在桌面上，双手合十，祈祷着。

只觉得四肢无力的女人一屁股坐到了椅子上，向院长提问道：

"他们在做什么呀？"

疯人院的领导回答说："他们正在赞美救世主，按照他们的说法，他们觉得他们更加信仰救世主，他们要做独一无二的上帝的真正的儿子。"

他们后来又补充说："这几个年轻人在这里已经待了六年，过的是一种精神生活；他们睡得很少，很少享乐，也不大讲话；只是在夜半时分会从座位上站起身来，继而发出可使房子里玻璃窗破裂的声音，他们是在唱《荣归主颂》赞美诗。"

最后他们保证："这几个年轻人身体肯定是健康的，说不定他们将来会有一种严肃的、庄重的欢快情绪。把他们说成是疯子，这很令人遗憾，"他们耸了耸肩，"他们四人不止一次地说，如若是美好的亚琛城对他们所干的事不加追究，那他们也会定居在这里，整日念诵赞美诗，对主的受难像顶礼膜拜。"

母亲看到四个不幸的儿子的景况，不寒而栗，无法再待下去，于是抖抖颤颤地打道回府。为了弄清他们这四个人何以弄到这步田地，第二天一早她便去寻找维特·高特荷尔夫，本城一位著名的布商，她的助理牧师的儿子曾在信中提到他。他呢，后来表明，在那天的圣体节也积极参加了打砸圣凯茜丽修道院的破坏活动。布商在此期间早已结婚，有了几个孩子，并接管了他父亲主要的商务。他极其亲切地接待了这位陌生女人。可当他得知她来此的目的后，便把房门紧闭，让她坐在椅子上，然后便叙说起来：

"我亲爱的夫人，我向您坦白承认，六年前我和您的儿子确实有联系，假如您不想让我因此而卷入事件的调查中，我会坦率地、没有任何保留地向您说出一切：是的，我们真有信中所提的打算。我们对所要采取的行动进行了大胆的精心的策划，可到头来却是功败垂成。为何落到这般地步，至今我还搞不清楚。似乎上苍将那些虔诚女子的修道院置于自己神圣的保护之下。您知道，您的儿子们为了把事情搞大，已经无所顾忌地制造了许许多多干扰礼拜的小动作：三百多名手持斧头和又黑又黏沥青花环的歹徒，潜身于当时被引入歧途的城市的城墙，专等助理牧师发出信号，就会把教堂夷为平地。可是音乐响起的同时，您的儿子们却以引起我们注意的方式脱帽，越来越受到感动，无法从音乐中自拔，乃至双手捂面。助理牧师，在令人震撼的停顿之后，突然转过身来，用令人颤栗的声音对着我们大叫：都把帽子脱下来！几个同伙轻轻地碰了碰他的胳膊，向他耳语：约定破坏偶像的时刻到了，该发信号了。可他并不回答，而是双手交叉在胸前，双膝跪下，口中念念有词，和兄弟一道，情绪热烈地以头触地。在进行一系列的祷告时他都跟随行礼如仪，刚刚他还对之冷嘲热讽呢。

"这一景象使得这一帮可怜的狂徒内心迷惑不解，他们领头的像被人夺去灵魂一般，所以他们便犹豫不决，束手无策，直至从阳台上飘忽而来的奇妙无比的圣乐演奏完毕。正在这时，城防司令发布多次逮捕令，几个试图捣乱的歹徒被卫兵拘捕，并被带走。剩下来的那群可鄙的家伙别无出路，在拥挤的人群的掩护下匆匆逃离了教堂。

"晚上，我在旅店寻找您的儿子已经寻找了多次，结果都没找到；他们根本就没有回到旅店，于是我和几个朋友怀着忐忑不安的心情又去了一趟修道院，为的是向那些门卫打听他们的下落。门卫曾为皇家卫队提供了帮助。然而我真不知如何来向您，尊贵的夫人，来描述我的惊骇。我看到这四个男子像刚才那样双手合十，胸和头触地，亲吻着地板，然后情绪炽热地躺倒在教堂的圣坛前。

"这时修道院总管刚好进来，抓着他们的衣角，拉着他们的胳膊，要他们离开教堂，因为教堂完全暗了下来，也没有什么别的人了，可他们就是不离开。他们梦幻般半站起身来，与其说是听从老总管的劝告，还不如说是总管令仆人架着他们飞快地离开，从大门走出的。他们叹气连连，极其痛苦地环顾教堂；我们身后的教堂在夕阳余晖的照耀下显得光华四射，不过最终他们还是跟随我们向城里进发。

"我和我的朋友们屡屡轻柔地问他们，在这尘世间到底遭遇到了什么可怕的事情，能使他们的内心发生如此大的变化？他们友好地看着我们，牵着我们的手，旋即沉思地望着地面，以那种至今还令我心碎的表情不时地揩拭眼中的泪水。不一会儿，就到了他们的住处。他们精心用桦树条绑成了一个十字架，将一小块蜂蜡压制成小丘状，把十字架插在上边，两边是旅店侍女带来的两支蜡烛。朋友们越来越多，全都绝望地站在一边；三三两两，沉默不语，痛苦不堪，在一旁观看他们兄弟四人悄悄进行着的幽灵般的活动：他们像是对任何其他现象关闭了他们的感官，坐在桌子周围，开始双手合十，做起了礼拜。他们早晨曾关照旅店侍女送来饭菜，以招待朋友，可他们却茶饭不思；后来，看他们的样子有些疲乏，夜幕已经降临，侍女在隔壁房间为他们铺下了床铺，可他们不去就寝。朋友们为了不惹火对此感到讶异的旅店老板，便坐在一张摆满吃食的桌子旁边，和着酸楚的眼泪吃起了为他们做的饭菜。

"这时忽然响起夜半钟声，您的四个儿子先是谛听了一会儿低沉的钟声，突然一起站起身来；而我们捡起落在地上的台布，朝着他们看去，充满着期待，想知道令人奇怪和诧异的开头之后的后续动作是什么：他们以可怕可厌的声音唱起《荣归主颂》赞美诗，听起来像是豹子和豺狼在严寒的冬季向着上苍嚎叫。我可以负责任地向您说，他们可真是声震屋宇；而窗户受到他们气喘吁吁的气流的冲击，震颤作响，像是满手的沙石掷向窗户，结果窗户瓦解。面对如此恐怖的景象我们六神无主，头发竖起，四散逃窜；我们各自逃去，大衣和帽子也都落下不顾，逃向周遭的街道。这些街道里除我们这些人以外，还有上百从睡梦中惊醒逃来此地的人群。房门爆裂，人们向楼上的大厅跑去，寻找这种令人不寒而栗的愤怒吼声的声源；这声音像是被上帝永远罚入地狱的罪人从烈焰熊熊的地狱的最深处发出来的，那声音充满痛苦，在乞求上帝的怜悯。最后钟敲深夜一点，既没有惹火老板，也没有听从围拢来的人群所发出的震惊的呼声,他们自己闭嘴了。他们用手帕擦掉额头上的汗,汗如雨下,滴落在下巴和胸口;他们折磨自己近一个钟头,于是摊开大衣,躺在地板上休息。他们如此闹腾,旅店老板也就听之任之;看到他们酣然入睡,便在他们身上放了一个十字架。令老板高兴的是,不大工夫,此事算是了结。在场的人相互间神秘地喊喊嚓嚓,老板对他们说,明天兄弟四人定会好转,大家请回吧。

"然而令人遗憾的是,头遍鸡叫,四个不幸的人又起来了,面对桌子上的十字架又开始过起那空寂沉闷幽灵般的修道院生活,只是因为精疲力竭才中断片刻,继而又重新开始。店主看到他们痛苦不堪的样子,也为之心碎。可他们就是不接受店主任何的劝诫和帮助,只是请他把那些朋友劝走,平时每天早上总有很多人来这里。他们对旅店老板除了面包和水外别无他求,过夜睡觉一抱干草足矣。旅店老板平日从兄弟四人那里赚取不少钱财,不过这时他也觉得不得不向法院举报,说明整个事态;他认为兄弟四人已是妖魔鬼怪缠身,恳请他们离开旅店。继而,在市政厅的指令下,他们四人接受了医学检查,人们认定他们已是精神错乱,如您所知,他们被送进了疯人院。这个疯人院乃刚刚驾崩的皇帝在城墙之内捐建的,为的是使那些不幸的人有个安身之所。"

维特·高特荷尔夫谈了很多诸如此类揭露了内幕、不足与外人说道的话,所以他再次要求这四个儿子的母亲不要把他也牵涉进去,假如法院对这一事件再次进行调查的话。

听了高特荷尔夫的讲述后,这妇人的内心受到极大的震动。三天过后,她在一位女友的陪伴下走出修道院;风和日丽,她怀着哀愁的心绪，想漫步一回，仔细看看这演出了许多令人恐怖的闹剧的舞台。在这里，上帝以看不见的闪电将她的儿子们击倒于万丈深渊。两个女人发现，刚刚落成的大教堂用木板和门口隔开，当她们艰难地站起身来，从木板的缝隙往里看，除了教堂后院闪耀着光华的玫瑰花什么也看不到。数百个唱着欢快歌曲的工人正在细长的曲折回环的脚手架上忙活着，要将塔楼往上提升三分之一；之前塔楼的顶端和塔尖只是用石板覆盖，而今要裹覆以厚厚的在阳光照射下闪闪发光的铜衣。

这时，教堂后院的天边出现了金黄色云彩镶边的乌云，雷雨要来了；整个亚琛已是雷声隆隆，伴随着雷雨的降临，教堂方向划过几道有气无力的闪电，雨水转瞬间又化为了蒸气，雷雨最后不情愿地咕哝着降临在了东方。事有凑巧，当两个女人从修道院宽敞的宿舍楼的楼梯上走下来，思考着这种种事端，观察着这双重的奇观时，被一个路过的修女偶然听到，便问站在大门下的那个女人究为何人。院长听到那女人有封关于圣体节的信，于是立即将这个修女叫来，让她去请那个荷兰女人到她这里来。荷兰女人一时惊愕不止，不过很快便怀着敬畏之情应召而来。在她的女友应修女之邀来到紧靠出口的房间时，人们给这位沿着楼梯而上的陌生女子打开了结构精巧的小阳台的侧门。

在这里她看到了院长。这是一位尊贵的夫人，有着威严的外表，她坐在一把圈椅上，一只脚则放在小凳子上，凳子由龙爪似的凳脚支撑着。在院长旁边有一谱架，谱架上有某一乐曲的总谱。院长吩咐给陌生女人看座，并向她透露，从市长那里已经得知她的到来。院长问起她那四个不幸的儿子的情况，并鼓励她冷静面对儿子所遭受的命运，因为这命运一时半会也是改变不了的。院长向她表露想一睹那封信的愿望，就是助理牧师写给他的朋友，安特卫普的一位学校教师的那封信。陌生女人也是一个老于世故的人，深知这一步骤会带来怎样的后果，一下子手足无措。可院长那副尊贵的面容完全值得信赖，她决不会将它公之于众。陌生女人略一沉吟，便从怀里掏出信来，把它递给了王后公主般的女士，并热烈地吻着她的手。在院长浏览信的当儿，陌生女人看了看随意置放在谱架上业已打开的总谱。

布商的讲述使她突发奇想，在那个可怕的日子里迷乱摧毁了她儿子的心态，说不定是音乐的力量。于是她便转过身来向站在她椅子后的修女怯生生地问道：

"这乐曲是不是六年前在怪怪的圣体节那天在大教堂所演奏的乐曲？"

那年轻的修女回答道："是啊！"她回忆起，她曾听到过这首乐曲，自那以后，要是不用这首乐曲，就将其存放在尊贵院长的房间里。听到这里，那陌生女人像是思绪万千，激动地站起身来，来到谱架前。她细细观察着这一无所识的魔幻般的符号，似乎有一个可怕的妖魔用这些符号神秘地标划出圆圈，并向地下沉沦，她刚巧是翻到了"荣归主颂"那一章。陌生女人觉得，曾经毁了她儿子的音乐恐怖呼啸着蹿过了她的头顶；她认为在这样的景况下，她也会失去知觉的。她怀着无比恭敬的激动心情臣服于上帝无所不能的威力，迅疾拿乐谱贴贴她的嘴唇，然后又坐回椅子上。在此期间，院长已经读完了信，把信折叠起来，说道：

"在那个奇幻的日子里，上帝自身护佑了修道院，击退了您误入歧途儿子的胆大妄为。至于他使用了何种手段，对您这个新教徒来说都是无关紧要的。给您说了，您也难于理解。您听着，您所看到的打开的乐谱，在破坏分子就要冲进来的千钧一发之际，端坐在风琴旁指挥演奏的，到底是谁可说没有人知道。第二天早晨，当着总管和多个男子的面将这样的证明记录在案：在演出的整个时间段修女安东尼娅卧病在床，昏睡不醒，她的四肢麻木，蜷缩于修道院内一个小房间的角落里。一般认为是化身为安东尼娅的一位修道院的修女，在进行圣体节庆典的整个上午，没有离开她的床铺。对，显而易见，修女安东尼娅自己也会证实，那个以奇异和出人意料的方式出现在风琴旁边的人并不是她本人。假如在她完全处于昏迷状态下还可以对此向她询问，她这个身患伤寒、卧病在床、命悬一丝的病人在那天晚上也不会死掉。特里尔的主教得知这一事件后曾解释，是圣凯茜丽自己在那个时刻显灵，完成了石破天惊而又美妙无穷的奇迹；我刚刚从教皇那里得到通谕，通谕也证实了这一点。"

院长之所以向那个女人要来那封信，为的是更加确切地了解本已知道的事件的真相，她还曾许下诺言，她不会为一己之目的来利用这封信，并将信还给了母亲。最后院长问那女人，她儿子是否还有复原的希望，为了儿子的康复她是不是需要一些钱款抑或其他方面的支持。那女人一面亲吻院长的裙子，一面哭着——加以谢绝。院长亲切地祝福她，与她拉手，送她出去。

这个传奇故事到此结束。那女人觉得再待在亚琛没多大意思，于是留下一笔财产给她贫穷的儿子们，存放在法院里，而她本人则回到了海牙。由于受到这一事件的触动,一年后她便回归天主教会的怀抱。她的儿子全都高寿,在高唱"荣归主颂"后安然而逝。

译后记

克莱斯特一生共写了八篇中短篇小说（Novelle），所谓"Novelle"，在德语中有其特定的涵义，即有"写实小说"之意，Novelle这一体裁到了克莱斯特和霍夫曼这里才算真正成熟起来。据卫茂平考证，早在上世纪20年代就有仲云、郑振铎、李和庭将克莱斯特介绍进来，郁达夫称他是"薄命天才"。把克莱斯特小说译成中文的先后有李和庭、毛秋白、商章孙，当代则有杨武能等。1935年，上海商务印书馆出版《德意志短篇小说集》，其中第一篇便是毛秋白所译的《智利地震》，毛氏还深中肯綮地评述了它的艺术性。商章孙对克莱斯特的研究和翻译可说非同一般，对克氏的生平和创作曾撰写了两万余字的论文。

本人对克莱斯特的小说深感兴趣，二十多年前着手翻译，译作分别发表在《O侯爵夫人》（1982，译文丛刊4，上海译文版）、《克莱斯特小说戏剧选》（1985，上海译文版）、《女妖媚人案》（1985，译文丛刊10，上海译文版）、《水妖——浪漫派名著》（1991，漓江出版社）和《德国浪漫派小说选》（1991，台湾业强出版社）选集和丛书中。此次将往日的译作和现在的补译集辑成一册，也算是完满了将克莱斯特所有小说中译本集在一起的心愿。

克莱斯特所用语言是二百多年以前的语言,句子套句子,一套十几个从句,往往使人知其头而找不到尾,知其尾而忘了头,最后被弄昏了头;在这里一定要定下心来,稳住心绪,条分缕析,弄清头绪;也有怎么都弄不明白的时候,那也只有移樽就教。我所请教过的德国朋友有司马涛(Prof. Thomas Zimmer)教授、彭爱慕(Dr. Almut Klepper-Pang)博士。当然我还要感谢我的妻子刘淑爱女士,是她承担了家务,使我得宽余,以从事翻译。

翻译差错尽量避免,可能还有笔误、误植和理解错误,那就敬请读者诸君指正了。